Un papillon,
un scarabée, une rose

Du même auteur

La Fille en jupe inflammable
Éditions de l'Olivier, 2000

L'Ombre de moi-même
Éditions de l'Olivier, 2001
Points n° 2995

Des créatures obstinées
Éditions de l'Olivier, 2007

La Singulière Tristesse du gâteau au citron
Éditions de l'Olivier, 2013
Points n° 3194

AIMEE BENDER

Un papillon, un scarabée, une rose

Traduit de l'anglais (États-Unis)
par Céline Leroy

ÉDITIONS DE L'OLIVIER

Ceci est une œuvre de fiction. Les personnages, lieux et situations décrits dans ce livre sont imaginaires ou utilisés de manière fictive : toute ressemblance avec des personnages ou des événements existants ou ayant existé ne serait que pure coïncidence.

L'édition originale de cet ouvrage
a paru chez Doubleday en 2020,
sous le titre : *The Butterfly Lampshade*

ISBN 978.2.8236.1684.2

Pour HD

Je dors encore,
Mais des faits se déroulent pendant ce temps.

Wislawa Szymborska, « Première heure »

Première partie

La tente

1

On ne peut pas s'occuper d'elle. Elle a un problème.

C'est-à-dire ? Quel problème ?

On ne sait pas. Un problème.

Je trouve que c'est une petite fille tout à fait normale. La dernière fois…

Ça ne se voit pas.

Elle a fait quelque chose ? Elle a fait quelque chose de mal ?

Non.

Alors quel est le problème ?

On ne sait pas comment s'y prendre avec elle. Je n'y arrive pas.

Mais qu'est-ce que tu entends par là ? Est-ce qu'elle se comporte mal ?

Non.

Est-ce qu'elle a des ennuis à l'école ?

Il faut que tu viennes la chercher.

Je ne comprends pas.

Tu es sa marraine. Tu dois venir. C'est ton travail.

Mais tu es toujours en vie, Elaine.

Je te dis que je n'y arrive pas.

Où est ce nouveau compagnon dont tu m'as parlé ?

Il est parti faire du camping.

Il va revenir ?

Je ne sais pas.

Est-ce que tu vas faire quelque chose, Elaine ?

Je pourrais appeler les services sociaux. Peut-être que je vais le faire. Ils sont dans l'annuaire ? Est-ce qu'ils la prendront en charge si un autre membre de la famille est disponible ?

Tu peux me la passer ?

Non.

Elle est à côté ?

Juste là. Elle me regarde droit dans les yeux.

Est-ce que tu peux lui dire de venir me parler ?

Francie. Francie, ma chérie, ta tante Minnie veut te parler.

Allô, Francie ?

Allô.

Francie, ça va ?

Oui.

Tu as entendu notre conversation ?

Oui.

Ta mère est très inquiète pour toi. Tu as fait quelque chose de mal, tu penses ?

Non.

Tu vas à l'école ?

Oui.

Et tu es sage à l'école ?

Oui.

Tu te couches de bonne heure ?

Oui.

Bon, en fait, je suis surtout inquiète pour ta mère. Est-ce que tu crois qu'elle pourrait faire une nouvelle crise ?

Oui.

Tu peux me dire ce qu'elle fait ?

Non.

Tu peux me le dire. Je sais qu'elle écoute sûrement, mais ça n'est pas grave. Je t'assure. Elle savait que j'allais te poser la question. Est-ce qu'elle te fait du mal d'une façon ou d'une autre, de n'importe quelle façon ?

Non.

Est-ce qu'est est… habillée ?

Oui.

Bon. C'est bien. Ça va, toi ?

Oui.

Est-ce que tu veux que je vienne ?

Oui.

Oui ?

Oui.

Est-ce que tu peux préciser ? Me dire pourquoi, par exemple ?

Non.

Est-ce que l'ami de ta maman est là ?

Non.

Il n'est pas en ville ?

Je ne sais pas.

Est-ce qu'il y a quelqu'un d'autre avec vous ?

Non.

Est-ce que ta mère se blesse ?

Non.

Ma chérie, je suis désolée, je ne peux pas venir cette fois, pas tout de suite. Je suis loin dans ma grossesse. Je n'ai pas le droit de prendre l'avion. Mais ton oncle si. Tu veux que ton oncle vienne ?

Non.

Oh, Francie. Est-ce qu'il y a un adulte de confiance que tu puisses appeler ?

C'est encore moi, Minn. Elle vient de faire tomber le combiné. Elle se tient devant le mur, là. Elle approche le nez du mur. Son nez touche le mur.

Qu'est-ce qui se passe ?

C'est comme si elle parlait au mur. Elle a ce regard, Minn.

Les enfants ont toujours des regards un peu particuliers.

Non, non. Les autres enfants n'ont pas ce regard-là.

Elaine, pour l'amour de Dieu, elle entend toute notre conversation !

C'est comme si elle me jugeait. Tout le temps.

Les enfants ne jugent pas, pas comme ça.

Elle si.

Tu prends toujours de l'Abilify ?

Je ne peux pas être avec elle. Il y a quelque chose en elle. Elle est habitée par une bestiole. Je ne me fais pas confiance quand elle est là ! Tu m'écoutes ?

Oui. Je vais envoyer Stan. Dès qu'il rentrera. Par le vol du matin.

Pas Stan ! Toi !

Je ne peux pas prendre l'avion. Qu'est-ce que tu entends par bestiole ?

Une bestiole. Quelque chose qui rampe à l'intérieur d'elle.

Elle peut aller dormir chez quelqu'un ? Où est-ce qu'elle peut aller ?

Je ne sais pas.

Une copine ?

Je n'aime pas ses copines.

Une amie à toi ?

Elle adore sa baby-sitter.

Mais oui. Demande à la baby-sitter. Demain. Sinon, je l'appellerai moi. On peut l'appeler toutes les deux. D'accord ? C'est celle qui travaille aussi à l'école ?

Shrina.

J'ai son numéro. On va trouver une solution, ma chérie. Tu dois appeler ton médecin. On va toutes les deux appeler le médecin.

Je sais que je devrais. Je sais que je dois le faire.

Et je vais le faire aussi. C'est un début. On a un plan.

Vraiment ?

On va toutes les deux passer quelques coups de téléphone demain matin. D'accord ? On récapitule. Qu'est-ce que tu vas faire demain ?

Je vais appeler mon médecin.

Bien. Et ?

Je vais appeler mon médecin.

Et, si tu t'en sens capable, poser la question à la baby-sitter.

C'est ça. Et je poserai la question à la baby-sitter.

Qu'est-ce que tu vas demander à la baby-sitter ?

Si elle veut bien prendre ma gentille petite fille Francie. Mais pour quoi faire exactement, redis-moi ? Où va-t-elle l'emmener ?

Tu sais quoi, c'est moi qui vais appeler Shrina. Ne t'inquiète pas pour ça. Toi, tu prends soin de toi. Peut-être que Francie pourrait rester un ou deux jours avec elle le temps que tu te sentes mieux. Est-ce que tu sais où elle vit ?

Elle est très jeune.

Francie ?

La baby-sitter.

C'est juste le temps que Stan arrive. J'expliquerai à Shrina qu'il fera au plus vite.

À combien de mois tu en es, déjà ?

Huit et demi. Donc on est d'accord pour demain. Mais pour ce soir ?

Ce soir ? Mais oui, ce soir !

Est-ce qu'il y a un verrou sur sa porte ?

La porte de sa chambre ? Oui. Elle en a un. Elle l'a demandé.

Qu'est-ce que tu veux dire ? Elle a demandé à avoir un verrou ?

L'année dernière. Pour son anniversaire.

Tu plaisantes ? Est-ce qu'elle a demandé autre chose ?

C'est bizarre ?

Juste un verrou ?

Oui.

Incroyable. Mais d'accord. Elle est intelligente. C'est très utile. Il ferme de l'intérieur ?

Oui.

Et toi ?

On peut toutes les deux fermer notre porte de l'intérieur.

Ok. Alors c'est ce qu'il faut que tu fasses. Tu n'auras qu'à faire ça dès que tu auras raccroché. Va d'abord aux toilettes. Puis va te coucher. Tu penseras à m'appeler demain matin ?

Oui.

Tu penseras à appeler ton médecin ?

Oui.

Dis au revoir à Francie de ma part. Dis-lui que je l'aime.

Tu es sur haut-parleur. Elle t'entend.

Bon sang. Bonne nuit, Francie. Est-ce que tu as entendu qu'il faut fermer ta porte ?

Oui.

Je t'aime, Francie.

Elle ne dit pas je t'aime.

Je le dis quand même. Elle n'est pas obligée de me le dire. Je t'aime, Francie.

Au revoir, Minn. Merci pour tout. Je t'aime.

Je t'aime aussi, Elaine. On va trouver une solution.

Merci. Je t'aime.

Je t'aime aussi, Elaine. Va tout de suite dans ta chambre, ma chérie. Bonne nuit.

2

Ma mère avait disposé des magnétophones partout dans notre appartement. Ils étaient bon marché et on les trouvait facilement dans les magasins d'occasion, de même que les cassettes. Quand elle les a rapportés à la maison, elle a essayé de les cacher sous des feuilles blanches pliées en deux qui formaient comme des petites tentes. Dans chaque pièce, une petite tente blanche. Elle avait acheté les magnétophones plusieurs semaines avant cette conversation téléphonique avec Tante Minn, et quand nous étions dans la même pièce, elle se rapprochait de la tente l'air de rien, passait un doigt dessous pour trouver le bouton Enregistrer et appuyait dessus. Puis elle préparait le petit déjeuner, ou bien on jouait aux cartes, on regardait *Toy Story 2* ou je faisais mes devoirs. Je comprenais implicitement qu'il ne fallait pas en parler, que je devais croire que la petite tente blanche était une vraie cachette et que je ne voyais pas ma mère appuyer sur le bouton. J'imagine que l'idée de partager un secret avec elle me plaisait, même si elle ne savait pas que nous le partagions. En fait, si elle avait fait attention, elle aurait vu quelques tentes blanches de plus posées à divers endroits de ma chambre en guise d'hommage : un morceau de papier blanc sur le radio-réveil, un autre sur un appareil photo cassé. Notre champ de tentes, notre maison en forme de camping. Dans les autres pièces, nous jouions à des jeux et prenions nos repas, je m'étais habituée au déclic caoutchouteux d'une cassette qui arrivait à son terme, au bouton qui remontait à la fin de la plupart de nos activités. Elle devait profiter de ce que j'étais à l'école ou endormie pour retourner les cassettes, mais je ne l'ai jamais vue faire. Celles-ci étaient toujours prêtes à enregistrer. Quand les mères bénévoles de mon école sont venues faire les cartons à l'appartement et trier nos affaires, aucune n'a parlé à Tante Minn d'un sac rempli de cassettes étiquetées, d'un grand projet documentaire, ce qui n'était pas vraiment surprenant ; dans l'ensemble, maman n'était pas quelqu'un de très organisé. Au final, je ne lui ai jamais posé la question, mais ça n'avait pas l'air d'être un projet à long terme. Elle voulait plutôt avoir une preuve au cas où je ferais quelque chose de mal. Et maintenant que j'y pense, sans doute prêter une oreille attentive à son propre comportement.

Avant l'arrivée des mères bénévoles, en rassemblant des affaires à emporter chez ma tante et mon oncle qui vivaient à Burbank, en Californie, j'ai soulevé chaque petite tente comme le couvercle d'un cadeau et glissé les magnétophones dans mon sac à cordon violet avec un lapin brun en peluche auquel je ne tenais pas particulièrement et des cahiers de mots mêlés dont j'avais déjà démêlé tous les mots. Je ne savais pas du tout quoi prendre. La pellicule qui recouvrait le monde et lui donnait du sens s'était décollée.

Les magnétophones m'ont accompagnée dans le train pendant deux jours, puis dans la voiture et dans l'allée de ma nouvelle maison avec une balançoire en pneu bleu vif suspendue à une des branches tordues du chêne, dans cette rue tranquille ornée de pelouses bien entretenues. J'ai sonné, ma tante m'a ouvert en tenant dans ses bras un minuscule bébé tout neuf et remuant, les cheveux frisés, le visage pareil à une gravure, et là, il paraît que j'ai pointé un doigt vers moi et dit : « Francie. » « Ça m'a brisé le cœur à un point, tu n'imagines pas, m'a dit ma tante des années plus tard en serrant ma main dans la sienne. C'était comme si on était de simples connaissances à une soirée. »

Ce matin-là, alors que nous montions les escaliers, elle m'a prise dans ses bras et m'a embrassée. Ma chambre était à l'étage, ses fenêtres donnaient sur la rue et une légère odeur de tapis de yoga y flottait. La pièce avait servi de bureau et de salle de sport, si bien que tout l'équipement avait été repoussé sur un côté, caché sous quelques vieux draps verts, et à côté du placard ils avaient installé un futon avec une couette trop grande ainsi qu'un carton d'emballage recouvert d'une serviette pour faire table de nuit. N'ayant pas d'autre lampe de chevet, elle avait placé une lampe torche industrielle sur la serviette au cas où je voudrais lire le soir.

« Je suis vraiment désolée, a-t-elle dit en faisant légèrement rebondir le bébé emmitouflé dans une couverture. On va arranger tout ça. On a été tellement pris.

– J'aime bien la lampe torche.

– On ira sur Internet. On commandera tout ce que tu voudras.

– Comment s'appelle le bébé ? » ai-je demandé toujours sur le pas de la porte.

Elle a rougi. Ses yeux semblaient tout le temps humides, d'une santé frappante, hydratée. Elle ne ressemblait pas du tout à ma mère. « Vicky. Ta cousine Vicky. Ou peut-être… ta sœur ?

– Cousine, c'est bien », ai-je dit en tendant un doigt que le bébé a attrapé.

Des mois plus tard, après une frénésie d'achats, une fois installée dans ma nouvelle chambre avec son dessus-de-lit jaune, sa lampe décorée de nuages, les arcs-en-ciel posés sur les nuages peints au mur, sa table à dessin et sa maison de poupée en carton, j'ai sorti tous les magnétophones du sac violet un après-midi où je n'avais rien à faire, y ai inséré une des cassettes étiquetées Salle de Bains, appuyé sur Play, puis j'ai recommencé avec une des cassettes de la Cuisine. Ma mère me manquait beaucoup, mais je me suis aperçue que je ne supportais pas d'écouter tout ça. Entendre ma voix aiguë, entendre la sienne. Les œufs cassés pour le petit déjeuner, son rire pendant qu'elle se brossait les dents et me chantait une chanson qui parlait de crachat. Les bruits sourds de nos jeux de cartes. La conversation entre nous trois enregistrée sur le magnétophone du Salon est la seule que j'ai réussi à écouter en entier parce que c'était la dernière, la plus facile à rembobiner, et qu'elle ne me causait pas le même genre de douleur.

3

Je ne sais pas s'il existe beaucoup de livres sur les psychotiques et les médiums, et si les deux se recoupent. J'imagine que non. On se fie rarement aux gens qui souffrent de psychose quand il s'agit d'envisager l'avenir. L'homme à l'arrêt de bus qui ne cesse de nous annoncer la fin du monde est là depuis toujours, depuis qu'il existe des arrêts où attendre le bus, ou leur équivalent d'autrefois comme les relais de poste où l'on changeait de cheval. Il se tenait là, à côté d'une meule de foin, vociférant à propos des flammes de l'enfer et, déjà à l'époque, il n'y avait pas grand monde pour l'écouter.

Pour ce qui était de ma bestiole en revanche, il s'est avéré que ma mère avait raison. Elle était en avance de quelques jours et ma bestiole n'avait pas rampé, mais j'ai bien fini par en avoir une à l'intérieur de moi après l'hospitalisation de ma mère, ma bestiole de malheur, un papillon trouvé dans l'appartement de la baby-sitter, flottant joliment comme une feuille rouge et or dans un grand verre d'eau. Je n'avais pas d'autre moyen de le garder, il était hors de question de le laisser là et j'étais le seul contenant à portée de main. Je n'avais pas beaucoup de temps. Je l'ai avalé avec l'eau parce que je devais le faire.

4

Après la nuit passée chacune enfermée dans sa chambre, ma mère a toqué à ma porte tôt le lendemain matin.

« Tu peux sortir, je me sens mieux », a-t-elle dit.

Sa voix avait retrouvé sa musicalité réconfortante, chantante et légère. J'ai passé la tête par la porte et elle m'a prise dans ses bras, m'a caressé les cheveux et m'a dit que j'étais une petite fille formidable. « Il y a une bestiole à l'intérieur de moi », ai-je dit, mais elle a répondu que non : « Non, non. N'écoute pas ce que je raconte. Ma chérie ! Il ne faut pas m'écouter. J'ai fait ma foldingue. Il ne faut pas m'écouter. C'est à l'intérieur de moi qu'il y a une bestiole. » « Pas toi », ai-je dit. Ses cheveux étaient peignés et sentaient le démêlant au citron doux qu'elle utilisait. Elle portait sa robe de chambre préférée, un cadeau de Tante Minn, celle avec le liseré en satin rouge et une éruption de tissu froncé au col. On est allées dans la cuisine comme tous les autres matins, on a mangé des œufs au plat accompagnés de tartines grillées, puis j'ai rempli la poêle d'eau savonneuse, me suis habillée et brossé les dents, et on s'est assises sur le ciment humide du porche du premier étage pour attendre la mère d'Alberta qui m'emmenait à l'école primaire depuis qu'un autre parent d'élève lui avait raconté des choses sur ma mère. Un jour, elle a décidé de ne plus laisser Alberta monter dans notre voiture et de se porter volontaire pour nous emmener.

Dehors, brouillard et ciel gris, la promesse d'une averse en fin de matinée, début mars le long de la rivière Willamette.

« Est-ce que tu vas poser la question à la baby-sitter ? » ai-je demandé. La baby-sitter, Shrina, ne me gardait que de temps en temps, mais venait toujours avec un sac en toile plein à craquer de feuilles de couleur, de paillettes et de bâtons de colle, un peu comme une fée des arts.

Ma mère m'a jeté un coup d'œil. Elle a posé un doigt à la commissure de ses lèvres comme si elle essayait de se souvenir de quelque chose.

« Pour savoir si je peux rester chez elle.

– Tu n'as pas besoin d'aller chez quelqu'un d'autre.

– Est-ce que tu vas appeler ton médecin ?

– Je me sens beaucoup mieux aujourd'hui. »

Un voisin se promenait sur le trottoir d'en face, entraîné par deux petits chiens blancs. À nos pieds, un escalier descendait en zigzag et, en bas, ce qui ressemblait à un poisson d'argent a bifurqué depuis une marche pour aller scintiller dans un bouquet de fougères impétueuses.

« Tante Minnie a sans doute déjà appelé la baby-sitter, ai-je dit.

– Je parlerai à ta tante plus tard. »

La voiture bordeaux de la mère d'Alberta s'est garée. Alberta était assise à l'arrière. Elle a collé la figurine en papier d'un soldat contre la vitre. Son père était dans un pays lointain pour des histoires de guerre.

« Salut », ai-je lancé à ma mère.

Elle m'a embrassée sur la joue et m'a dit de passer une très belle journée.

« Amuse-toi ! Tu veux bien faire ça pour moi ? »

J'ai acquiescé tout en descendant l'escalier. C'était typique de ma mère, de séparer son humeur du restant de la journée, comme si ça n'avait aucun impact sur moi.

Si je remets les choses dans l'ordre chronologique, elle s'est fracassé la main avec un marteau moins d'une heure plus tard parce que, a-t-elle ensuite expliqué au médecin qui l'a rapporté à ma tante, elle était persuadée que quelque chose rampait dans ses os et elle voulait voir ce que c'était. « Ou l'écraser, a-t-elle ajouté. Vous savez. Comme on écrase une araignée. » « Mais qui écrase une araignée avec un marteau ? » a murmuré ma tante à mon oncle dans l'entrée, après sa conversation téléphonique avec le psychiatre de l'hôpital. À ce moment-là, j'étais chez eux depuis près d'une semaine. Les murs de l'entrée étaient décorés de toutes petites broderies encadrées représentant des animaux de la ferme, que ma tante avait dénichées lors d'un séjour thématique autour du fromage dans le Vermont, les images les plus adorables qu'elle ait jamais vues d'après elle. De fait, elles étaient absolument adorables.

Elles étaient aussi un peu difficiles à voir tant elles étaient minuscules. De temps en temps, n'ayant pas grand-chose d'autre à faire, je tirais un tabouret pour les regarder de plus près et voir s'il s'agissait d'un agneau ou d'une chèvre. « Tu réfléchis avec la logique de quelqu'un de sensé, a murmuré mon oncle. Qu'est-ce qu'il y a de logique dans tout ça ? » Ma tante a secoué la tête par petits mouvements brusques, et quand j'ai trouvé la force de quitter mon avant-poste dans la cuisine pour passer devant eux, elle s'appuyait lourdement contre la poitrine de mon oncle, les yeux fermés. Où était bébé Vicky ? Dans un engin à roulettes et à capote, enveloppée dans une couverture.

De sa main valide, ma mère a réussi à appeler les secours qui ont envoyé une ambulance ; on lui a donné quelque chose pour le choc, puis pour ses os brisés, et une fois stabilisée à l'hôpital, on l'a installée dans l'unité psychiatrique où il a été décrété qu'elle refaisait une crise psychotique et était incapable d'assurer son rôle de parent. Mon oncle a sauté dans le premier avion pour Portland. Ma tante, qui avait passé la matinée à appeler d'abord la baby-sitter puis les hôpitaux puisque le téléphone ne répondait pas à la maison, a perdu les eaux avec presque deux semaines d'avance et, quand mon oncle a atterri, il a foncé en voiture jusqu'à mon école, a gravi les marches quatre à quatre comme dans un film, m'a serrée dans ses bras et a sorti un bloc-notes pour tout organiser avant de rentrer chez lui et tenter d'assister à la naissance de sa propre fille. Je crois qu'il a raté la venue au monde de Vicky, mais il a assisté à la première tétée. Dans le bureau de l'administration, il s'est agenouillé et m'a demandé de repartir avec lui dans la foulée pour « te joindre à nous, pour partager ce grand moment avec nous », mais j'ai refusé parce que a) je venais à peine d'apprendre que j'allais quitter la ville, b) je ne voyais pas si souvent mon oncle et ma tante, et c) il n'était pas question que je monte dans un avion. « Je vais hurler », ai-je dit à côté du grand banc en bois où j'attendais, entourée de secrétaires au regard inquiet et sous une série d'aquarelles représentant toutes des couchers de soleil qu'on aurait dit peints par des élèves d'un autre niveau. « Je vais hurler, je vais m'arrêter et puis je vais recommencer à hurler. » Je me suis exprimée simplement, mais j'avais le regard ferme et je savais fixer un adulte sans cligner des yeux. Les yeux de mon oncle, eux, papillotaient, avaient l'air fatigué et étaient cernés de rouge.

« C'est vrai, a chantonné la secrétaire en chef Mme Washington, les lèvres peintes en rose vif, en cessant de taper sur son clavier. Elle a passé l'année à avoir peur des avions. »

J'avais huit ans et nous avions eu une série de cours sur les différents modes de transport cette année-là – bus, train, avion, vélo. La partie sur les avions m'avait tellement effrayée que l'institutrice m'avait autorisée à me concentrer davantage sur le transport ferroviaire, et j'avais d'ailleurs interviewé cette même Mme Washington dans ce même bureau parce que son frère était conducteur sur la ligne qui reliait Atlanta à Washington. En dépit de toutes les preuves qui démontraient le contraire, je croyais qu'un avion volait si vite que le hublot ne laissait voir qu'un grand flou, or à cette époque, j'avais surtout besoin de me situer et de savoir où j'allais. En ce sens, je me sentais très différente des autres enfants et n'avais pas du tout les mêmes priorités. Mme Washington m'avait expliqué le travail de son frère à bord du train, sa place à l'avant, son diplôme d'ingénieur, et avait égrené tous les arrêts – dix-huit – dont un à Charlotte qui était le prénom d'une de mes camarades de classe, après quoi j'ai rédigé ma présentation que j'ai accompagnée d'une illustration précise et voilà.

Mais la nécessité de me situer dans l'existence ne s'arrêtait pas là ; parfois, pendant la récré, tandis que les autres enfants jouaient sur les toboggans, les balançoires, se projetaient joyeusement dans l'espace, je restais seule dans un coin de la cour et me tenais immobile pour évaluer la place que je prenais dans le monde. C'était une façon de me rappeler à moi-même, d'accéder au monde extérieur : pieds au sol, goût d'un biscuit salé dans la bouche, grille argentée, souffle d'air, une activité qui m'était très utile, même si elle m'aliénait les autres. Heureusement pour moi, je ne me faisais pas remarquer des enfants les plus tyranniques, et les autres se contentaient de m'appeler la Statue, le Tas, ou bien se moquaient de moi parce que la partie de chat glacé était finie depuis longtemps, et un camarade qui retournait en classe en courant après la sonnerie grognait : « Est-ce que quelqu'un veut bien aller débloquer Francie ? », alors quelqu'un me tapotait l'épaule en passant, et j'utilisais ce petit lien, ce contexte mal compris mais merveilleux pour sortir de moi et rejoindre l'humanité à laquelle, disait-on, j'appartenais. Je me sentais alors beaucoup plus à l'aise pour les suivre à l'intérieur, entrer bruyamment en classe, beaucoup plus confiante après avoir constaté que je pouvais m'asseoir sur ma chaise et remercier les joues rouges et les yeux brillants de Luther, Janie ou quelle que soit la personne qui m'avait libérée, et nous riions tous ensemble du fait que j'étais dans la lune même si c'était tout l'inverse, puisque en général, ma participation à la vie du groupe provoquait une bien plus grande dérive interne que ma posture immobile, seule, les yeux fermés à écouter les autres jouer. Quand ma mère, au téléphone avec sa sœur, m'avait regardée me tenir tout près du mur et avait cru que je lui parlais ou me connectais à lui, en fait je ne faisais que reproduire une version de cette tactique, sentir où mon nez entrait en contact avec le mur, sentir la surface de ma peau qui touchait le plâtre et ainsi me situer dans la différence. Ma grande passion de l'époque – toujours d'actualité – était le tracé des contours. Un avion, l'éventualité d'un flou, était impensable.

« Train, ai-je dit en regardant mon oncle dans les yeux.

– Ça va prendre deux jours.

– Ok.

– Je ne peux pas le prendre avec toi.

– C'est bon. Je peux le prendre toute seule », ce qui lui a arraché un rire teinté d'une douce amertume et il a dit qu'il trouverait un accompagnateur. Il a remercié les secrétaires et m'a emmenée dehors, sous le ciel couleur ardoise de l'après-midi.

L'heure du déjeuner à l'école venait juste de s'achever, et de l'autre côté de la rue, les adultes du quartier affluaient dans les divers cafés et cantines. Postés à côté du mât planté dans son socle en ciment, nous avons regardé un moment les gens qui entraient dans les restaurants, moi absorbant sa présence nerveuse et bienveillante. Il sentait les pastilles à la menthe et la transpiration. La dernière fois que j'avais vu mon oncle ici à Portland, c'était bien des mois plus tôt, durant le week-end férié du 4 juillet, quand ma tante et lui étaient venus nous rendre visite et que ma mère les avait accueillis à l'aéroport avec quatre couvertures au crochet dans un camaïeu de rouge, blanc et bleu qu'elle avait confectionnées durant ses nuits d'insomnie. Je dormais à poings fermés et quand je me réveillais le lendemain matin, la maison avait donné naissance à une nouvelle couverture. Le placard en regorgeait. Certaines avaient des trous là où des points manquaient, on pouvait même passer le bras à travers par endroits, et je les considérais comme des représentations visuelles de son esprit sous haute tension, dans ces moments où elle allait si vite qu'elle tenait à peine sur sa chaise, ce qui me faisait me ratatiner intérieurement, mais aujourd'hui, je trouve ça bizarrement touchant parce que je me rends compte des efforts qu'elle déployait pour ne pas me réveiller. À l'aéroport, près du tapis à bagages, quand ma tante avait écarquillé les yeux telle une biche terrifiée en voyant les couvertures qui émergeaient de l'énorme sac les unes après les autres, à croire qu'il les vomissait, ma mère avait émis un rire aigu et en avait aussitôt repris deux : « C'était une blague ! s'était-elle esclaffée. Juste une blague ! En fait, c'est un don pour l'école. » Les yeux brillants, elle s'était enveloppée dans la couverture à rayures comme pour ne pas voler en éclats. Un soir alors qu'elle me bordait, elle m'avait dit qu'elle ne se rendait pas toujours compte quand son comportement était excessif – ce qui était un des aspects les plus horribles de la maladie, m'avait-elle dit –, qu'elle ne savait pas toujours ce qui était normal et ce qui venait de la maladie, et elle m'avait demandé de la prévenir quand ça n'allait pas. « S'il te plaît. » L'enseigne colorée du bar au bout de la rue était allumée et projetait une grille de lumière rougeâtre sur sa joue, si bien qu'elle ressemblait à un personnage de film, le regard suppliant, une larme lumineuse traversant les cadres. Je lui avais tapoté la main et menti en disant que bien sûr, je le ferais, pas de problème. Ce matin-là à l'aéroport, l'expression sur le visage de ma tante avait fait le boulot pour nous tous.

Mon oncle et moi restions postés à côté du mât devant l'école primaire comme si nous n'avions jamais vu des gens entrer dans un restaurant avant, des gens qui se tenaient la porte, s'installaient et lisaient le menu. Des gens assis près de la devanture, buvant des verres d'eau. Des gens qui discutaient et mettaient du sel sur des monceaux de nourriture derrière les nuages en mouvement reflétés dans la grande baie vitrée. On est restés là plus d'un quart d'heure et je n'ai fait aucun geste dans aucune direction. Au-delà de mon refus catégorique de prendre l'avion, j'avais la volonté en bouillie. Plus tôt dans la journée, durant une leçon sur la roue chromatique, la directrice m'avait convoquée dans son bureau et m'avait dévisagée derrière ses grosses lunettes à monture en plastique noire avant de m'annoncer qu'il s'était passé quelque chose qu'elle comprenait à peine et que je comprenais à peine. En revanche, ce que j'ai saisi presque sur-le-champ, en plus d'avoir conscience du nombre surprenant de presse-papiers bleus dans son bureau et de la lumière rouge qui clignotait sur son téléphone industriel, était que je ne pourrais sans doute plus vivre à la maison. Après tout, j'avais assisté à la conversation téléphonique de la veille au soir. Pendant des années, j'avais vécu exclusivement avec ma mère. L'homme qu'elle fréquentait n'était qu'un petit ami occasionnel qui disparaîtrait pour toujours après cet événement. J'étais surprise, tremblante, dévastée, nauséeuse, mais pas si choquée que ça.

« Est-ce que je peux la voir ? » ai-je demandé à mon oncle quand nous avons traversé la rue et pris place sur une banquette décorée de volutes peintes dans le restaurant de burritos bondé qui sentait très fort la horchata à la cannelle. Il a répondu que non, pas tout de suite.

« Elle est très malade, Francie.

– Est-ce que sa main va guérir ?

– Oui.

– Est-ce que sa tête va guérir ?

– Sa tête va guérir aussi, mais plus lentement. »

J'ai réfléchi. « Est-ce qu'elle a une bestiole en elle ? »

Mon oncle s'est frotté le visage et a pris un sachet de sucre couleur pastel. « Non, a-t-il dit en tordant le sachet jusqu'à ce qu'il explose. Mais d'une certaine façon, oui. »

Notre commande est arrivée et il a soulevé son burrito au-dessus d'un lit de cristaux de sucre scintillant tandis que j'ouvrais le mien pour voir le rond de tortilla qui contenait les ingrédients parce qu'il était très facile d'oublier que le paquet mou d'un burrito était fait à partir de cette forme.

« Elle me préparait des œufs le matin, ai-je dit alors que nous retournions à l'école, et il a acquiescé, les mains profondément enfoncées dans ses poches. Elle jetait les coquilles. La semaine dernière elle a sorti la poubelle pour la mettre dans la benne.

– C'est bien, a-t-il dit toujours en acquiesçant, l'esprit manifestement ailleurs. C'est bon signe pour sa guérison. » Il a regardé son téléphone pour la énième fois et appelé ma tante qui a annoncé, si fort que j'ai pu l'entendre, qu'elle en était à sept centimètres. « Elle te dit qu'elle t'aime », a-t-il déclaré en raccrochant même si je savais qu'elle n'avait pas dit ça. On a traversé la pelouse en direction d'une autre classe, désormais abandonnée par les enfants, où ma baby-sitter assistait l'institutrice, et il a expliqué la situation au-dessus d'une congrégation de petites chaises orange, puis a demandé s'il serait possible que je reste un ou deux jours chez elle le temps qu'il organise mon voyage en train. « Je ne voudrais pas m'imposer, mais elle vous aime beaucoup. » La baby-sitter s'est agenouillée et m'a serrée dans ses bras. Nous n'avions pas passé beaucoup de temps ensemble, mais j'avais aimé être avec elle. Elle était drôle, gentille et avait des yeux d'obsidienne énormes, si magnifiques qu'ils semblaient remplis par une source de lave magique à l'intérieur d'elle et quand une larme coulait au coin de son œil, j'étais sincèrement surprise qu'elle soit transparente. « Votre femme a appelé ce matin, a-t-elle dit en hochant la tête. Je pense que ça ira. On va se faire une soirée pyjama. Même si mon appartement est petit ! » « Je suis petite », suis-je intervenue, et elle a eu un rire léger. « C'est vrai. Tu es petite. » « Elle l'est », a dit mon oncle en écho, lui qui n'était pas grand non plus, et elle a baissé la tête comme si nous étions des elfes.

5

Quand j'ai été assez grande pour aller à Portland toute seule, presque dix ans plus tard, j'ai pris l'avion et j'ai rendu visite à ma mère dans la résidence où elle avait emménagé et vivait désormais. Ma mère n'a jamais bougé de l'endroit où elle avait été transférée après son séjour à l'hôpital il y a toutes ces années, un grand bâtiment sur deux niveaux appelé Hawthorne House et situé dans le sud-est de la ville, un excellent choix, un lieu très demandé, extrêmement bien noté et avec une liste d'attente. Il avait été conçu pour accueillir en priorité des personnes âgées, mais il leur arrivait de prendre des patients en psychiatrie parce qu'il y avait de la place et qu'ils voulaient occuper leurs lits. Je m'y étais souvent rendue depuis mon départ de Portland, parfois plusieurs fois par an, mais toujours accompagnée par ma tante et/ou mon oncle. C'était le premier voyage que j'effectuais par moi-même.

Pour moi, cette visite a été ma première vraie tentative de donner du sens aux événements inhabituels qui s'étaient déroulés alors que je m'apprêtais à quitter Portland pour Los Angeles. L'échec a été si flagrant que cela explique sans doute en partie pourquoi il m'a fallu tant de temps avant de pouvoir à nouveau me pencher dessus.

Le voyage devait avoir lieu un samedi parce que c'était plus simple pour tout le monde. Je prendrais l'avion le matin et rentrerais par le dernier vol de la journée, je serais à la maison vers vingt et une heures, comme nous le faisions généralement avec ma tante ou mon oncle. De cette manière, nous économisions l'argent d'un hôtel et cela écourtait la visite, la rendait plus efficace.

J'avais dix-sept ans et le jour dit, je suis descendue à cinq heures et demie du matin, j'ai trouvé la voiture dans l'allée, moteur ronflant et phares allumés, Tante Minn qui m'attendait déjà pour m'emmener à l'aéroport. Elle était assise tranquillement au volant, les yeux fatigués, son gilet tout doux sur les épaules. Je ne l'avais presque pas entendue se préparer, à peine un mouvement discret d'une pièce à l'autre comme un spectre et des mots murmurés à Oncle Stan depuis le seuil de leur chambre, qui semblaient concerner le petit déjeuner de Vicky, même si elle serait sûrement rentrée avant le réveil de sa fille. Nous vivions tout près de l'aéroport de Burbank et Vicky dormait profondément, sa porte entrouverte pour qu'elle voie la lumière du couloir. Le reste de la maison était plongé dans le noir. Des ombres de feuilles d'arbres se déplaçaient sur les fenêtres comme en pleine nuit. Après avoir quitté la maison et nous être engagées dans Magnolia, les rues se sont ouvertes devant nous, droites et désertes, dépourvues de voitures, la masse obscure des Verdugo Mountains toutes proches à peine visible.

C'était moi qui avais eu l'idée de partir seule. J'allais bientôt entrer en terminale et ma mère avait tenté, quelques semaines plus tôt, de quitter Hawthorne House pour me récupérer, même si le moment était très mal choisi et que je n'avais jamais donné mon accord, mais elle avait regagné la résidence au bout de quelques jours en s'excusant auprès de moi à chaque appel, sa voix se brisant quand elle m'expliquait qu'elle n'y arrivait tout bonnement pas, qu'elle était vraiment désolée, qu'il valait mieux qu'elle reste à Hawthorne House pour l'instant, mais qu'avec un peu d'espoir, elle serait bientôt capable de faire un nouvel essai. C'était la conversation qu'elle entretenait avec elle-même ; je n'avais aucune intention de me réinstaller là-bas, ce que je ne lui avais jamais exprimé tout haut, mais j'avais décidé, dans une sorte de compromis, que je pourrais peut-être aller lui rendre visite par moi-même pour la première fois, juste pour passer un après-midi avec elle. Vicky réalisait un projet autour d'un insecte dans le cadre de sa colonie de vacances estivale axée sur les arts et les sciences, et ce projet qui incorporait toutes sortes de matériaux et de dessins m'avait donné envie de lui raconter une fois de plus comment le papillon était apparu, suivi de près par l'autre visiteur, le scarabée, et pendant que nous découpions des corps d'araignées dans du carton noir auxquels nous attachions des antennes en fil chenille, que nous fabriquions des fourmis avec des perles marron, j'ai songé pour la première fois que cela m'aiderait peut-être de parler de ces incidents avec ma mère. Peut-être qu'elle aurait des idées. Peut-être qu'en fait, c'était la personne idéale pour m'aider à régler son compte à cette bizarrerie. Je ne voulais surtout pas alarmer Tante Minn qui prenait n'importe quelle conversation sortant de l'ordinaire comme le signe inquiétant que mon esprit était en train de vriller.

Ce soir-là, une fois les araignées et toutes leurs pattes rangées dans la boîte à chaussures de Vicky, cette dernière mise au lit, après avoir donné un coup de main dans la cuisine et alors qu'Oncle Stan était sorti acheter des serviettes en papier, j'avais approché ma tante qui répondait à des mails du travail, assise à son bureau dans sa chambre. La pièce scintillait sous l'effet d'une série d'objets délicats dont un cube en verre incrusté de marguerites, une plaque de fer martelée qui disait *Ralentissez* en grandes lettres cursives, le vieux gobelet à stylos en argile que j'avais fabriqué des années plus tôt et que ma mère lui avait envoyé un jour de Portland pour lui faire un cadeau. « Entre, Francie ! a-t-elle dit en me voyant. Je t'en prie ! J'ai bien besoin d'un peu de distraction. » En approchant, je lui ai expliqué que j'avais besoin d'un conseil, que je savais que nous étions censés aller à Portland à la fin de l'été, mais je me disais que pour une fois, je pourrais peut-être rendre visite à ma mère toute seule, juste pour voir. Ma voix tremblait, je me tordais les mains, mais son visage tracassé par le travail s'est ouvert et illuminé : « Oh je suis sûre qu'elle adorerait ça ! » a-t-elle dit en riant, puis d'un clic, elle a fermé les fenêtres qui l'occupaient et est allée aussitôt sur le site d'une compagnie aérienne pour qu'on trouve un vol ensemble. Je suis parvenue à sélectionner ma place, à entrer les informations de sa carte de crédit et à attendre le mail de confirmation uniquement grâce à sa présence à mes côtés, résolue, enthousiaste, confiante dans le fait que c'était une bonne idée ; en plus du soutien financier évidemment essentiel, son corps tout près du mien ouvrait une brèche dans laquelle acheter ce billet d'avion était possible.

À mon plus grand étonnement, j'ai passé les semaines suivantes à attendre le voyage avec impatience. Ces visites à Portland n'avaient généralement rien de très agréable pour moi ; bien notée ou pas, cette résidence ne me plaisait pas, avec ses infirmières qui se déplaçaient toujours d'un pas brusque, les salons de jardin qui rouillaient dehors, et mon pouls accélérait dès que nous nous engagions dans le dernier virage et que nous découvrions ma mère qui nous attendait avec des yeux écarquillés comme si un long périple en mer nous avait séparées. Mais cette fois c'était différent, j'étais animée par quelque chose de nouveau et ma mère avait débordé d'enthousiasme quand je lui avais annoncé la nouvelle lors de notre appel dominical, elle avait parlé sans discontinuer de la place spéciale qu'elle me réserverait à côté d'elle au déjeuner, du pull qu'elle allait me tricoter et de toutes les personnes qu'elle me présenterait à la seconde où j'arriverais de l'aéroport. D'autre part, l'avion qui m'avait tellement tourmenté quand j'avais huit ans, n'était plus un problème. J'avais découvert que les adultes avaient raison et que le paysage de l'autre côté des hublots n'était pas flou. Des années plus tôt, quand ma tante et moi avions pris l'avion ensemble pour la première fois, quelques mois après mon installation à Burbank, assises sur nos sièges rembourrés, je lui avais attrapé la main, terrifiée, les doigts serrés autour des siens, et Tante Minn avait relevé le volet du hublot pendant que je gardais la tête baissée et essayais de me concentrer sur mon cahier d'activités. Tout en travaillant, j'observais régulièrement mes mains pour voir si elles devenaient floues, si je commençais à disparaître, et dans un instant de courage, j'ai coulé un regard vers le hublot de l'autre côté de la travée, m'attendant à découvrir un monde ayant perdu toute définition, mais le paysage en dessous de nous ressortait clairement et avec beaucoup de détails, à croire que nous ne volions pas à des centaines de kilomètres heure, et je me suis aperçue que je pouvais suivre notre déplacement – des terres agricoles soigneusement délimitées, des bandes de routes grises, des montagnes crevassées, des nuages en mouvement. Le steward est passé avec son chariot et lui aussi était net, une personne avec une silhouette définie et le jus d'orange qu'il m'a tendu ressemblait à tous les autres jus d'orange que j'avais pu boire sur la terre ferme. Le trajet s'était donc bien passé et, très fière, Tante Minn m'avait serrée dans ses bras à l'atterrissage, me disant que j'avais surmonté ma peur, et cela a été de loin le meilleur moment de cette visite à Hawthorne House qui, pour le reste, n'a pas été simple. À cette époque, ma mère ne connaissait personne dans la résidence à part un médecin et deux infirmières, et elle avait pleuré sur l'épaule de Minn, son visage fripé par la vulnérabilité et la perte, les deux sœurs se serrant dans les bras pendant que je restais à côté, à observer avec une espèce d'intensité féroce les marines en pointillé accrochées aux murs.

« Est-ce que je dois faire attention à quelque chose avec maman ? » ai-je demandé à dix-sept ans alors que nous étions arrêtées à un feu rouge près de Victory, la seule voiture au croisement. L'obscurité autour de nous commençait à céder du terrain même si le soleil n'avait pas encore jeté son premier coup d'œil par-dessus les collines. Ma tante a secoué la tête. « Non, rien de particulier », m'a-t-elle dit. L'important était que je passe un bon moment, surtout. Son regard rivé sur la route était alerte et triste, concentré sur le feu de signalisation, et elle m'a paru dégager un certain mystère ce matin-là. Le feu est passé au vert et nous avons longé des rangées de boutiques comme des décors de cinéma – de modestes cordonniers, des cafés, des vendeurs de hamburgers –, nous roulions à travers les rues, entre les innombrables commerces de Burbank vendant des pièces détachées : plaques de métal, skaï, fibre de verre, showrooms de portières et de vitres. Quelques voitures ont fait leur apparition, phares aveuglants, et le contour des collines au loin devenait plus net. Quand le panneau éclairé de l'aéroport s'est dressé sur notre gauche, l'aéroport Bob Hope qui devait son nom à l'acteur qui avait passé tout sa vie près de Toluca Lake, Tante Minn s'est rangée le long du trottoir du Terminal 1, m'a tendu un sachet blanc contenant les biscuits préférés de ma mère, des biscotti à l'anis qu'on devait sûrement pouvoir trouver aussi à Portland. Ma tante en achetait chaque fois qu'on allait la voir. Apparemment, quand elle était petite il y a longtemps, ma mère adorait les biscotti.

« Je viendrai te chercher à vingt et une heures, a déclaré Tante Minn en m'embrassant sur la joue. Ça va tellement la toucher de te voir toute seule. »

Et puis elle m'a dit au revoir d'un geste de la main avant de s'insérer dans la voie de sortie, me laissant au bord du trottoir, le soleil étirant désormais ses rayons qui éclairaient les flancs bruns des montagnes et leurs entrelacs de mousse orange. Quelques personnes sont arrivées du parking au compte-gouttes, les cheveux mouillés et le visage strié par les plis de l'oreiller. Un homme à l'entrée tambourinait sur un comptoir, attendant d'enregistrer les bagages des passagers qui ne voulaient pas le faire à l'intérieur. Je suis entrée imprimer ma carte d'embarquement et me suis avancée vers le contrôle de sécurité désert. J'étais seule dans la file. Les policiers plaisantaient entre eux au sujet de leurs dragues du vendredi soir, et j'ai suivi les instructions par automatisme, retiré mes chaussures, remis mes chaussures, levé les bras, baissé les bras jusqu'à ce que mon sac ait passé les rayons X et qu'on m'ait autorisée à entrer, et pendant tout ce temps, alors que je franchissais les étapes, j'ai tenté de dominer ce qui ressemblait à une vague d'appréhension presque insurmontable, m'imaginant seule avec elle, ma mère.

Cela faisait alors presque dix ans que j'avais quitté Portland, et donc presque dix ans que je n'avais pas été seule avec ma mère. D'habitude, pendant ces visites, je me sentais comme un prolongement de ma tante que je suivais partout ;

elle orientait la conversation avec ma mère, toutes les trois assises dans les vieux fauteuils couverts de soie vert citron au milieu du foyer principal, et elle gérait le repas ; elle connaissait les infirmières par leur prénom, et racontait mes bonnes notes, mes occupations et mes modestes réussites à ma mère. J'étais soulagée de la laisser faire, et en général, je restais à côté d'elle, tressant les franges douces des pompons des coussins en brocart, acquiesçant, écoutant, consciente que mon rôle de visiteuse comprenait deux parties – la première, gérer intérieurement la vague de mémoire sensorielle, de manque et de froideur qui me submergeait quand je revoyais ma mère, et la seconde, par ma présence, montrer aux autres résidents que j'existais et que les photos encadrées de petite fille souriante dans sa chambre n'avaient donc pas été découpées dans des magazines. Chaque fois que j'avais mis un pied à Hawthorne House précédemment, ma mère avait accouru vers moi, m'avait prise dans ses bras, serré les mains dans les siennes et avait hurlé « Francie ! » d'une voix lourde de sentiment, de revendication, m'avait dit combien je lui avais manqué, qu'elle s'était renseignée sur les vols et qu'elle viendrait me voir bientôt, tout bientôt, ajoutant généralement quelque chose à propos de Disneyland. Rien de tout cela n'était vrai ; elle s'était peut-être effectivement renseignée sur les vols, mais n'avait jamais pu me rendre visite, ce qui ne l'empêchait pas de le répéter comme si dire s'apparentait à faire – une visite par les mots. Apparemment, aucune de nous deux ne pouvait admettre tout haut que nous vivions dans des villes différentes et ce depuis pas mal de temps. Cette fois où elle avait profité d'une autorisation de sortie pour tenter de vivre à nouveau seule, elle avait oublié de prendre ses médicaments et, une semaine plus tard, était de retour à la résidence, car un psychiatre passait régulièrement dans l'établissement et que l'aggravation de son état était évident, sûrement délibéré. Cet endroit, une des meilleures institutions de la ville, acceptait son assurance Medicare et personne ne voulait vraiment qu'elle laisse sa place. Par « personne », j'entends ma tante et mon oncle, peut-être elle-même aussi, et parfois moi, sans aucun doute.

Les hôtesses à la porte d'embarquement ont appelé les rangées où se trouvait ma place, B 1-30, et j'ai franchi la porte de verre qui s'ouvrait sur le bord de la piste, j'ai gravi l'escalier mobile pour entrer dans la cabine de l'avion et prendre ma place. Comme d'habitude, j'ai imaginé que ma mère était un point sur une carte, loin au nord sur la côte, et que pendant que je remplissais la grille de sudoku dans le magazine de la compagnie aérienne, buvais mon jus d'orange et mangeais mes cacahuètes, je filais dans les airs pour me rapprocher d'elle, m'élevais au-dessus des nuages, des villes, des champs et des côtes. Je pouvais tout situer. Tout était si net. Une fois revenue à terre, j'ai pris la Red Line jusqu'au centre-ville, puis je suis montée dans le 71 et enfin, près de la 50e Rue, j'ai descendu plusieurs blocs à pied jusqu'à l'entrée de Hawthorne House où j'ai montré ma pièce d'identité à la réception en ajoutant que je venais voir Elaine.

6

Pendant que j'étais dans le train et le bus qui me conduisaient à la résidence de ma mère, une équipe de nettoyage est entrée dans la cabine de l'avion avant que n'arrive la fournée de passagers suivante. J'avais laissé derrière moi un gobelet, le sachet des cacahuètes et une serviette. Absorbée dans mon sudoku, j'avais raté le ramassage des détritus par l'hôtesse de l'air, de sorte qu'ils étaient restés fourrés dans la poche du siège devant moi et qu'une personne les récupérait à cet instant pour les jeter dans un grand sac poubelle rempli de déchets similaires. Je pensais aussi à ces choses en allant voir ma mère, comme souvent. Aux petites crottes de mon existence.

7

Avec les années, ma mère était devenue une résidente très appréciée ; elle était charmante, de compagnie agréable et douée pour pousser les gens à quitter leur sédentarité et se joindre aux activités du soir. Elle savait aussi chanter en s'accompagnant au piano, et il y en avait justement un dans un coin de la salle principale, marron avec des touches tachées comme la dentition d'un gros fumeur. Personne ne savait d'où venait ce piano ; il avait un son retentissant et plein, mais un des ré dans les aigus était cassé et ma mère chantait la note quand le grand homme aux articulations qui craquaient s'asseyait sur le tabouret pour jouer des chants de Noël à tout moment de l'année. Ma tante et moi la retrouvions généralement dans cette pièce, et c'est aussi vers celle-ci que je me suis dirigée seule, le cœur battant, les paumes moites, longeant les baies vitrées ouvertes qui laissait entrer un parfum de fleurs et de fruits d'été tombés par terre, l'abondance féconde d'un mois d'août dans le nord de l'Oregon, pour la trouver occupée comme à son habitude.

Elle était assise près du pianiste sur la banquette en bois, une étole colorée autour des épaules, ses cheveux auburn peignés et formant de lourdes vagues. Le pianiste arrivait au bout de « Sleigh Bells » et, à l'instant où j'approchais de la pièce à pas feutrés, ils ont entamé « My Funny Valentine » qui a toujours été l'une des chansons préférées de ma mère. Que de sensations pour moi en entendant ces notes, cette chanson qu'elle m'avait parfois chantée dans un murmure à l'heure du coucher. Le pianiste jouait avec assurance, il avait dû passer sa vie à accompagner des chanteurs, et même si je l'avais souvent vu auparavant, je ne savais toujours pas s'il s'agissait d'un résident, d'un visiteur ou d'un membre du personnel. Ma mère s'est mise à chanter avec son alto de gorge et je me suis arrêtée sur le pas de la porte, me suis appuyée contre le mur aussi silencieusement que possible pour écouter, suffisamment à l'écart pour que ma présence n'ait pas encore d'influence sur la pièce.

Je connaissais très bien cet endroit. Je m'y repérais d'abord en restant sur son seuil. C'était une pièce décrépite, mais jolie, garnie d'étagères de vieux livres et de meubles anciens, décorée de tableaux décolorés dans des cadres aux dorures ornementées et représentant des marines avec falaises, offertes par le parent fortuné d'un des résidents. Elle avait toujours été mon endroit préféré quand nous venions. La plupart des autres résidents se trouvaient dans la pièce d'à côté, assis devant la télé ou installés sur des causeuses rouillées dans l'atrium au milieu du bâtiment, la tête penchée en arrière pour regarder un carré de ciel, mais ces espaces m'avaient toujours paru dangereux, construits sans qu'on comprenne à quoi ils servaient, alors que le vieux salon avait l'aura d'un château européen menaçant ruine, et avant d'annoncer ma présence à la personne qui comptait pour moi à l'intérieur, je me suis laissée envahir par la familiarité des lieux et leur élégance décatie. Ces tableaux avaient joué le rôle d'ancres auxquelles me raccrocher durant tant de mes visites ; je ne crois pas qu'aucun autre visiteur connaisse aussi bien que moi les détails de ces scènes de plage avec seaux, crêtes de vagues et dégradés de soleil couchant. Mais je me trompe peut-être. Peut-être que nombre d'entre nous, résidents et visiteurs, avaient appris ces images par cœur.

« Don't change a hair for me » chantait ma mère en y mettant de l'émotion. La musique suivait une gamme montante et, quand le piano a émis un bruit sourd à la place de la note manquante, ma mère a émis un ré parfait, et la dissonance entre les deux a offert une bonne analogie de son état qui semblait condamné à tourner autour de deux notes, l'une juste l'autre fausse, pour les siècles des siècles, amen.

Elle ne m'avait pas encore vue, mais à l'autre bout de la pièce, une infirmière qui remplissait des papiers à un bureau en teck tout abîmé a levé les yeux et m'a adressé un signe de tête.

J'ai sans doute changé de position parce que le bois a craqué et ma mère s'est tournée d'un coup en criant, et a accouru pour me serrer dans ses bras, m'attrapant par les épaules. « Ça fait combien de temps que tu es là ? a-t-elle demandé, les yeux brillants de larmes. Tu es venue ! »

Après avoir remercié le pianiste qui lui a souri en retour, elle m'a entraînée sur le côté comme si nous étions des invitées à une fête, m'a fait asseoir sur les habituels fauteuils recouverts de soie vert citron élimés. « Viens, a-t-elle dit en me prenant par la main, installe-toi et raconte-moi tout. Comment s'est passé le vol ? Ça faisait quoi d'être toute seule ? » Je lui ai tendu les biscotti et elle a ri en jetant un œil à l'intérieur du sachet. « Ma sœur, a-t-elle dit en secouant la tête. Elle pense toujours à tout. »

C'était bizarre sans ma tante ; la conversation était heurtée comme si on venait juste de se rencontrer, et quand ma mère m'a posé une autre question sur le vol, je lui ai donné tous les détails qui me sont passés par la tête, me raccrochant à des fragments d'informations comme s'ils étaient des pierres de gué entre nous, ce qu'ils étaient, et je lui ai même parlé de la boisson que j'avais choisie, de mon voisin et du temps d'attente à l'arrêt de bus (vingt minutes) tandis qu'elle m'écoutait, les yeux toujours écarquillés, avides. Au bout d'un moment, son regard s'est déplacé sur mon visage et elle m'a pris à nouveau par les épaules pour mieux m'observer. « Tu es une jeune femme sublime, a-t-elle dit en me serrant les bras. Regarde-toi ! Dix-sept ans !

– Dix-sept ans. »

Elle a complimenté mes cheveux que j'avais attachés en queue-de-cheval comme d'habitude, ainsi que mes vêtements – un bas de jogging et un sweat-shirt bleu marine, ma dernière réaction en date aux pressions de l'adolescence. J'avais l'impression que c'était le simple fait de mon existence, qu'elle complimentait. Je n'étais pas une adolescente sublime ; sublime n'était pas l'adjectif qui me qualifiait, mais je savais, je sentais la lumière éclatante que je lui prodiguais en étant assise là.

Elle s'est essuyé les yeux avec un mouchoir. Ma dernière visite remontait presque à huit mois. Elle semblait plus âgée sous le soleil d'été, les rides autour de ses yeux plus marquées.

Ma mère m'a répété qu'elle avait réservé une place spéciale à côté d'elle pour le déjeuner, à sa table, et que la nourriture était correcte grâce à une nouvelle cuisinière, une jeune femme talentueuse prénommée Lucy que nous pourrions peut-être rencontrer après le repas. Elle m'a parlé de sa routine, du fait qu'elle chantait tout le temps, qu'elle avait donné un coup de main pour organiser un programme de divertissements en soirée et se sentait ainsi plus utile, ce qui était appréciable. Elle a parlé de son ami talentueux, Edward, qui avait grandi dans le sud de l'Inde où il avait encore beaucoup de famille et qui chantait avec un vibrato plein d'émotion quand personne n'écoutait, ce qu'elle a essayé d'illustrer avec une sincérité qui a plongé l'adolescente que j'étais dans un bain de honte, même si le salon était désert à l'exception de l'infirmière de service. « Edward, c'est le pianiste », a-t-elle ajouté en désignant le piano d'un mouvement de la tête alors que l'homme n'était plus là. Elle m'a posé d'autres questions sur moi, et j'ai commencé par parler de Vicky qui s'intéressait à la comédie musicale montée par son école, Vicky qui, à neuf ans, avait été une aide précieuse pour son instituteur dans les coulisses de leur production de *You're a Good Man, Charlie Brown*, j'ai enchaîné avec Oncle Stan qui avait trouvé du travail sur le tournage d'un film d'action qui deviendrait peut-être une série, et avec Tante Minn dont la nouvelle collègue à l'administration du collège lui donnait du fil à retordre parce qu'elle arrivait tous les jours en retard. Je suis passée ensuite à mes cours, la dissection des grenouilles que j'avais adorée en SVT, les objets trouvés dans des vide-greniers que je commençais à collectionner pour les revendre – une activité qui m'amusait beaucoup et pour laquelle je semblais assez douée, mon amie Deena qui ne portait que des tenues courtes en faux cuir blanc et disait qu'elle préférait ma compagnie à celle des autres parce que je ne lui faisais jamais d'ombre. En réponse, ma mère a émis les bons sons aux bons moments, des *ah* et des *mmm*, a grimacé en entendant les propos de Deena, pris soin de dire que si on sous-estimait mon charme, je n'en étais pas moins belle, qu'elle refusait que quiconque me rabaisse et qu'elle était persuadée que je choisissais mes objets avec goût ; je lui ai expliqué que ça nous arrangeait bien comme ça, Deena et moi, parce que Deena aimait être dans la lumière alors que moi non, et on s'est ainsi renvoyé des phrases comme tenues par un élastique qui nous liait l'une à l'autre pendant que nous apprenions à n'être que toutes les deux, mais ça n'était qu'un prélude, une ouverture, parce que, pendant que je lui donnais ces précisions sur ma vie, me débarrassant des nouvelles comme on dégage un sentier de randonnée, pendant que les falaises autour de nous faisaient déferler des vagues de peinture couleur d'acier sur des plages de sable en pointillé, je sentais se former en moi une espèce de noyau dur en pensant à ce que je voulais vraiment aborder avec elle, maintenant que je l'avais pour moi toute seule.

« Maman », ai-je dit. J'ai passé le bout des doigts sur le tissu du fauteuil qui s'effilochait, sur le bois là où il s'enroulait pour former des plumes. « Il y a quelque chose dont je voulais te parler.

– Tout ce que tu veux, a répondu ma mère en me prenant la main. Je t'en prie, ma chérie. Rien ne me ferait plus plaisir.

– Ça va te paraître étrange.

– L'étrange ça me connaît, a-t-elle dit en remuant la tête. Tu le sais.

– Mais je pense que tout va bien dans ma tête. »

Elle me fixait dans le blanc des yeux, son regard comme rivé au mien. « Écoute, Francie. Écoute. Tu es la personne la plus stable que je connaisse. Tu n'as pas ce que j'ai. Mon problème a commencé à ma naissance, ma mère en a parlé dès que je suis née ! Tu sais qu'ils m'ont cogné le crâne contre une table, non ? Tu étais une enfant si dégourdie en comparaison. Tu rampais à sept mois. C'était fascinant. Je suis sûre que tu vas bien. »

J'ai perdu mon sang-froid. J'ai inventé une histoire sur un garçon que j'aimais bien au lycée, dans un cours de chimie inexistant, en m'inspirant de l'homme avec qui je parlais de temps en temps à la bibliothèque du coin, qui avait au moins dix ans de plus que moi, sans doute gay, et qui avait une façon de s'ébouriffer les cheveux quand il cherchait des livres que je trouvais attirante. Elle a passé les vingt minutes suivantes à me parler de contraception et, une fois de retour à Burbank, j'ai reçu plusieurs lettres dans des enveloppes à moitié scellées, mais miraculeusement livrées par le facteur, contenant des tonnes d'articles sur les différentes marques de préservatifs. On a changé de sujet et la conversation est revenue sur Edward, les horaires des divertissements proposés, et quand un coup de vent a traversé la moustiquaire de la fenêtre, elle a resserré son étole autour de ses épaules, un immense rectangle de tissu orné de motifs cachemire qui, d'après elle, était un cadeau de Tante Minn. « Tu veux bien qu'on prenne une photo que tu pourras lui montrer ? » a-t-elle demandé, et on s'est tournées vers l'infirmière qui en a pris toute une série : d'elle, de moi, d'elle et moi, de nous deux enveloppées dans l'étole, puis, une fois la séance terminée et après avoir regagné nos fauteuils respectifs, j'ai profité d'une ouverture pour faire une nouvelle tentative.

« Quand tu t'es fracassé la main, ai-je dit sous les falaises peintes à l'huile en serrant sa main qui n'avait pas été blessée, au son des couverts qui s'entrechoquaient et des roues des chariots du personnel qui mettait la table dans la salle à manger. J'ai passé deux nuits chez la baby-sitter avant de prendre le train pour rejoindre Tante Minn et Oncle Stan.

– Dieu bénisse cette baby-sitter. Elle m'a sauvée. Je n'étais capable de rien à ce moment-là. Tu le sais, Francie ? J'étais attachée au lit. Je n'arrêtais pas de hurler que je voulais te voir.

– Il y avait une lampe dans son salon. Avec des papillons sur l'abat-jour.

– Comme c'est joli », a dit ma mère en acquiesçant plusieurs fois. Elle avait les yeux humides et semblait confirmer tout ce que je disais avant que les mots sortent de ma bouche. « J'ai toujours adoré ses bijoux. Elle semblait les choisir avec beaucoup d'attention.

– Le matin de mon départ, j'ai vu quelque chose.

– D'accord.

– C'était un papillon.

– Oui, a-t-elle dit en me pressant la main. Ça m'a l'air charmant. Une lampe avec des papillons.

– Sauf que c'était un vrai papillon. Il était tombé dans un verre d'eau. »

Ses yeux toujours rivés sur moi. À l'arrière-plan, l'homme au vibrato et aux articulations qui craquaient, Edward, s'était remis au piano pour jouer de petits medleys et j'ai reconnu vaguement un classique du rock qui parlait de se délester d'un poids. Il y a eu de l'agitation à l'extérieur du salon au moment où les résidents se sont levés pour rejoindre la salle à manger, suivant l'arôme de plus en plus prégnant de ce qui ressemblait à du chili. Ma mère me dévisageait, ses yeux de gentil chien papillotant, un de ses cils recourbés tombé sur le haut de sa pommette, sa beauté ordinaire et généreuse, sa pomme d'Adam qui s'est soulevée puis est retombée quand elle a dégluti, et j'ai compris soudain, comme une évidence, que ce n'était pas bien de lui parler de tout ça. Pendant des années, j'avais fait attention de ne rien dire à Tante Minn au sujet du papillon ou du scarabée, pour ne pas l'accabler ou l'effrayer, mais est-ce que ce n'était pas pire de le faire avec la personne pour qui la frontière entre l'esprit et le monde était déjà ténue ?

« Comme c'est triste, a dit ma mère.

– Oui. Il était mort.

– Comme c'est triste, a-t-elle répété, et son regard a commencé à se perdre.

– Il avait la même couleur et la même forme que ceux sur la lampe, ai-je poursuivi malgré tout. Et il flottait dans l'eau, juste sous la lampe.

– Mon Dieu.

– Et les fenêtres étaient fermées.

– Ça devait être un papillon très intelligent pour avoir trouvé un petit espace par lequel se faufiler, non ?

– Je n'ai vu aucun petit espace.

– Portland est connu pour ses papillons.

– Il était de la même couleur que ceux sur la lampe. Exactement la même.

– Il y avait des vrais papillons sur la lampe ?

– Non. Sur la lampe, c'étaient des images de papillons.

– Une image flottait dans l'eau ?

– Non. C'était un vrai papillon qui flottait dans le verre d'eau. »

Elle a tiré sur son étole pour la resserrer encore plus autour d'elle. Elle était vraiment très grande, cette étole, presque de la taille d'un drap pour un lit double. Je me demandais où ma tante avait bien pu la trouver.

« C'est très étrange comme coïncidence, a-t-elle dit jovialement. Qu'a dit la baby-sitter ?

– Je ne le lui ai pas montré. »

Elle a remué dans son fauteuil.

« Pourquoi ? Pourquoi ne pas le lui avoir montré ?

– Je ne sais pas.

– Est-ce que tu as pris une photo ?

– Non.

– Tu l'as avec toi ?

– Je l'ai bu.

– C'était il y a combien de temps ? Tu ne l'as pas montré à Shrina ?

– Non. Je l'ai avalé en buvant le verre d'eau et elle m'a emmenée à la gare.

– À qui d'autre l'as-tu raconté ?

– Tu es la première. »

C'était comme défaire discrètement un collier, celui qui empêchait sa pensée de se déliter. J'avais l'impression de ne pas pouvoir m'arrêter. Par ailleurs, elle n'était pas la première personne à qui j'en parlais, pas du tout ; j'avais raconté toute l'histoire à Vicky de très nombreuses fois, comment j'avais aperçu le papillon et bu le verre d'eau qui le contenait. Je lui avais montré le scarabée dans mon sac violet quand elle avait quatre ans, à la lumière d'un rayon de soleil dans sa chambre, comme un talisman sorti d'une rivière de monde imaginaire. Plusieurs mois avant cette visite, j'avais rencontré par hasard un beau jeune homme à l'arrêt de bus un après-midi et lui avais aussi parlé de ce même scarabée noir mort qui avait d'abord existé sur une feuille de papier et que j'avais gardé un moment au creux de ma main dans le train, je lui avais raconté cette histoire lentement en prenant une voix à donner la chair de poule juste avant qu'on se rende sur la colline de Hollywood pour assister à un défilé de Halloween. Il avait écouté, le regard concentré, penché en avant, tapotant son genou, et si son degré d'attention ne m'avait pas terrifiée, je l'aurais accompagné pendant le défilé et lui en aurais raconté davantage. Mais pour je ne sais quelle raison, ce jour-là, je voulais intensifier la pression sur ma mère, je voulais qu'elle pense que ça venait d'elle, et dès que je l'ai eue pour moi toute seule, je n'ai pas pu me retenir. J'ai fait une pause dans mon fauteuil. Les nuages orageux du tableau émettaient une forte lueur d'acier. Ma mère continuait de resserrer l'étole autour d'elle comme elle l'avait fait avec la tonne de couvertures confectionnées au crochet ce mois de juillet des années plus tôt, elle qui s'enveloppait toujours dans quelque chose, qui s'emmitouflait, puis, en attendant que j'en dise plus, son corps fermement emmailloté s'est mis à se hisser contre le dossier de son fauteuil.

« Je suis désolée de t'embêter. Peut-être que je n'aurais pas dû t'en parler…

– Bien sûr que tu devais m'en parler, a dit ma mère en continuant de se hisser sur le dossier du fauteuil.

– Maman ?

– C'est un honneur, a-t-elle dit, son corps toujours plus haut comme si c'était le seul moyen de se sortir de cette conversation.

– Ça va ? Infirmière ?

– Je…

– Infirmière ! » ai-je appelé, et ma mère est partie à la renverse par-dessus le dossier du fauteuil. Elle est tombée, son épaule et le côté de sa tête heurtant le sol alors que je me précipitais vers elle et que l'infirmière, jusque-là toujours plongée dans sa paperasserie à l'autre bout de la pièce sur le bureau en teck, accourait à son tour. On a aidé ma mère à se relever et elle ne saignait pas, elle était juste hébétée, un peu secouée, et quand l'infirmière m'a demandé ce qui s'était passé, quel était le problème, ma mère a répondu ce n'est rien, rien du tout, mais ses mains ont émergé du cocon de l'étole et se sont mises à imiter des sauts de lapin, un geste que je connaissais très bien mais que je ne l'avais pas vue faire depuis des années. « Recule », m'a dit l'infirmière sur un ton brusque en aidant ma mère à se mettre debout et la laissant s'appuyer lourdement sur son bras le temps qu'elle la raccompagne jusqu'à la chambre qu'elle partageait avec une autre personne, une personne terriblement vieille, si effacée et osseuse qu'on la remarquait à peine au milieu de ses couvertures. J'ai demandé si je devais rester à déjeuner, si ma mère allait pouvoir déjeuner, ce que je devais faire, et l'infirmière a secoué la tête sans me regarder, marmonnant quelque chose en s'adressant au sol, comme quoi il n'y aurait pas de déjeuner ; elle m'a dit de ne pas trop m'approcher pour dire au revoir, de me contenter d'un signe de la main depuis la porte qu'elle surveillait tandis que ma mère était allongée sur son lit, bordée, les cheveux en éventail sur son oreiller comme une enfant d'un autre siècle. Sur sa table de chevet se trouvaient un verre d'eau, un flacon de comprimés, une photo de moi prise à l'école, une lampe classique d'un blanc pur. Moi, j'agitais la main depuis la porte, tremblant de culpabilité et de méchanceté, prise d'une envie désespérée de partir, mais tout de même très soulagée de voir que tout ce qui pourrait tomber de sa lampe dans le verre d'eau serait une lumière blanche, un néant de lumière blanche. « Je suis désolée », ai-je dit à une autre infirmière qui m'a fait longer la salle à manger résonnant du bruit de fourchettes et de légers bavardages, et m'a accompagnée jusqu'à l'entrée de la résidence où elle s'est tenue avec moi sur les marches en brique pour regarder le monde constellé, humide, avec des pointes de violet et d'orange, un cadeau offert par des mois de pluie. « Ça va aller, a-t-elle dit, on va bien s'occuper d'elle. À quelle heure est ton avion ? » « Pas avant ce soir. Je … » « Ma jolie, a dit l'infirmière tout bas en me tapotant l'épaule, rentre plus tôt. »

8

Je repense à tout cela aujourd'hui depuis le balcon de mon appartement tout au fond de la San Fernando Valley où je vis au deuxième étage d'un immeuble en stuc couleur sable à environ dix minutes de bus de chez ma tante et mon oncle. J'habite ici, dans cet appartement, depuis trois ans, et je suis à Los Angeles depuis presque vingt ans.

En fin d'après-midi il y a de cela des mois, un jour qui n'avait rien de remarquable en dehors d'un certain vide familier dont je sentais les bords roulotter à l'intérieur de moi, je suis rentrée à pied du magasin d'encadrement au bout de la rue où je suis manager, un boulot que j'avais accepté en me disant que ça pouvait m'intéresser, l'entreprenariat, même si je n'aimais pas l'endroit, ni les horaires, ni l'encadrement. Je me suis installée sur le balcon en mangeant un paquet de chips, regardant les deux orangers feuillus qui restaient de l'ancien bosquet. Pour une raison que j'ignore, j'éprouvais un calme inhabituel à regarder dehors, comme si un nouvel espace s'était ouvert un instant, une espèce de porte tambour qui révélait une petite ouverture sur l'extérieur, et qu'à travers cette ouverture s'était glissée une image nette et précise de la cour de récréation de Lewis and Clark, mon école primaire à Portland quand j'étais petite. J'étais là, à huit ans, toute seule au milieu de la cour, totalement immobile dans l'air venteux, la grille avec ses motifs en losange, le goût du biscuit salé qui fondait dans ma bouche. Je me situais. Par rapport aux autres enfants qui couraient et pensaient que j'étais encore bloquée longtemps après la fin d'une partie de chat glacé, et qui, en retournant en classe, m'avaient tapoté l'épaule pour me débloquer.

Depuis le balcon, j'ai vu quelqu'un sortir d'un magasin, quelqu'un entrer dans un autre, des voitures quitter leur place le long du trottoir planté d'horodateurs, et de nouvelles voitures s'y garer. Mon appartement était presque au coin de la rue, de sorte que mon panorama incluait des piétons montant dans leur véhicule sur Chandler ainsi qu'un aperçu de Victory Boulevard et de toute l'activité commerciale qui y régnait. C'était un après-midi nuageux de juillet et la chaleur étouffante de l'été n'avait pas encore cuit la vallée pour la faire virer au brun, si bien que les collines arboraient encore des parcelles vertes ondoyantes parcourues de bandes jaune vif. Je mangeais mes chips assise à côté de la petite plante succulente dans son pot en terre laissée par un précédent locataire, et un instant, je me suis sentie vivre en même temps dans les deux temporalités. Pourquoi le souvenir avait-il émergé à cet endroit et à ce moment-là ? Je l'ignorais.

Je me dispersais un peu, à l'époque. J'avais vingt-six ans.

J'allais travailler au magasin d'encadrement presque tous les jours, me tenais derrière le comptoir pour prendre les commandes, donnais mon avis sur les avantages du métal par rapport au bois. J'occupais mes soirées du vendredi et du samedi avec des activités proposées par d'autres. Je me rendais à des dîners où une autre personne et moi nous évaluions comme potentiels partenaires sexuels, cela après une rupture récente avec mon compagnon sur qui ma tante et Vicky avaient posé d'innombrables questions d'une voix pleine de sous-entendus joyeux, mais en dehors de mes sorties récurrentes du week-end dans les vide-greniers où je cherchais des objets à revendre sur Internet, j'avais surtout l'impression de continuer à faire semblant d'avoir une vie sociale, exactement comme quand j'étais en CE2, assise à ma table, discutant avec mes camarades et leur racontant des blagues pour leur faire croire que j'étais là. Je ne m'incarnais dans rien de tout cela et la sensation qui m'est revenue sur le balcon, ce souvenir d'immobilité et d'attention à mon environnement jusqu'à ce que cette main se pose sur mon épaule et que la petite fille lance : « Francie est encore bloquée ! », provoquant les rires des autres enfants – ce souvenir a évoqué quelque chose de différent, quelque chose qui s'apparenterait à reconnaître l'effluve d'un parfum senti il y a longtemps, le parfum d'un royaume lointain. Cela ne m'avait même pas dérangée qu'on se moque de moi parce que je restais immobile comme une masse inerte ; j'avais trouvé ça agréable, ces moqueries. Elles ne m'avaient jamais arrêtée.

Sur le balcon, la brise est passée sur mon visage et, en contrebas, les voitures se sont arrêtées au feu rouge, sont reparties quand il est passé au vert, et le souvenir de la cour de récréation a commencé à m'échapper, la main se détachant de mon épaule, le jeu terminé, le corps disparaissant dans l'épaisseur du temps.

Je suis retournée à l'intérieur, j'ai jeté le paquet de chips à la poubelle, organisé mon week-end et une fois de plus, j'ai oublié.

9

Et puis quelques jours plus tard, j'ai été prise du désir impérieux de faire de la place sur mon balcon pour me construire une tente.

L'idée ne m'est pas venue tout de suite ; j'avais repensé à la cour de récréation pendant que j'étais sur le balcon, et même si les détails se sont en partie perdus, il est resté quelque chose de l'ordre de l'impression, d'un rythme différent, et après ça, j'ai annulé les plans de ce soir-là afin de voir ce que ça faisait de laisser la soirée se dérouler d'elle-même, le temps remplir les moindres recoins. Depuis mon appartement, j'entendais la circulation incessante sur Victory et les voitures qui allaient et venaient sur Chandler, et je suis restée assise dans mon salon en manière de vague hommage à celle que j'étais plus jeune, sans trop réfléchir, fermant les yeux et essayant d'écouter les voitures, de sentir mes pieds sur la moquette. Sentir le petit jet de poussière projeté par le ventilateur du plafond qui bourdonnait au-dessus de moi, et tousser. Je ne savais pas trop ce que je fabriquais et quand j'ai ouvert les yeux, les murs m'ont paru loin, presque inatteignables, se dressant au-delà de moi, et le contour de mon corps était moins précis, c'était désagréable, pas du tout comme ce que j'avais ressenti dans la cour. Je me suis levée et j'ai marché dans l'appartement, passé le courrier en revue. Je n'étais pas à ma place au milieu d'une pièce, me suis-je dit tout en jetant les prospectus, ouvrant les factures, collant des timbres, empilant les catalogues. J'ai grignoté des tortillas. J'ai récuré la baignoire.

Cependant, quelque chose semblait changer, bouillir sous la surface, et alors que j'étais prise par mes occupations journalières, les souvenirs de ce tournant dans ma vie, entre le moment où ma mère s'est fracassé la main et mon arrivée à Burbank, en Californie, ont flotté autour de moi, opérant à la manière d'un brouillard scintillant à ma périphérie sans que je sache quoi en faire. J'ai failli appeler ma mère pour lui demander ce dont elle se souvenait de cette période particulière, mais cette méthode n'avait vraiment pas fait ses preuves par le passé et elle avait déjà eu une semaine difficile ; lors de notre dernier appel dominical, nous avions eu du mal à la comprendre – mots dans le désordre, phrases codées. Cela arrivait de temps en temps, à un rythme que nous ne contrôlions pas, et Tante Minn avait longuement discuté avec les médecins. Ma mère suivait un nouveau traitement et la dernière chose dont elle avait besoin, vraiment la dernière, c'était que sa fille l'interroge sur son séjour à l'hôpital presque vingt ans plus tôt et qu'elle en remette une couche avec ces histoires de papillon tombé d'un abat-jour. Je me suis rendue à mes vide-greniers. J'ai annulé d'autres sorties. J'ai annoncé à Vicky par téléphone qu'elle était toujours la bienvenue, mais qu'elle serait l'exception parce que quelque chose dans mon emploi du temps ou dans l'organisation de mes journées allait changer même si je n'arrivais pas encore à dire quoi exactement. « Ça va être une sorte de plongée », ai-je dit en jetant des élastiques sur le comptoir de la cuisine, tous ces élastiques du supermarché et qui formaient un petit tas vert et rouge. Vicky, qui tapait sur le clavier de son ordinateur pendant que nous parlions, a dit d'accord, que de toute façon, elle avait l'habitude de me voir faire des choses bizarres et inexplicables, puis elle m'a raconté que deux des garçons de sa classe de terminale vus à une fête il y a peu avaient littéralement grandi d'une tête au cours du dernier mois d'été. « De la science-fiction, a-t-elle commenté en mâchonnant quelque chose. Et ça se passe ici. » Elle a demandé si je pouvais l'aider sur son dossier de candidature à la fac et j'ai répondu que j'en serais ravie, ce qui était vrai, et quand on a raccroché, le spectre de son départ pour l'université s'est mis à flotter dans la pièce avec tout le reste. Elle partirait dans presque un an. Selon toute vraisemblance, elle choisirait de vivre ailleurs. J'avais vécu dans une cellule familiale qui avait connu un profond bouleversement longtemps auparavant, et j'en connaissais la sensation, je pouvais sentir la transition de loin, son odeur de concombre et d'ordures.

Ce soir-là, n'ayant plus rien à faire après avoir terminé ma session d'emballage, je me suis connectée à Internet pour recenser tous les vide-greniers organisés dans les deux semaines à venir en m'aidant du site des transports publics afin de trouver ceux qui seraient le plus facilement accessibles par bus et voir si, en en faisant plus, je pouvais vendre des objets en ligne à plein temps et gagner assez d'argent pour quitter mon boulot au magasin d'encadrement. Grâce à Vicky, j'avais lancé un site de e-commerce plus tôt dans l'année, où je mettais des photos de tout ce que je dénichais dans les vide-greniers, et ça marchait étonnamment bien – j'avais un certain nombre de clients qui consultaient régulièrement les nouveaux arrivages, et j'étais très bien évaluée. Le mois précédent, le profit de mes ventes m'avait permis de payer mon loyer, une bonne partie de ma nourriture et des charges. Je ne savais pas trop comment, mais je semblais avoir un petit talent pour dégoter des objets au milieu d'un bric-à-brac et, une fois ces articles nettoyés, des gens les désiraient apparemment plus que tous les autres objets qui mouchetaient le monde et se battaient pour leur portefeuille. J'ai organisé mon week-end en fonction de ces brocantes : quatre le samedi, trois le dimanche avant mon dîner hebdomadaire chez ma tante et mon oncle puis notre appel à ma mère pour prendre des nouvelles. J'ai regardé par la fenêtre. À la lumière d'un réverbère, une voisine de l'autre côté de la rue sortait un meuble en kit du coffre de sa voiture et l'emportait chez elle. Sa famille l'aidait à rentrer d'autres cartons. Le meuble en question était composé d'un grand nombre d'éléments. Un cadre de lit ? Une commode ?

Quoi qu'il en soit, cela voulait surtout dire qu'un rebut apparaîtrait peut-être bientôt sur son trottoir. Je surveillerais ça de près.

Tout était à portée de main. Si j'étais disposée à laisser tomber mon boulot d'encadrement, si j'étais disposée à faire sortir du cadre tout le reste par la même occasion, y compris mes horaires de bureau, alors peut-être qu'il arriverait quelque chose – même si je ne savais pas quoi.

En journée, tout en réfléchissant à ces possibilités, je me rendais à pied sur mon lieu de travail situé à douze rues de chez moi dans une galerie commerçante sur Victory également occupée par un marchand de bagels, une *taqueria* et un centre postal que je trouvais hors de prix. Je travaillais au magasin d'encadrement depuis presque un an, et je répondais à tous les besoins des clients en matière de cadres, prenais les mesures pour, par exemple, l'image d'un paysage désertique, un pêle-mêle de photos de famille ou une vieille affiche de film noir représentant une femme portant des bottes en similicuir et armée d'un fouet. Une femme en gilet de pêche a apporté un gribouillis violet réalisé à la peinture à l'eau par son enfant de trois ans et dont elle a dit en riant qu'elle voulait le garder à jamais. Un homme sans expression m'a présenté le menu d'un restaurant italien qu'on retrouvait accroché aux portes tous les jours et a insisté pour le faire encadrer dans les plus brefs délais, s'il vous plaît, et dans un cadre en chêne. C'est votre restaurant ? ai-je demandé en notant les cotes. Non, a-t-il répondu sans donner plus d'explications. J'ai apporté la pile de commandes à Edwin qui faisait les encadrements dans le fond de la boutique et suis revenue à mon comptoir. La journée m'a paru longue, plus longue que d'habitude. Le soleil estival emplissait les fenêtres qui sont devenues blanches de lumière, la radio diffusait toujours la même playlist dégoulinante d'énergie, et ma patronne est passée, ses nu-pieds à talons cliquetant, et a agité la main dans ma direction quand je me suis assise sur mon tabouret.

J'ai profité des heures creuses pour consulter mon téléphone sous le comptoir et me suis aperçue soudain que je n'avais pas très envie de répondre aux différents messages et invitations de gens que je ne connaissais pas très bien. Une copine de fac me proposait des retrouvailles à la plage, je l'ai remerciée et j'ai expliqué que je m'absentais quelque temps, mais quand elle a répondu, c'est super ! Tu vas où ?, je lui ai dit Portland, ce qui était faux, et en suis restée là. D'une certaine façon, ce n'était pas totalement faux puisque j'avais voyagé par d'autres moyens : j'avais pensé à ma mère toute la semaine tandis qu'elle testait son nouveau traitement, et je l'avais imaginée dans sa chambre, au piano ou assise dans un des fauteuils tendus de soie vert citron, regardant par la fenêtre vers les fougères effilées de la ville. J'ai remis de l'ordre dans les baguettes de cadres en démonstration. J'ai déjeuné à l'établi du fond. D'après ma tante, ce nouveau traitement avait donné de bons résultats lors d'essais récents et avait très peu d'effets secondaires comparés à d'autres, de sorte qu'après avoir fini mon sandwich et alors que je mâchonnais mes quartiers de pomme, je me suis demandé dans quel état elle serait lors de notre prochain appel dominical, et j'ai aussi réfléchi à la nature de la politesse après mon échange au sujet des retrouvailles à la plage, et au nombre minimum d'informations qu'il fallait donner pour que les gens arrêtent de poser des questions. Un équilibre très délicat à trouver. Je me sentais soulagée en roulant mon sac en papier en une boule que j'ai jetée à la poubelle, me lavant les mains dans l'évier, retirant les bouts de pommes coincés dans mes dents, soulagée parce que j'avais bien calibré ma réponse sur Portland. La copine m'avait envoyé un émoji souriant après quoi l'échange avait pris fin sans que rien ne soit laissé en suspens.

Ce même après-midi, de retour derrière mon comptoir, les paupières lourdes d'assoupissement postprandial et d'ennui, alors que je m'obligeais à ne pas regarder l'horloge, une femme est entrée dans la boutique, ce qui a fait retentir la clochette, et s'est dirigée droit sur moi. Elle portait de grands anneaux rouges aux oreilles et avait à la main un sac en papier froissé qui ressemblait beaucoup à celui que je venais de jeter à la poubelle au fond de la salle. Elle l'a secoué et un scarabée est tombé sur le sous-main en tissu noir. C'était un magnifique hanneton, petit, aux ailes d'un vert chatoyant et au corps géométrique. Elle m'a raconté qu'elle l'avait trouvé mort lors d'un voyage en Espagne, posé sur le trottoir comme un bijou abandonné. Il traînait sur sa liste des choses à faire depuis des années et elle n'en revenait pas de s'en occuper enfin. « Fascinant, non ? » a-t-elle dit tandis que je soulevais l'insecte avec une pince argentée pour le poser sur un carré de mousseline blanche où nous l'avons observé toutes les deux. Le souvenir de mon propre scarabée, un lucane que j'avais d'abord vu dessiné sur une feuille de contrôle, puis tenu au creux de ma main dans la voiture-lit avant de le faire tomber dans un bus des années plus tard, m'est revenu d'un coup de manière très vive, même s'il n'a pas émergé dans son intégralité – mais plutôt par bouts, fragments et morceaux, tirant à la lisière de ma conscience comme un rêve qui nous échappe à moitié. « Du bois ? a demandé la femme qui contemplait les rangées de chevrons décoratifs qui s'emboîtaient sur les murs. Ou peut-être quelque chose d'argenté ? » J'ai saisi une fine baguette dorée qui contrastait parfaitement avec le vert étincelant et l'ai placée à divers endroits sur la mousseline jusqu'à ce qu'on trouve la bonne largeur, puis la femme a souri joyeusement pendant que j'ajoutais les mesures au reste des commandes. « Ça sera la prunelle de mes yeux », a-t-elle dit chaleureusement. Elle m'a remerciée deux fois puis a payé, mais je trouvais qu'elle en faisait des tonnes. Si je n'aimais pas ce travail, c'était en partie parce que dans les vide-greniers, je n'arrêtais pas de tomber sur des articles dans des cadres poussiéreux, entassés sur des tables et oubliés depuis longtemps. Difficile d'imaginer cet insecte faire autre chose que disparaître sur son mur.

J'avais terminé ma journée et j'ai dit au revoir d'un geste de la main à ma patronne occupée au téléphone, assise à son bureau sur le côté de la pièce, et suis allée chercher mon sac à dos dans l'arrière-boutique qui sentait fort le beurre de cacahuète à présent. En plus, me disais-je en jetant mon sac sur mon épaule, c'était troublant de penser à cet insecte bientôt sous verre alors qu'il avait connu toute une existence de scarabée à Barcelone. En tournant au coin de la rue pour descendre Victory, un collier de pavillons identiques rouge et blanc formant une boucle à travers les courbes douces des Verdugo Hills, un écureuil filant sur le trottoir en traînant une figue à moitié mangée, j'ai été frappée de voir combien ce tableau contrastait avec le papillon mort qui avait surgi de l'abat-jour dans l'appartement de la baby-sitter, le scarabée mort sorti de sa feuille de papier dans le train ou les roses séchées qui étaient tombées des rideaux de chez Deena, des années plus tard. Trois visitations. Trois événements. Je suis passée devant le sans-abri avec sa série de tableaux représentant des natures mortes, la personne qui effectuait des pas de danse vêtue d'un costume en forme de flèche géante qui pointait vers le magasin de téléviseurs et de consoles vidéo de l'autre côté de la rue. Je n'avais pas beaucoup pensé à ces épisodes depuis cette horrible visite à ma mère dans sa résidence dix ans plus tôt, quand je l'avais fait tomber à la renverse par-dessus le dossier de son fauteuil, mais après avoir pressé le bouton du passage clouté et en attendant que la main rouge cesse de clignoter, je me suis dit que je ne perdrais peut-être pas mon temps à y réfléchir de nouveau, par d'autres biais.

Le feu est passé au vert pour les piétons et j'ai avancé entre les lignes jaunes, longé les calandres des voitures qui ronronnaient, le magasin d'accessoires de piscine et un autre spécialisé dans la mousse plastique, songé à mon site Internet, aux moyens de réduire mes délais de livraison, admirant dans ma tête les nouveaux sucrier et pot à lait en céramique vert pâle que j'avais trouvés le week-end précédent dans un vide-grenier de Sherman Oaks, et imaginant quel fond pourrait mieux mettre en valeur leur beauté de porcelaine délicate.

10

« Viens. Viens attendre avec moi sur les marches. On a un peu de temps devant nous avant qu'elle vienne te récupérer, a dit mon oncle en regardant sa montre. Tu veux une pastille à la menthe ? Tu es déjà allée chez elle ? Pour tout te dire, moi aussi, j'ai toujours eu une préférence pour le train. Quand je vivais à Baltimore, je le prenais tout le temps pour aller à New York. Il y aura une voiture-restaurant dans le tien, je suis sûr. Et des fenêtres panoramiques. Une belle vue sur l'océan. »

Il a ramassé un bâton et tracé une ligne dans la terre au bord des marches. « Tu es ici…, a-t-il dit en désignant un caillou niché dans les herbes, et puis, en tenant le bâton à un angle aigu, il a dessiné ce qui ressemblait plus ou moins aux côtes de l'Oregon et de la Californie et qui s'arrêtaient en bas des marches. Et tu vas là. » Il a pris un autre caillou qu'il a placé au bout du bâton.

Puis il a tendu le bâton vers l'est et a trituré un chewing-gum gris sur le trottoir. « Et voilà Las Vegas ! » a-t-il dit en riant avant de sortir son téléphone pour passer des appels.

11

L'idée de la tente m'est venue à la suite de commentaires formulés par Vicky. Un dimanche, quelques jours après l'histoire du scarabée au magasin d'encadrement, j'ai pris le bus qui descendait Magnolia comme chaque fois que j'allais chez mon oncle et ma tante pour notre dîner hebdomadaire. C'était un rendez-vous arrêté sur le calendrier depuis que j'avais quitté la maison pour l'université, que nous avions maintenu après mes études et qui incluait toujours un appel à ma mère en fin de repas pour prendre de ses nouvelles. Son élocution traînante la semaine précédente avait poussé ma tante à contacter le psychiatre de la résidence comme elle le faisait dans ce genre de situation ; c'était toujours ma tante qui s'occupait de ça. Leurs parents étaient morts des années plus tôt, mais même de leur vivant, ces derniers n'avaient jamais pris en charge les soins de leur fille aînée avec autant d'attention et de rigueur que ma tante. Elle gardait un petit carnet rose corail sur son bureau, dans lequel elle inscrivait les listes de médicaments et les quantités prescrites, et avait une série de documents intitulés *E* sur son ordinateur.

Le numéro du médecin était enregistré sur son téléphone. Les nouveaux médecins listés après le départ des anciens. Elle laissait des articles imprimés concernant de nouveaux traitements sur la table et le comptoir de la cuisine, avec des phrases en gras ou soulignées qui feraient l'objet de questions lors d'un prochain appel.

Hawthorne House l'avait mise en attente un bon moment la semaine d'avant, au point qu'elle attendait encore quand j'étais rentrée chez moi, et Vicky m'avait raconté qu'elle avait fini par apprendre que le traitement avait été changé. Ma tante s'était retirée sur le canapé du salon avec un verre de vin qu'elle n'avait pas bu, se contentant de regarder la télé éteinte, immobile, comme nous l'avions vue faire tant de fois auparavant après ce genre de conversation. Dans ces moments, elle m'avait l'air de quelqu'un qui laissait le stress la traverser physiquement. Nous savions que nous ne devions pas lui parler. Le vin était un accessoire qui rendait la chose présentable. D'après Vicky, Oncle Stan était rentré tard de son travail sur le tournage de la deuxième suite du film d'action qui leur apportait une stabilité financière depuis des années mais pour lequel mon oncle faisait beaucoup d'heures supplémentaires en période de production, et quand il a aperçu ma tante dans le salon, il a vidé le lave-vaisselle sans faire de bruit puis il est monté à l'étage pour parler à Vicky d'une fête au bord d'une piscine à laquelle elle voulait aller et qui avait été une source de conflit familial toute la semaine.

Cet après-midi-là, je suis allée chez eux et, après avoir salué ma tante en la serrant dans mes bras et l'avoir remerciée, je lui ai donné les myrtilles qu'elle voulait que j'apporte ; tout en continuant d'émincer des courgettes et des oignons au son des nouvelles à la radio, elle m'a signalé qu'elle n'avait pas besoin de mon aide et je suis montée voir Vicky dans sa chambre, passant devant les dessins de chèvres/agneaux du Vermont et les petites esquisses encadrées de silhouettes bondissantes qu'avait réalisées ma mère des années plus tôt lors d'un cours d'art thérapie où l'enseignant avait complimenté sa capacité à exprimer la joie. Quelqu'un – sûrement ma tante – avait récemment passé l'aspirateur, et les escaliers ainsi que le palier étaient parcourus de bandes obliques d'un violet foncé qui alternaient avec d'autres plus claires, puis plus sombres, dessinant des parallélogrammes dans la fibre de la moquette. Quelque part dans la maison, un sac d'aspirateur gisait sous sa poignée en plastique, gonflé d'ongles, de poussière, de miettes de bretzels, de cheveux et autres minuscules fragments de la vie de la famille.

Vicky allait bientôt entrer en terminale. Elle était déjà plongée dans la préparation de la pièce de théâtre qui serait jouée à l'automne car elle en était l'éclairagiste et dressait également une liste d'universités potentielles parmi celles qui avaient les meilleurs départements en arts du spectacle, même si elle m'avait expliqué ne pas savoir encore si elle préférait la conception lumière, le jeu, l'écriture, le métier de régisseur ou la mise en scène.

Tout ce que je viens de citer, m'avait-elle dit. J'aime tout ça. Cette inscription à l'université la stressait déjà et plus tôt dans la semaine, elle m'avait envoyé trois sujets entre lesquels elle hésitait pour son essai de présentation – il y en avait un sur sa passion pour le théâtre, un autre sur une période brève et frustrante consacrée au football, et le troisième, son préféré, celui qui avait reçu l'assentiment de sa prof de littérature. Il me plaisait aussi. C'était un bon essai. Il racontait l'histoire de sa sœur qui était en fait sa cousine qui les avait rejoints à l'âge de huit ans parce que la maladie mentale de sa mère s'aggravait. Elle avait rendu leur vie plus intéressante et était une véritable source d'inspiration pour Vicky.

« Entre ! » a lancé Vicky en m'entendant monter les escaliers.

Je suis restée un instant immobile sur le palier. Après mon déménagement, ma chambre à côté de la sienne avait rapidement retrouvé sa fonction initiale de bureau/salle de sport, et j'ai fait un pas en avant pour jeter un coup d'œil à l'intérieur. Le lit était toujours là, croulant désormais sous des piles de livres et de vêtements, et l'imprimante s'est mise à bourdonner depuis son nouvel emplacement sur le bureau où je n'avais jamais fait mes devoirs, préférant toujours travailler dans la chambre de Vicky. L'arc-en-ciel et les nuages peints aux murs étaient à nouveau cachés par les tapis de yoga roulés ainsi que par un vélo d'appartement d'occasion que j'avais trouvé pour ma tante sur Van Nuys quelques années plus tôt et sur lequel elle semblait pédaler joyeusement les rares jours où il pleuvait.

Vicky était assise sur son lit, son ordinateur portable ouvert sur ses jambes croisées. « Je suis en train de t'imprimer un exemplaire, m'a-t-elle dit en levant les yeux. Je viens de regarder ton site. Il est vraiment bien. Ils sont nouveaux, ces bracelets ? »

Elle a couru chercher son essai. J'ai pris son ordinateur et j'ai fait défiler la page pour voir ce que ça donnait sur son écran, et quand Vicky est réapparue, je lui ai raconté que j'avais déniché ces bracelets incrustés de poussière au milieu d'un tas de bijoux dans un vide-grenier sauvage au bout de la rue, et pourtant je ne cherchais rien de particulier. Ils étaient à un dollar pièce et je les revendais à vingt, tout propres et rutilants. L'un d'eux avait déjà été acheté par une cliente des Keys, en Floride.

Vicky écoutait attentivement comme elle le faisait toujours, ses yeux dorés grands ouverts. Ses cheveux étaient rassemblés en une queue-de-cheval haute au sommet de son crâne.

« Un taux de marge de deux mille pour cent, a-t-elle dit. Pas mal. C'est vrai que tu vas quitter ton travail ?

– Je crois. Je crois que je gagne assez.

– Trop bien. » J'étais déjà installée à ma place habituelle au bout de son lit et elle s'est assise à côté de moi en me donnant un petit coup sur le pied avec le sien. « Tu vas être ta propre boss.

– Exactement. Tante Minn pense que c'est peut-être un peu précipité…

– Elle trouve que tout est précipité. Tu devrais grave le faire. »

Nous étions assises face à sa porte, les bords de vieux autocollants encore visibles, seules restaient les parties collantes blanches, les images n'étaient plus là. C'était comme si elle partait déjà, qu'elle était déjà partie. Dans un an, je viendrais dîner avec mon oncle et ma tante le dimanche soir et je serais assise seule face à eux.

« Alors, cet essai ? » ai-je demandé.

Vicky m'a tendu les pages imprimées et a ouvert le fichier sur son ordinateur.

« Fais-toi plaiz », a-t-elle dit en me lançant un stylo.

Nous avons travaillé côte à côte. J'ai lu en prenant mon temps, entourant certains mots pendant qu'elle tapait sur son clavier. Quand j'ai eu fini, nous sommes repassées deux fois sur le texte ensemble, elle lisant des passages à voix haute pour réorganiser quelques paragraphes et renforcer le choix des mots. Profitant d'une pause dans le récit, elle a ouvert un tableur pour me montrer les endroits où elle pensait postuler ; elle avait fait une liste minutieuse, comprenant le nom des universités, les éléments demandés pour le dossier, la date limite de remise, ce qu'elle aimait le plus dans ce qu'elle avait lu ou vu sur ces facs. Comme je m'en étais doutée, il y en avait partout sauf à Los Angeles : New York, New Haven, San Diego, Berkeley, Austin, Michigan, etc. Elle a sélectionné une ligne et a rapidement tapé des informations qu'elle avait récupérées sur les bourses disponibles. L'odeur salée du fromage en train de fondre nous arrivait d'en bas.

« Tu te souviens de l'histoire du papillon, ai-je demandé en la regardant remplir les cases vides.

– Bien sûr.

– J'y ai beaucoup pensé cette semaine.

– Quelle partie ?

– Toutes. Et d'autres.

– Du nouveau ?

– C'est juste que ça me revient. L'histoire du scarabée aussi. Je ne sais pas trop pourquoi. »

Elle a cligné des yeux en me regardant comme cela lui arrivait, amicalement mais aussi avec force, prête à m'écraser sous sa dévotion, et à mon plus grand soulagement, Tante Minn nous a appelées pour mettre la table. « Je suis tellement contente que tu sois là, m'a dit Vicky tout bas pendant qu'on descendait l'escalier. Ça a été super chaud avec elle, entre papa qui n'est jamais là et la soirée où je veux aller. Toute la semaine. C'est de pire en pire, j'ai l'impression. » « Quoi donc ? » « Elle. Enfin, je sais pas. Mais tu vois ce que je veux dire. » Elle est allée prendre les fourchettes et les cuillers dans le tiroir tandis que je pliais les feuilles d'essuie-tout pour en faire des serviettes. Tante Minn, qui pinçait les lèvres comme si elle essayait déjà d'empêcher les mots de sortir de sa bouche, a apporté le gratin de courgettes, les mains protégées par des maniques, j'ai allumé la grande bougie dans son bougeoir en forme de bateau argenté, et on s'est assises à table. Oncle Stan faisait des heures supplémentaires, il en avait pour encore au moins deux semaines.

Tante Minn et Vicky se parlaient sur un ton sec, tu peux me passer les courgettes, s'il te plaît, tu peux me passer le riz, s'il te plaît, merci, l'hostilité saupoudrée de courtoisie comme des ballons lestés, et pour leur changer un peu les idées, j'ai raconté quelques anecdotes sur les derniers vide-greniers où j'étais allée, dont celle à propos d'un homme qui avait tenté de vendre ses vieilles compiles pour deux dollars pièce, ou de cette femme à Alhambra qui avait environ cent rallonges et câbles USB débordant d'un énorme carton. Elles m'ont écoutée attentivement. Ç'a eu l'air de détendre l'atmosphère autour de la table et ma tante a souri, le regard chaleureux, et a mangé lentement, ce qui était bon signe parce que quand elle était inquiète, il lui arrivait d'oublier complètement de manger, donc j'ai continué et me suis mise à parler du porte-savon en porcelaine de la baby-sitter, dont je m'étais souvenue l'autre jour et qui avait une forme de joli petit canot avec son délicat pain de savon à la lavande à l'intérieur. « C'était tellement beau chez elle, ai-je ajouté. Je le trouvais féérique, cet appartement. » « Est-ce que tu l'as revue après le déménagement ? » a demandé Vicky, et j'ai répondu que non, mais qu'elle m'avait envoyé quelques cartes. « Parfois une pour mon anniversaire, ai-je précisé. Je crois. » Leurs regards étaient fixés sur moi. Vicky a enchaîné sur la lavande, pourquoi c'était son odeur préférée, et ma tante s'est jointe à la conversation pour dire qu'elle aussi aimait beaucoup la lavande, mais Vicky a ajouté qu'elle préférait peut-être le romarin, alors je me suis un peu moquée d'elles, et puis tout en enroulant un long fil de fromage fondu autour de sa fourchette, Vicky a déclaré que quand je parlais de mes souvenirs de Portland, elle les trouvait toujours tenaces et concrets, comme si on pouvait les laver ou les gratter.

« Je ne sais pas comment expliquer, mais je sais qu'il y a des choses dont tu parles différemment, a-t-elle dit en agitant sa fourchette. J'ai l'impression de les avoir touchées et de devoir me laver les mains après. Mais pas parce que c'est sale.

– Non non, c'est juste l'effet main gluante. »

Tante Minn a ri doucement, appuyant le côté de sa fourchette sur sa courgette jusqu'à ce que la chair cuite cède sous le métal.

« Vous faites la paire, tiens », a-t-elle dit.

Nous avons parlé un moment de porte-savons, du fait que je devrais peut-être consacrer une partie de mon site à ce seul type d'articles, et leur double enthousiasme masquait assez mal qu'elles cherchaient surtout à éviter de parler de la fête organisée chez Sammy le week-end suivant. Les parents de Sammy n'étaient jamais là et un jour, il était arrivé soûl au lycée. Tante Minn voulait qu'on lui assure, si possible par écrit, que Vicky ne boirait pas d'alcool ni ne se droguerait, ce que Vicky trouvait trop formel et inutile, précisant que de toute façon, il n'y avait que la piscine qui l'intéressait et peut-être ce garçon avec qui elle était en cours d'histoire. J'entendais leurs deux versions depuis une semaine. Tante Minn voulait être sûre que Vicky soit parfaitement consciente qu'il y avait un terrain psychotique dans la famille, qu'elle-même était à risque, alors que d'après Vicky, le seul risque qu'elle courait était de baigner constamment dans l'angoisse, des choses que mère et fille se répétaient sans cesse de différentes manières comme le sketch d'un duo qui tournerait en boucle à la radio. À la fin du repas, Tante Minn est allée chercher une coupe de fruits à la cuisine et Vicky, pressée de changer de sujet, a attrapé son téléphone pour voir s'il existait déjà un magasin spécialisé dans les porte-savons, cherchant, tapotant et élargissant les photos d'un geste expert, et nous a montré des images de ces objets, quelques-uns en forme de bateau et un autre, bizarrement, en forme de rat.

Après le repas, alors qu'il ne traînait plus que des grains de riz et une myrtille esseulée sur la table, Tante Minn a rapporté le téléphone fixe de la cuisine. Nous formions un triangle autour de l'appareil, penchées vers lui, et l'infirmière nous a connectées à la chambre de ma mère. Je ne lui avais pas parlé depuis la semaine précédente où elle avait été si difficile à comprendre, ses mots dans le désordre, sens dessus dessous. « Allô ? » a-t-elle dit, et Tante Minn et Vicky ont répondu en chœur : « Salut Tante Elaine ! », « Salut, Elaine », « Comment ça va à Portland ? », « Il fait quel temps ? » « Salut maman », ai-je dit après une pause, et elle a laissé échapper une série de sons joyeux. « Francie. Minnie. Vicky. Ça me fait tellement plaisir de vous entendre toutes les trois. »

On a aussitôt compris qu'elle allait mieux. Elle parlait d'une voix assurée. Son ton fluctuait en accord avec le nôtre. Elle faisait des phrases cohérentes. Elle a pris de nos nouvelles, et Vicky lui a parlé de sa pièce qui se jouerait à l'automne, des camaïeux de bleu qu'elle pensait utiliser pour les lumières, ce qui conférerait au plateau une atmosphère de mystère et de dénuement, et ma mère l'a écoutée avec intérêt, puis Tante Minn lui a dit combien elle était contente de savoir qu'elle se sentait mieux, qu'elle-même avait une petite douleur à l'épaule, mais que sinon ça allait, et je lui ai raconté que j'avais fait une grosse vente avec une horloge de parquet miniature que j'avais trouvée à Atwater endommagée, mais qui avait été facile à restaurer. Nous donnions des nouvelles de notre santé, faisions une sorte de rapport d'activité, et ma mère nous répondait par des petits bruits merveilleusement adéquats. Quand son tour est venu, elle nous a expliqué que son traitement était nettement plus efficace, qu'elle se sentait bien plus elle-même, qu'elle pensait aussi postuler à la boulangerie au bout de la rue qui embauchait, et qu'elle était de plus en plus proche d'Edward, son ami pianiste depuis toutes ces années, celui qui avait du coffre et des manières chaleureuses. Dans le combiné, sa voix était métallique et enjouée. Elle a voulu savoir ce que nous avions mangé, question qu'elle posait toujours, et ma tante lui a déroulé notre menu, après quoi ma mère nous a raconté qu'Edward et elle venaient de lire un article en ligne sur un nouveau restaurant tout près de là qui proposait un plat du jour à un prix raisonnable à base d'aubergines et que nous pourrions peut-être le tester ensemble. Nous avons acquiescé. Tante Minn a applaudi. « Formidable ! Dès la prochaine visite ! » À un moment donné, Vicky s'est levée pour nettoyer la table et j'ai regardé les grains de riz et la myrtille se coller à l'éponge et se rassembler pour tomber dans le creux de sa main. En nous disant au revoir, ma mère nous a envoyé des baisers à travers le téléphone et Tante Minn a reposé l'appareil à la cuisine.

Alors qu'on s'apprêtait à faire la vaisselle, je me suis sentie tiraillée par un début d'idée que j'avais du mal à circonscrire. Vicky récurait les assiettes pendant que je les rinçais et que Tante Minn réorganisait le lave-vaisselle pour faire de la place. Cela ne semblait pas venir de l'appel téléphonique – il s'était bien passé, avait semblé libérer quelque chose en moi comme chaque fois que j'entendais que la voix de ma mère était à nouveau stable, que le traitement faisait effet. Même si la maladie pouvait toujours repartir brusquement, son rétablissement était bien meilleur et plus rapide. Vicky a lavé le plat avec les petites fleurs violettes qui ne rentrait pas dans le lave-vaisselle, je l'ai essuyé avec un torchon et, tout en effectuant ces gestes que nous avions déjà effectués tant de fois après ces repas, remplaçant Oncle Stan pour tout balayer et ranger, nous avons parlé des dernières nouvelles du monde, de l'afflux inquiétant d'ours polaires dans des villages en Russie et de la proposition de loi sur le système de santé publique, avant de faire le compte rendu de notre conversation téléphonique avec ma mère, un territoire sans risque, et de revenir sur les éléments marquants comme si nous avions toutes vu le même film : Edward, la boulangerie et le plat aux aubergines.

Une fois le sol propre et le lave-vaisselle lancé dans sa série de vrombissements, j'ai serré Tante Minn et Vicky dans mes bras, les laissant au soin l'une de l'autre, et je suis partie en emportant mon idée inachevée et sa démangeaison à peine perceptible, quasi insignifiante. Mon trajet en bus pour rentrer chez moi était un couloir magnifiquement éclairé à travers les rues. Nous avons croisé d'autres bus qui allaient dans la direction opposée, des containers sur roues inondés d'une forte lumière blanche. Dans le mien, peu de passagers, un homme âgé qui s'assoupissait et une jeune femme en jogging qui tapotait sur son téléphone. Les feux de signalisation étaient presque tous au vert. Nous avons longé un immeuble de bureaux en verre dans lequel j'ai vu notre bus se refléter, traversant les carrés, nous trois passagers plus le chauffeur, et la concentration de la jeune femme sur son téléphone m'a rappelé Vicky qui cherchait les porte-savons. Son histoire de souvenirs *tenaces* m'est revenue à l'esprit et mes pensées ont emprunté cette voie, les synapses reliant les idées comme une série de wagons à bord desquels je pouvais à présent monter. Tenaces, ai-je pensé. Cette remarque sur les souvenirs tenaces. Quand nous avons tourné dans Victory, le rythme de mes réflexions se calant sur les mouvements de tête de l'homme somnolent, je me suis aperçue que je voulais me pencher sur ce qu'avait dit Vicky à table, agitant sa fourchette, – à propos des souvenirs concrets, des souvenirs traités comme des choses que l'on capture. Cette idée me semblait utile. Elle pourrait me servir. Peut-être, me suis-je dit en descendant du bus et en me dirigeant vers mon appartement, la nuit gigantesque et sans étoiles au-dessus de ma tête, dans la tranquillité ordonnée du dimanche soir, tandis que je montais les escaliers et passais devant chez mes voisins, percevant le cliquetis des plats dans les éviers et l'odeur de viande frite qui se dissipait, peut-être que c'était ça, ce que je cherchais.

12

À sa manière, le scarabée était apparu avant le papillon. Je l'ai vu pour la première fois sur une feuille de papier tombée sur la pelouse de l'école primaire alors que mon oncle et moi attendions que la baby-sitter finisse de préparer la salle de classe pour la semaine suivante. Quand elle sortirait, elle m'emmènerait chez elle et mon oncle pourrait filer vers l'aéroport dans sa voiture de location rouge et rentrer chez lui pour accueillir sa fille tout juste née. À des centaines de kilomètres de là, entre deux contractions, ma tante expliquait la raison de son absence à la sage-femme. Ma mère, elle, avait reçu une forte dose de sédatifs dans une autre unité d'un autre hôpital, dans une autre ville. Je me souviens que nous étions vendredi parce que tous ceux à qui nous parlions nous souhaitaient un bon week-end à la fin de l'échange, comme une sorte de ponctuation, et pour ne pas gêner les gens pendant que nous attendions la baby-sitter, mon oncle m'avait conduite vers les marches en béton devant l'école, m'offrant sa boîte de pastilles à la menthe, dessinant des cartes de la côte ouest dans la terre, tous les deux voûtés dans nos pulls et nos vestes en attendant que les plus grands sortent. Ou plutôt, pendant que j'attendais que les plus grands sortent, lui a repris son téléphone et passé une série de coups de fil pour organiser ma prise en charge.

Je ne connaissais pas très bien mon oncle à cette époque, donc je découvrais ce que j'appellerais aujourd'hui son efficacité redoutable ; en dix minutes, il avait acheté des billets de train et, après plusieurs conversations aussi rapides qu'impénétrables, il m'avait trouvé un accompagnateur de confiance, un petit-cousin à lui qui vivait à Seattle et pouvait prendre le train avec moi de la gare Union Station de Portland jusqu'au terminus de la ligne, dans le centre de Los Angeles, le lieu le plus pratique où descendre, simple et final, et où mon oncle m'a expliqué qu'il viendrait lui-même me chercher le lundi soir, au parking principal à côté de la station de taxis. « Je serai celui avec la casquette des Orioles », m'a-t-il dit en tapotant la visière de sa casquette. Les arbres ont bruissé. Le drapeau a claqué au sommet de son mât. Mon oncle a noté quelques petites choses sur des bouts de papier, dont le nom de la baby-sitter qu'il a souligné et m'a dit qu'elle me présenterait à l'accompagnateur/cousin le dimanche à la gare et qu'apparemment ce dernier porterait une veste rouge avec un train dessiné dessus. « Ça fait quelques années que je ne l'ai pas vu, mais il est extrêmement gentil, a ajouté mon oncle en pliant les papiers avant de les glisser dans sa poche de veste. Très fiable, facile à vivre. » « Est-ce qu'il va me parler ? » ai-je demandé. « Pas si tu n'en as pas envie. » « Je n'en ai pas envie. » « Je passerai le message. » La pelouse était d'un vert éclatant, l'air était frais et avec chaque petite action que mon oncle effectuait, je sentais les adultes se positionner pour se passer le témoin – moi – dans cette course de relais comme j'en avais vu l'année précédente aux jeux Olympiques que j'avais regardés pendant des heures avec ma mère parce qu'elle ne pouvait pas détacher son regard de la toute-puissance d'un corps qui court : « Ça c'est de la santé », disait-elle en faisant semblant de fumer une baguette chinoise cassée. Mon oncle a également appelé l'hôpital pour avoir de ses nouvelles et a appris qu'elle allait un peu mieux, mais pas assez pour parler au téléphone.

Le scarabée, mon futur scarabée, n'a assisté à rien de tout cela. Il n'était alors qu'un dessin sur un papier rangé dans le sac à dos de quelqu'un. Il avait probablement été fourré dans ledit sac à dos juste à ce moment-là. Le sac avait été fermé, mais pas complètement. L'instituteur donnait ses dernières consignes à la classe en pleine ébullition avant le week-end. L'élève et sa feuille de contrôle sur laquelle vivait le scarabée surveillait sans doute l'heure. Prêt à rentrer chez lui. À être en week-end. À jouer au ballon.

Mon oncle, qui avait terminé ce qu'il avait à faire, m'a souri puis, d'un mouvement des plus discrets, a pivoté pour rappeler ma tante dans sa chambre d'hôpital. Dès qu'elle a décroché, son attitude à lui a ralenti, s'est adoucie, et il a ramassé la branche d'érable tordue qu'il avait utilisée plus tôt pour dessiner mon trajet par terre et a trituré des chewing-gums sur le béton. Il parlait collé à l'appareil comme s'il essayait de rentrer dedans. « Ça a l'air d'aller, a-t-il dit d'une petite voix en me jetant un coup d'œil. Elle n'a pas beaucoup mangé. »

Cette fois, ma tante ne parlait pas assez fort pour que je l'entende.

« C'est vrai, a-t-il murmuré en acquiesçant. C'est vrai. »

Je me suis recroquevillée sur les marches, écoutant d'une oreille. En contrebas, les voitures commençaient à se ranger le long du trottoir. Des petites voitures, des breaks, des SUV, des mini-vans, une moto, plusieurs berlines.

« Si j'attrape celui de seize heures quinze, a dit mon oncle, je peux être à l'hôpital à vingt heures. Dis-lui d'attendre jusqu'à vingt heures ! »

Il a ri. S'est frotté les yeux.

Dans le ciel, les nuages s'étiraient et se déplaçaient, formaient des bancs. J'ai braqué le regard sur la file de voitures qui s'allongeait. Il en arrivait de nouvelles toutes les minutes depuis le croisement dans le quartier résidentiel bordé d'arbres. Je ne m'asseyais généralement pas de ce côté de l'école, le côté Ash Street, parce que la mère d'Alberta ou la mienne venait plutôt me chercher à l'autre bout, vers le le bâtiment en brique plus petit, là où sortent les plus jeunes, et je n'avais encore jamais vu la file de ramassage pour les plus grands. Je ne m'étais jamais entièrement consacrée à cette file, sans rien pour me distraire, pas même une voiture venue me chercher moi.

J'ai laissé ce qui se trouvait devant moi perdre un peu de sa réalité, un jeu que je pratiquais beaucoup. J'aimais y jouer quand ma mère était en retard ou quand je me retrouvais à l'anniversaire de quelqu'un que je ne connaissais pas très bien : pour que ma compréhension des liens entre les choses se relâche un peu et pour voir ce qui se passait quand on les abordait comme une découverte. Qu'est-ce que c'était que ce rond coloré et planté de bougies allumées entre les mains d'un parent ? Qu'est-ce que c'était que cette pile de cartons enveloppés dans du papier brillant ? Je me glissais facilement dans cet état d'esprit, je faisais semblant de débarquer d'ailleurs sans mode d'emploi ni aucune expérience de mon environnement.

« Écoute ce que te dit l'infirmière », a murmuré mon oncle dans le téléphone, son visage à présent tout à fait détourné de moi.

D'après ce que je comprenais, chaque voiture – je m'autorisais à savoir qu'il s'agissait de voitures – contenait au moins un adulte, mais avait de la place pour plus. Elle attendait visiblement quelque chose. Ces voitures restaient patiemment dans la longue file sans se bousculer ; être en tête ne semblait pas important. Quelques conducteurs ont coupé leur moteur, mais personne n'est descendu de son véhicule. Tout se jouait autour des voitures, il fallait rester dedans et, apparemment, elles repartiraient bientôt.

Qu'attendaient-ils, ces gens ? De l'autre côté de la rue se dressaient des maisons et des restaurants, mais personne ne descendait de voiture pour rentrer chez soi ou acheter à manger. La file avait donc forcément un rapport avec le grand bâtiment devant lequel nous étions assis, celui qui était relié à la pelouse où était planté le panneau qui disait

École Primaire Lewis and Clark. Derrière les bureaux côté rue, on apercevait un toboggan jaune dans une cour et un terrain de handball ; il semblait donc raisonnable de penser que ce bâtiment accueillait des enfants. Qu'il en était même plein. À un moment donné, suite à un signal quelconque, ces enfants émergeraient et il se passerait quelque chose, quelque chose en lien avec les voitures. C'était mon hypothèse, et quand un puissant bruit métallique a retenti dans l'air, les portes se sont ouvertes en grand, et l'immobilité des murs et de l'herbe a été brisée puis l'espace a été rapidement envahi de gens dont une grande majorité d'enfants. Ils étaient partout, actifs, agités, des gamins qui franchissaient la grille argentée et fonçaient sur la pelouse en hurlant, en riant. Chaque enfant qui dévalait la pente herbeuse trouvait une voiture en quelques minutes à peine, en ouvrait la portière et projetait son corps à l'intérieur de l'habitacle. La scène se répétait sans cesse – les enfants déboulaient de la colline en sachant où ils allaient même s'ils freinaient pour jouer, aucun ne se trompait de voiture, aucune voiture ne se débarrassait de l'enfant choisi. Des enfants s'engouffraient et refermaient leur portière, des enfants recevaient à boire, un goûter ou rien du tout de la part de l'adulte assis à l'avant, des enfants mettaient leur ceinture, puis chaque voiture repartait une fois sa cargaison récupérée. Une fois le bon enfant embarqué, la voiture avait rempli sa mission et pouvait partir. D'autres s'inséraient alors dans les espaces ainsi libérés, et la file changeait, se raccourcissait, perdait sa tête et s'allongeait de nouveau, prenait des enfants, se réduisait une fois de plus ; une nouvelle vague sortie d'autres classes passait la grille pour se précipiter sur la pelouse, et le cycle s'est répété plusieurs fois en quelques minutes chargées d'énergie, les voitures qui arrivaient, les voitures qui partaient, cette chorégraphie entièrement prévisible, presque synchronisée jusqu'à ce qu'il n'en reste qu'une, une berline argentée dont le moteur tournait. La femme au volant tripotait les boutons de la radio. Je le voyais au mouvement de son bras. Finalement, le dernier gamin à sortir en courant et que je n'ai pas pu m'empêcher de reconnaître parce que sa sœur cadette, qui était dans ma classe, était déjà installée à l'arrière, a franchi le portail à toute berzingue, son sac à dos ouvert, a dévalé la pente et s'est avancé sur le trottoir jusqu'à être englouti par la berline, et une fois les deux enfants attachés et bien calés dans leur siège, la femme a arrêté de tourner les boutons de la radio dans tous les sens et démarré. Il n'y avait plus trace de rien ni de personne : plus d'enfants, plus de voitures, uniquement l'étendue de pelouse verte, les arbres et quelques oiseaux en haut de l'allée, qui picoraient des miettes du déjeuner, des miettes qui ne retrouveraient jamais leur pain ou leur sandwich d'origine.

Tout cela était affreux. À ce moment-là, vu mon âge, je ne comprenais pas vraiment ce qui était en train de se jouer pour moi, mais la terreur que j'ai soudain éprouvée face à cette pelouse verte était réelle, et alors que je la contemplais, j'ai eu l'impression qu'elle s'inclinait, comme si tout le décor, tous les arbres et toute l'herbe se penchaient et gîtaient alors même que ni ma tête ni mon cou n'avaient bougé. « N'oublie pas d'expirer, murmurait mon oncle à ma tante. Expire. » Ces mots me sont arrivés de biais et j'ai bien cru que j'allais tomber par terre à cet instant, sur ce sol parfaitement plat et pas du tout penché. C'était comme d'assister à une éradication d'enfants, le parvis de l'école désert, cette simple herbe verte, les places de parking vides, l'étendue de trottoir gris, comme s'ils n'avaient jamais été là et ne reviendraient jamais, et j'ai été frappée par la mobilité de l'humanité que j'ai trouvée immonde, répugnante et même méprisable tant nous étions mouvants et libres, si faciles à transporter puisque reliés à rien. J'ai essayé de me faire revenir dans ce monde où je vivais, de réinstaurer un cadre, *mon* école, *ma* file d'attente, la voiture de *ma* mère garée sur notre place de parking dans notre immeuble à seulement quelques rues de là, mais rien n'avait plus de forme fixe, le sol restait incliné et j'avais l'impression de ne plus pouvoir revenir à moi. À cet instant, j'aurais pu me mettre à tout déchirer, m'arracher les cheveux ou les vêtements, coller mon nez à la rampe de manière répétée comme une oie ou un jouet cassé pour sentir que j'étais bien là, pour avoir confirmation de ma présence, si je n'avais pas aperçu, au milieu de la pelouse, un papier rectangulaire qui avait dû s'échapper d'un sac à dos pendant l'absorption des enfants par les voitures.

J'avais le regard rivé dessus. De loin, ça n'était qu'une petite forme blanche, mais je m'en suis servi pour qu'elle comble mon champ de vision et en exclue tout le reste.

Je me suis levée et j'ai laissé mon oncle parler à ma tante. Dans la brise légère, les arbres bruissaient. Bande de trottoir désert. Pelouse, pelouse, pelouse, pelouse, pelouse, pelouse, et puis le papier. Il était loin, à l'autre extrémité, près d'une haie, et alors que je m'approchais, il est devenu de plus en plus lui-même, plus grand, plus éclatant, avec plus de matière papier, fabriqué par la main de l'homme, ses quatre coins lui donnant une forme parfaite, humide après la bruine de l'après-midi, vingt et un sur vingt-neuf virgule sept centimètres, et il semblait aussi incroyable et merveilleux que toutes les autres feuilles de papier que j'avais vues dans ma vie. Je me suis sentie gagnée par la dévotion devant cette relique, ce symbole de l'existence des gens, ce lien entre l'école et les voitures qui n'étaient plus là, gagnée par l'amour aussi en voyant voleter le papier d'emballage rouge métallique d'un bonbon à la cannelle sur les brins d'herbe, porté par la brise.

Je suis restée assise devant la feuille de papier quelques minutes, pour être avec elle. Quand j'ai fini par la retourner, j'ai découvert qu'il s'agissait du polycopié d'un contrôle de sciences. Des cases contenaient des illustrations de différents scarabées, décrits par quelqu'un à l'écriture maladroite et dont le nom inscrit en haut à gauche était illisible. Mandibule, abdomen, pattes ; capricorne, charançon, lucane.

La brise relevait le coin de la feuille. Bien sûr, j'ignorais à ce moment-là que cette feuille jouerait plus tard un grand rôle dans ma vie, qu'il se passerait d'autres choses avec elle lors de l'émergence de ces scarabées, mais j'ai senti qu'il s'en dégageait une aura d'importance, et quand je l'ai ramassée, je l'ai fait avec précaution comme si c'était un parchemin en peau de bête, la pliant en deux comme un enseignant pourrait le faire avant de tendre à un enfant sérieux un mot pour le principal. Je l'ai glissée lentement dans mon propre sac à dos, dans la poche de devant avec des feutres desséchés et des bouchons de stylos esseulés. Mon oncle, toujours au téléphone, me souriait de nouveau. Il écoutait quelque chose qui prenait du temps. J'étais jeune et ne savais pas vraiment ce que ça représentait de devenir père pour lui, je ne comprenais pas que c'était une des plus importantes journées de sa vie, mais en m'asseyant sur les racines d'un érable non loin, je me rappelle avoir eu une vision fugace de Vicky, du fœtus qu'était Vicky, de ce bébé sans nom qui n'était pas encore dans ce monde mais le serait bientôt, et une fois que Vicky serait là, elle ne serait plus attachée à rien elle non plus, à l'instar de tous les enfants, de toutes les voitures, de toutes les mères, de tout le monde.

Quand ma baby-sitter nous a rejoints en s'excusant, traînant une valise verte à roulettes derrière elle, mon oncle faisait la sieste sur les marches, la tête appuyée contre la rampe, ronflant légèrement, et je m'accrochais à mon sac à dos, toujours assise sur les racines de l'érable.

« Je suis prête », a dit la baby-sitter. Mon oncle s'est réveillé et ils m'ont accompagnée jusqu'à la voiture de cette dernière.

13

Alors que nous approchions du parking, les enseignants sortaient de l'école et se dirigeaient vers leur propre véhicule. Mme Washington du secrétariat est passée, ses talons cliquetant, une espèce de sac à main couleur flamant rose à l'épaule ; la directrice avec les lunettes en plastique noir regardait par terre et parlait d'un air concentré au prof de gym près du mur. Ces gens étaient les célébrités qui peuplaient ma vie. Mme Washington a agité la main depuis sa voiture. « Bon week-end ! » Mon oncle était à côté de moi, une main sur mon épaule alors que la baby-sitter mettait sa valise dans le coffre. « Je te récupère dans quelques jours, Francie », a-t-il dit. La baby-sitter m'a ouvert la portière passager, et sa voiture qui sentait le raisin, avec ses housses de sièges à imprimé léopard et son troll aux cheveux roses pendu au rétroviseur, m'a absorbée dans son habitacle.

14

Comme promis, l'accompagnateur/cousin que mon oncle avait sollicité pour le trajet en train s'est avéré extrêmement gentil et fiable, mais aussi grand et dégingandé avec une énorme pomme d'Adam si noueuse qu'elle m'a fait rire. La nuit dans le train, il m'a dit qu'il dormait dans le compartiment d'à côté et que si j'avais besoin de quelque chose, de quoi que ce soit, je n'avais qu'à toquer. « J'ai le sommeil léger, a-t-il précisé. Si tu fais un cauchemar et que tu as besoin de compagnie ou d'autre chose. On pourra se mettre dans le couloir ou retourner à nos places assises. N'aie surtout pas peur de me réveiller. » Il ne souriait pas, mais son visage neutre était chaleureux. Malgré cette gentillesse très palpable dans le train, les couloirs, je ne suis pas allée frapper à la porte de l'accompagnateur en pleine nuit pour qu'il me lise des passages de son livre sur la pêche à la baleine, surtout parce que je n'en ai pas eu besoin. J'avais eu raison pour le train et son allure. J'aimais ma voiture-lit et de toute façon, toutes les perturbations que j'ai éprouvées ou qui m'ont fait pleurer étaient des choses que je voulais gérer seule. À ce moment-là, j'avais déjà avalé le papillon, j'allais bientôt tenir le scarabée au creux de ma main, des passagers montaient et descendaient, réclamant ceci ou cela, et l'ensemble du voyage a été comme un brouillard imaginaire tandis que je suivais la ligne tracée par mon Oncle Stan, d'un caillou à l'autre, une ligne qui avait dû être effacée par la pluie que j'avais entendue tambouriner contre le toit de la baby-sitter alors que j'étais allongée sous la couverture en chenille qui glissait du canapé, des papillons dorés tournoyant sur l'abat-jour à côté de moi.

Peu de temps après la fin du voyage, je m'habituais à ma nouvelle maison à Burbank, en Californie, assise dans le coin cuisine, à manger un bol de céréales quand le père de l'accompagnateur, Tony, le cousin germain d'Oncle Stan, un homme que je n'avais jamais rencontré, a fait une blague au téléphone sur ma mère et l'asile. Oncle Stan avait mis le haut-parleur, racontait sa vie, le bébé dans les bras, si bien que nous avons tous entendu, et mon oncle m'a regardée mâcher mes céréales, a regardé sa femme assise en face de moi, les yeux écarquillés, enveloppée dans son gilet en laine, et doucement, il a raccroché. « Je suis tellement désolé », a-t-il dit en secouant la tête. D'après ce que j'ai compris, il a fait savoir au reste de la famille qu'il voulait des excuses et a attendu que Tony rappelle, mais Tony ne croyait pas aux excuses et trouvait mon oncle trop susceptible. Le temps a passé, les rancœurs se sont accumulées, et Tony aussi bien que mon accompagnateur sont devenus une branche fantôme de l'arbre familial.

Ça rendait mon oncle triste, mais d'une certaine façon, ça me paraissait parfaitement logique. L'accompagnateur m'avait emmenée à Los Angeles, puis s'était envolé. Dans mon esprit d'enfant, son existence se résumait à ça.

15

Tu aimes la radio ?

Un peu.

Je sais que ça doit être perturbant, Francie.

C'est ta voiture ?

Oui.

Elle est verte.

Oui. J'aime le vert.

Tu conduis toujours cette voiture ?

Oui. Elle te plaît ?

Oui.

Je suis contente. C'est mon troll porte-bonheur. On va passer deux belles journées juste toi et moi avant que tu prennes le train. On est vendredi ! On a le week-end devant nous. Je connais un super endroit où manger des pancakes demain matin. Tu aimes les pancakes ?

Oui.

On ira tôt pour ne pas trop faire la queue. Ils ont le meilleur sirop du monde. À base d'une baie particulière, les *marionberries*. Tu connais ? Ce sont des mûres tout en longueur et plus fines, comme si quelqu'un avait tiré sur une mûre et l'avait allongée. Délicieux. Et on appellera tous les jours ton oncle et ta tante, d'accord ?

Et ma maman ?

Elle ne peut pas te parler pour l'instant. Dès qu'elle ira mieux et qu'elle pourra parler, tu l'appelleras, c'est promis. Ça, c'est la boîte à gants.

Je peux l'ouvrir ?

C'est le bazar à l'intérieur. Tu ne t'assois pas souvent devant, pas vrai ?

C'est quoi ?

Juste de l'Advil. Oui, il vaut mieux que ça reste là. J'aurais peut-être dû te mettre à l'arrière, mais c'est le bazar aussi. Est-ce que tu préférerais être à l'arrière ?

Non.

Pardon, c'est une vieille fourchette. Je ne sais pas ce qu'elle fait là.

Shrina ?

Oui ?

Quand est-ce que je pars ?

Dimanche. Dimanche matin.

Et est-ce que je pourrai parler à maman à ce moment-là ?

Pas tout de suite, Francie. Mon Dieu. Je suis vraiment désolée. Ils ont dit pas tout de suite. Sans doute pas dimanche. Il va lui falloir un peu de temps pour se sentir assez bien pour parler.

Ça sert à quoi, ça ?

Ce sont les papiers dont j'ai besoin pour la voiture. L'assurance et tout. Attention. J'en ai besoin.

C'est des chewing-gums ?

Ouais, je crois qu'ils sont vieux.

Je peux en prendre ?

Je crois qu'ils sont trop vieux. Mais bon, ok. Si tu y tiens vraiment. Bien sûr.

Où est-ce qu'ils habitent ?

Ta tante et ton oncle ? À Los Angeles. Ils ne t'ont pas dit que tu allais vivre avec eux ? Pour l'instant en tout cas. Il suffit de pousser pour fermer. Pousse et ferme. Merci. Laisse-moi juste me garer. Voilà, c'est chez moi ! Tu vois la petite fenêtre tout en haut ? Tu as déjà vu une mezzanine ?

Non.

Alors je vais t'en montrer une. Je suis super contente.

Ils me l'ont dit. Il me l'a dit.

Il a l'air vraiment gentil.

Le chewing-gum a un goût bizarre.

Crache-le dans ma main, Francie. Voilà. Viens, monte. On va t'installer.

Ici c'est le salon. Là, la cuisine. C'est vraiment petit. Et là-haut, c'est la mezzanine. C'est là que je dors. Tu vois le lit ?

Oui.

Ça s'appelle une mezzanine, tout cet espace en haut de l'échelle. Tu as faim ?

Non.

Moi, je vais peut-être me prendre des biscuits. Tu aimes les biscuits ?

C'est ta lampe ?

Celle avec les papillons ? Oui. Elle te plaît ?

Oui.

Assieds-toi. Sur le canapé ou dans le fauteuil. Où tu veux. *Mi casa es tu casa*. Tu connais l'expression ?

Non.

C'est de l'espagnol, ça veut dire fais comme chez toi. Comme si c'était ta maison. Où est ce sachet de biscuits. Qu'est-ce que tu fais chez toi quand tu rentres de l'école, en général ?

Je joue aux cartes, je crois.

Des cartes. Pas sûre d'en avoir.

Je regarde un dessin animé.

J'ai une télé là sur la table là-bas, sous l'écharpe avec les franges – tu crois qu'il y a un programme que tu aimes à cette heure-ci ?

Je ne sais pas.

Tu sais comment chercher ?

Non.

Ok, attends. Je vais d'abord sortir les biscuits. Le goûter d'abord. Moi j'avais tout le temps faim quand je rentrais de l'école. J'aurais pu manger un pain entier avec du beurre. Les biscuits, les biscuits, les biscuits. Où êtes-vous, les biscuits ! Des biscuits salés, non. Tu aimes les biscuits salés ? Ah, voilà ! Et une assiette.

Assiette, assiette, assiette.

Exactement ! Attends. Laisse-moi te trouver une serviette.

La lampe me plaît.

Je suis contente. C'est ma mère qui me l'a achetée quand j'étais petite. Tiens, laisse-moi l'allumer.

Les papillons sont tellement rouges.

N'est-ce pas ?

Et dorés.

Et voilà ! Pourquoi tu ne viens pas par là. Du lait ? J'ai du lait de soja.

Ok.

Vas-y, assieds-toi – on est bien sur le canapé. C'est un canapé très moelleux. Je choisis mes canapés en fonction de leur confort. Voilà. J'ai testé tous les canapés du magasin, je te jure ! Les vendeurs étaient à deux doigts de me mettre dehors. Sers-toi. Prends-en autant que tu veux.

C'est bon.

Je suis tellement contente, Francie. Tu as déjà bu du lait de soja ?

Je ne sais pas.

Il est goût vanille. Tu aimes la vanille ?

Oui.

Ok, laisse-moi juste écouter mes messages une minute. Ça va ?

Oui. Merci.

De rien, ma chérie.

Où est-ce que ta mère a trouvé cette lampe ?

J'écoute juste une seconde. Attends. Mon frère m'a appelée. Il est à New York.

Il est bon, le lait de soja.

Bien, bien, bien. Et effacer. Et puis… ma banque. E-ffa-cer. Et enfin, Susie. Mon amie.

Est-ce que c'est la Susie de l'école ?

Une autre. Attends. Et effacer.

Est-ce qu'elle a fabriqué la lampe ?

Ma mère ? Je crois qu'elle l'a achetée dans un grand magasin. Est-ce que ton oncle a dit s'il restait à l'hôpital avec le bébé ce soir ?

C'est quoi le nom du magasin ?

Je ne sais pas, sans doute Robinson. Elle aimait vraiment Robinson, pourquoi ?

Il y a un Robinson près d'ici ?

Tu veux voir où ma mère a acheté la lampe ?

Oui.

Pourquoi, Francie ?

Elle me plaît.

C'est très gentil. Je le dirai à ma mère. Elle sera très contente. Qu'est-ce qui te plaît dans cette lampe ?

Les papillons dessus.

Tu en voudrais une pareille ?

Oui.

C'était il y a très longtemps. Je ne sais pas s'ils en font encore, je veux dire. Je ne suis même pas sûre que Robinson existe toujours. Ou bien si ? Mais… tu vas dormir sur le canapé. Tu dormiras juste à côté.

Ici ?

Je peux la laisser allumée la nuit, si tu veux. Est-ce que tu aimes avoir de la lumière la nuit ?

Ok.

Super. Tu pourras regarder les papillons, si tu te réveilles. L'ampoule n'est pas très forte. Ce sera parfait. Tu as eu assez de biscuits ?

Oui, merci.

Super. Essayons de trouver ton dessin animé. Il faut que je travaille un peu, mais tu peux regarder pendant ce temps et je te rejoindrai après. Qu'est-ce que tu en penses ?

C'est bien.

Et on parlera à ton oncle et ta tante plus tard pour avoir des nouvelles de ta maman. Et du bébé !

Shrina, quand je partirai, je pourrais emporter la lampe ?

Tu auras une cousine toute neuve ! Ouah. Tu vas être une aide super précieuse pour eux.

Est-ce que je pourrai l'emporter avec moi ?

Pardon, emporter quoi avec toi ?

La lampe.

Emporter la lampe ? Dans le train, tu veux dire ?

Je pourrais la mettre dans une boîte.

Oh mon Dieu, je suis vraiment désolée, Francie. C'est juste… c'est un cadeau de mon enfance. Je crois que je devrais la garder.

C'est pas grave.

Je suis désolée. Je devrais peut-être te la donner…

D'accord.

Mais c'est le seul objet de cette époque que j'ai, de

quand mes parents ont divorcé. Elle est spéciale pour moi. Je suis tellement contente qu'elle te plaise. Tu pourras venir la voir quand tu veux.

Moi ?

Bien sûr, toi. Ça pourra être la lampe spéciale à laquelle tu rendras visite.

Mais comment ?

Quand tu passeras en ville, je veux dire, tu pourras venir la voir. C'est ça, ton dessin animé ?

Non. Est-ce que je passerai en ville ?

Oh, je suis sûre que oui. Ta tante et ton oncle te feront venir ici pour voir ta mère.

Ce n'est pas trop loin ?

Oui, c'est un peu loin, mais ils viendront. C'est sûr. Et celui-ci ? Avec les écureuils ?

Je ne l'aime pas, celui-ci. Je reviendrai souvent ?

Je ne sais pas, Francie.

Toutes les semaines ?

Non, sans doute pas toutes les semaines. Peut-être tous les mois ? Tous les deux mois ?

Et alors je pourrai venir voir la lampe.

Autant que tu voudras. Tu pourras la voir à toutes tes visites, absolument.

Même les week-ends ?

Sans faute. Les week-ends sans faute.

Celui-ci, c'est bon.

Celui-ci ? Avec les lions ?

Oui.

Voilà. Ok. On est bon. Tu es bien installée ? Tu veux continuer de parler ?

Non. Pourquoi est-ce que tu pleures ?

Je ne pleure pas. Je pleure ? Juste un peu. C'est juste que… je veux que tu fasses bon voyage. Tu es une gentille petite fille.

Non.

Mais si, Francie. Tu es très gentille.

Je viens de penser à quelque chose de mal.

Vraiment ? À quoi tu as pensé ?

Je ne peux pas te le dire.

Bien sûr que si. Tu peux tout me dire.

Que tu brûlais dans un feu.

Oh, ma chérie. Vraiment ? Oh, ouah. Tu as eu une dure journée.

Et tu hurlais un peu, je crois. Et tu brûlais.

Mais tout va bien. Tout va bien. Où est-ce que tu as vu quelque chose comme ça ?

Et je riais, on aurait dit.

Est-ce que tu as regardé un programme télé pour les grands ?

Je l'ai juste vu dans ma tête.

Ok. Ok. Eh bien tu ne m'as pas brûlée, tu vois ? Je vais bien. J'ai une température normale. Je ne suis pas du tout blessée.

Tu es sûre ?

Sûre sûre. Regarde, tout va bien. Ok ? Est-ce que tu veux que je regarde un peu avec toi ?

Peut-être que j'ai lancé un couteau sur toi, aussi.

Je vais regarder un peu la télé avec toi, d'accord ?

J'aime bien ce dessin animé. C'est celui où ils vont à l'école.

J'aimerais vraiment la regarder avec toi.

La maîtresse est marrante. C'est un lapin.

On va s'asseoir toutes les deux et la regarder.

Ok.

Ok.

Désolée d'avoir dit ça. Je ne veux pas vraiment que tu brûles.

Je comprends, Francie. Tout va bien. Je n'ai pas l'intention de brûler. Regardons le dessin animé.

16

« Beaucoup de femmes m'ont inspirée jusqu'à présent, dont ma professeure de théâtre, ma mère et une infirmière incroyable qui m'a aidée à l'hôpital quand je me suis déchirée le tendon de l'épaule. Mais celle qui m'inspire le plus est sans aucun doute ma sœur. Elle est venue vivre chez nous quand elle avait huit ans parce que sa mère souffre d'une maladie mentale en plus de séquelles dues à une blessure à la tête dans son enfance. J'étais encore bébé à cette époque donc je l'ai toujours connue avec nous, mais parfois, elle me raconte des histoires de son autre vie, quand elle était petite à Portland, et comment c'était de vivre avec sa mère ces années-là. Elle raconte que dans l'ensemble, c'était bien, mais que quand sa mère faisait une crise, elle n'en finissait plus de tricoter des couvertures, ou demandait à Francie comment elle s'appelait. Une autre fois, sa mère (ma tante) lui a donné un bocal de cornichons à moitié entamé à offrir à un anniversaire. Ma sœur l'a caché sous les escaliers et est allée à la fête les mains vides.

« Ma mère à moi m'a toujours emmenée acheter des cadeaux pour l'anniversaire de mes amis. Nous allions dans un magasin de jouets toutes les deux, parcourions les allées, elle me demandait ce que j'aimerais offrir, et de temps en temps, elle prenait quelque chose pour moi aussi.

« Ça fait rire ma sœur quand je lui dis qu'elle est mon héroïne. Elle grogne même un peu, comme si ce n'était pas vrai.

« Elle est drôle, facile à vivre, et je ne l'ai jamais rien vue faire de vraiment inquiétant, mais peu après son arrivée chez nous, quand j'étais un tout petit bébé, elle a demandé à notre maman de mettre un verrou sur sa porte. Pas un verrou normal à l'intérieur pour protéger son intimité, mais à l'extérieur. Pour être enfermée. Quand notre maman lui a demandé pourquoi, elle a répondu qu'elle voulait simplement se sentir en sécurité. Elle a dit qu'il lui arrivait de faire des crises de somnambulisme et qu'elle ne voulait pas sortir de sa chambre en pleine nuit et tomber dans les escaliers, même s'il ne s'était encore jamais rien passé de la sorte. Ça n'a pas plu à maman, mais elle a fini par acheter le verrou parce que Francie ne réclame pas grand-chose. Pendant des années, c'est maman qui a déverrouillé la porte le matin, mais quand j'ai été assez grande, les jours où je commençais l'école plus tôt que Francie, c'est à moi qu'est revenue la tâche d'ouvrir sa porte. Tous les matins mon réveil sonnait, je sortais du lit et la première chose que je faisais était d'aller tourner le petit loquet pour qu'elle puisse sortir.

« Je ne comprends pas très bien pourquoi elle voulait cela. Mais c'était un honneur de la libérer. D'être celle qui ouvrait sa porte le matin et lui donnait à nouveau accès à notre famille et à notre vie quotidienne. Ma mère a toujours trouvé cela perturbant et s'inquiétait, mais Francie semblait heureuse, et j'ai toujours apprécié qu'on me confie cette tâche importante.

« Pour moi, l'université est aussi comme une porte que l'on doit déverrouiller. Elle ouvre sur tous les mystères du monde et je suis enthousiaste à l'idée de reprendre du service pour ouvrir l'une de ces portes et voir ce qui se trouve de l'autre côté. Nous sommes tous enfermés d'une façon ou d'une autre, et devenir adulte, c'est entre autres choses trouver toutes sortes de clés et rencontrer les personnes qui nous aideront à nous libérer. J'ai l'impression que mon expérience avec ma sœur m'a déjà ouvert l'esprit en me montrant combien j'étais chanceuse. Je veux apprendre le plus possible et aller vers toujours plus d'ouverture pour que mes parents ainsi que ma sœur soient fiers de moi. »

17

Après le repas du dimanche soir chez mon oncle et ma tante, j'ai passé le restant de la semaine à essayer de doubler le stock de marchandises sur mon site de e-commerce et de raccourcir les délais de livraison. Je voulais créer un nouveau coin photo dans mon appartement et, après le travail, j'ai pris le bus pour aller chez un marchand de tissu et acheter des pièces de velours d'un mètre dans différentes teintes – cramoisi, bleu roi, noir profond et blanc argenté –, parce que la plupart des objets ressortent mieux sur du velours. J'ai testé plusieurs endroits avant de me décider pour un coin face au balcon où, au petit matin, la lumière est indirecte, dorée et claire, mais aussi clémente, et après une mise en place soigneuse, j'ai repris des photos de certains articles que je n'avais pas encore vendus, puis les ai repostés sous de nouveaux noms avec les nouvelles photos, et trois d'entre eux ont trouvé preneur en quelques heures, dont un adorable ours à l'ancienne acheté par une jeune femme du Nevada et une petite jument en métal que j'avais dénichée à peine quelques jours plus tôt, très noble au milieu de son pré en velours rouge, par un vieux monsieur de Visalia à qui elle rappelait un jouet bien aimé de son enfance. J'ai dessiné un logo pour mon entreprise, qui représentait un vase posé sur un rocher, et l'ai envoyé chez un fabricant d'autocollants dont je me servirais ensuite pour sceller mes emballages. J'en ai fait faire un autre avec mon adresse pour les retours. Au magasin de fournitures d'art, j'ai investi dans une sélection de papiers de soie de qualité, dans toutes sortes de coloris, j'ai repris du papier bulle et commandé quatre briques de polystyrène biodégradable pour essayer. J'ai remplacé l'image en toile de fond de mon site par celle d'un plaid coloré.

Pour que mes journées continuent d'être simples, je n'invitais personne, n'acceptais aucune proposition de sortie, mais j'ai redit à Vicky qu'elle était toujours la bienvenue.

J'avais officiellement démissionné du magasin d'encadrement le lendemain du jour où la cliente avait récupéré son scarabée dans son cadre doré. « Magnifique », avait-elle dit quand j'avais ouvert le paquet pour qu'on le regarde ensemble. Juste au milieu du cadre, parfaitement centré. Inerte. Le voir sous verre m'avait rendue malade et quand la femme avait passé la porte, le paquet refait sous le bras, prête à rayer le scarabée de sa liste de choses à faire et de sa mémoire, je suis allée chercher mon sac à dos pour le garder sous le comptoir avec moi et, juste avant de sortir à dix-sept heures, j'ai annoncé à ma patronne que c'était mon dernier jour, que j'étais vraiment désolée de la prévenir si tard, mais que l'encadrement n'était pas fait pour moi. « Je suis vraiment désolée, ai-je répété. Je ne vais pas pouvoir revenir. » Surprise, ma patronne m'a dévisagée, mais je suis sortie avant qu'elle puisse réagir, et même si je n'aimais pas m'imaginer comme le genre de personne qui laisse son travail et ses collègues en plan, à la seconde où j'ai eu rejoint la lumière éblouissante de l'après-midi, les voitures filant sur Victory, les feux de signalisation en hauteur et réguliers, le soleil pareil à une bourrasque de chaleur dense contrastant avec le froid monolithique de ma journée passée dans l'air conditionné, j'ai eu envie de crier. Sur le chemin de la maison, j'ai trouvé une étagère à CD en bois sur le trottoir qui serait parfaite pour accueillir les bibelots de quelqu'un, je l'ai prise sous le bras, j'ai tourné dans Chandler, l'ai hissée en haut des escaliers et l'ai nettoyée dès que j'ai eu passé la porte. Pas de doute, je sentais monter en moi une détermination et une énergie nouvelles. À chaque pas qui m'éloignait des angles droits de ces baguettes et de ces formes pourvoyeuses de sens, quelque chose se relâchait pour de bon.

Ça me laissait de la place, voilà ce que ça faisait. Beaucoup de place, et aussi du temps pour autre chose. Une fois mon nouveau rythme trouvé, je serais sans doute encore plus occupée qu'avant, mais je ne serais tenue que par les programmes des vide-greniers et les horaires de la poste, et pour ce qui était des autres tâches chronophages, je pourrais me montrer plus sélective. Par exemple, ai-je pensé en égalisant les coins de mon joyeux papier de soie que j'avais rangé par piles de couleurs pour plus de facilité, je pourrais mettre entre parenthèses tout ce qui ressemblait à une relation amoureuse ou à un rendez-vous. J'avais été contente d'apprendre que ma mère courtisait quelqu'un ; de mon côté, je n'en avais pas envie. Au supermarché Ralphs à côté de chez moi, je faisais souvent la queue pour que mes articles soient scannés par un caissier affable aux yeux couleur écorce de chêne et aux mains habiles, qui nommait volontiers les différents types de nuages quand je l'interrogeais – nimbus, cumulus, sans nom. Parfois, il me posait des questions d'un air intéressé, des questions auxquelles une autre personne ou celle que je serai peut-être un jour aimerait répondre. À côté du papier de soie, j'ai déposé diverses sortes de scotch : transparent, d'emballage, irisé pour les ventes spéciales. Ce caissier du Ralphs me plaît, me suis-je dit en disposant les rouleaux dans leur espace attitré et l'agrafeuse au bord, mais à ce stade, il n'y a pas de place pour lui dans ma vie, et alors que la lumière du soleil filtrant par la porte vitrée du balcon éclairait les lézardes du mur comme de petits éclairs et prenait d'assaut l'interrupteur, cela ne m'a semblé ni sinistre ni solitaire, mais vrai et adapté, et comme avec le texto envoyé récemment à cette amie au sujet de mon voyage imaginaire à Portland, qui avait coupé court à la conversation et m'avait permis de faire ce que je voulais, je pouvais doser mes interactions avec le caissier du Ralphs de façon à ne rien laisser en suspens. Ce qui pourrait paraître solitaire ou nuisible à quelqu'un d'autre me faisait à moi l'effet d'une espèce de vitamine. J'ai rangé les fournitures d'emballage en polystyrène ailleurs, à côté de boîtes d'expédition. Il y a des moments dans la vie où il faut rester dans sa tanière, me suis-je dit en me relevant. Mon nouvel espace d'emballage des commandes était prêt. Les nuages appartiennent au plein air.

J'ai pris en photo l'étagère à CD remplie de quelques bibelots triés sur le volet (à vendre eux aussi) pour mettre en valeur ses qualités, et l'ai vendue en deux jours à une cliente de Butte qui collectionnait les petites sculptures de laitières et avait besoin d'un meuble pour les exposer. Pendant que je peaufinais mes réponses aux mails des clients et perfectionnais mon processus d'emballage pour caser plus de ventes dans une journée, je revenais par intermittence à cette histoire de souvenirs tenaces dont avait parlé Vicky. Notre conversation du dimanche soir ne m'était pas sortie de la tête. Comment lui donner forme ? Pourquoi cela m'intéressait-il tant ? L'idée d'une structure a commencé à s'imposer et le vendredi suivant, j'ai appelé Vicky et lui ai demandé si elle voulait bien m'accompagner pour acheter quelques planches chez le marchand de bois ainsi que de la toile et des fermetures éclair résistantes chez le marchand de tissu. Les prévisions météo annonçaient un week-end très chaud dépassant les trente-cinq degrés. « Je ne pourrai pas tout porter toute seule, ai-je expliqué, et puis c'est lié à quelque chose que tu as dit. » À ce moment-là, l'image de la tente était très claire dans mon esprit. Une tente une place avec quatre côtés et un sommet en triangle. « Au sujet de maman ? » « Des souvenirs tenaces. » « Quand on mangeait le gratin ? » « C'est un nouveau projet, ça sera plus facile à expliquer de vive voix. Oh et tu peux prendre ta boîte à outils ? On va avoir un peu de bricolage à faire. Et tu sais, cette vieille rose ? Tu pourrais l'apporter aussi ? » « Quelle rose ? » « Tu sais, la vieille rose que j'ai mise à la poubelle il y a longtemps. » « Tu veux dire la rose magique ? » « Je me suis dit qu'on pourrait saupoudrer la toile avec ou un truc comme ça. Je ne sais pas. Ou que ça serait bien qu'elle soit là un petit moment. » « Ok. » « Tu l'as toujours ? » « Francie. » « Et puis prends aussi ton essai, si tu veux. On pourra travailler dessus après. »

Tôt le samedi matin, avant que Vicky n'arrive, j'ai fait un tour à deux vide-greniers accessibles à pied, où j'ai trouvé une carafe en cristal qui avait dû valoir cher dont la vendeuse voulait se débarrasser pour trois fois rien parce qu'elle lui rappelait son divorce douloureux, un bel ukulélé, deux iPods cassés mais réparables et un ensemble de bijoux fantaisie excentriques faits de triangles en celluloïd bleu dont je pourrais tirer un bon prix s'ils étaient photographiés comme il fallait (sur le fond blanc argenté). À cause de la chaleur, le vide-grenier avait commencé tôt et attiré les acheteurs motivés – j'avais toutes mes acquisitions en main à huit heures et suis rentrée avant que le soleil impitoyable ne soit trop haut.

Vicky est passée me prendre après le déjeuner dans la berline de Tante Minn et nous sommes allées chez le marchand de bois. Vicky s'était arrêtée en chemin pour acheter un grand sachet de graines de tournesol non décortiquées, ses préférées, comme si nous partions en voyage, et les a gobées pendant que nous discutions, nous racontant notre semaine, comment Tante Minn avait fini par accepter qu'elle aille à sa fête le lendemain si elle promettait de rentrer directement à la maison après et de ne rien boire, *rien du tout*, surtout rien qui vienne d'un saladier à punch, à quoi Vicky avait répondu qu'elle n'avait jamais vu de saladier à punch dans une fête et se demandait qui pouvait bien avoir un truc pareil dans ses placards. « C'est énorme ces machins, non ? » m'a-t-elle dit. « Énorme », ai-je confirmé sans savoir. Nous nous sommes garées dans le parking du marchand de bois. La devanture se dressait devant nous avec ses imposantes lettres marron. « J'ai pris la rose, a dit Vicky en tapotant son sac à dos posé entre nos deux sièges. Je l'ai enveloppée dans des mouchoirs. Elle est super délicate. » « Merci beaucoup. » Alors que Vicky tirait sur le frein à main, j'ai tenté de lui expliquer le but de cette sortie, pourquoi nous étions là, que d'autres souvenirs me revenaient, presque informes, et, toujours dans la voiture, je lui ai décrit certaines des choses que je m'étais rappelées durant la semaine au sujet de ma mère et de la fois où elle s'était fracassé la main avec un marteau, les détails de cette journée de complet bouleversement. Je voulais passer plus de temps avec ces souvenirs. Sa remarque sur les souvenirs « tenaces » m'avait turlupinée. Vicky mâchonnait ses graines de tournesol une par une, m'écoutait en me regardant de ses yeux dorés attentifs, et de l'autre côté du pare-brise, le magasin était une présence fixe, un but qui m'autorisait à lui raconter tout ça parce que savoir que nous allions bientôt descendre de voiture aidait à mettre la pression sur chaque mot. Vicky a secoué la tête et dit qu'elle ignorait que c'était avec un marteau que ma mère s'était blessée. Vraiment ? Alors je lui ai expliqué que son père avait pris un avion le jour de sa naissance, qu'il était venu me chercher au secrétariat de l'école et m'avait emmenée déjeuner avant de rentrer précipitamment pour faire sa connaissance. « Tu parles de moi ? » « Oui. » « Tu veux dire que c'était le jour de ma naissance ? » « Exactement. Il a pris un burrito au poulet, ai-je ajouté. Et un café. » J'ai posé la main sur la poignée de la portière et elle m'a imitée, comme si je nous avais donné à toutes les deux la permission de sortir, et nous avons rejoint en même temps la chaleur brûlante de la mi-journée, Vicky emportant le sachet de graines de tournesol qui semblait jouer un rôle de modulation, sans que je sache lequel, dans ce qu'elle était en train de vivre. Elle est venue me serrer contre elle sur l'îlot de ciment du parking et son visage était triste, elle m'a dit qu'elle avait du mal à imaginer tout ce que j'avais vécu petite alors qu'elle-même n'était qu'un bébé, et que ç'avait dû être effrayant, mais alors qu'on approchait du bâtiment et que je poursuivais mon récit, elle a bondi pour faire s'ouvrir les portes électriques et a laissé échapper une sorte d'aboiement fasciné. « Non, mais attends. Tu as vu le degré de détail hallucinant de ce que tu racontes ? Les sachets de sucre ? Les figurines en papier d'Alberta ? Je sais que tu as une bonne mémoire, mais tu ne peux pas vraiment te rappeler tout ça. » L'intérieur du magasin était merveilleusement rafraîchi par la climatisation et nous avons parcouru les allées, passant devant des rangées de panneaux et de planches en pin doré à la recherche de tasseaux que nous pourrions faire scier à la bonne dimension et qui formeraient les quatre angles de la tente. Elle m'a tendu le sachet et j'ai moi aussi mangé quelques graines, même si je n'ai jamais vraiment aimé leur fadeur grise, et j'ai menti en disant que non, bien sûr, je ne me rappelais pas tout ça, que j'inventais au fur et à mesure pour qu'elle trouve ça plus captivant.

« Attends, j'adore les détails, c'est pas ce que je veux dire. C'est juste que c'est impossible de se souvenir d'autant de choses. »

Nous avons apporté les tasseaux à l'arrière du magasin où le menuisier les a découpés à mes mesures et nous avons descendu la rue vers le marchand de tissu où j'ai trouvé un rouleau de toile orange et de grandes fermetures éclair résistantes dans leur enveloppe en plastique. Je voulais que la tente soit orange, en toile, avec quatre angles et un sommet triangulaire. J'avais brièvement expliqué la structure à Vicky pendant que nous faisions nos courses, lui demandant son avis en matière de construction puisqu'elle avait conçu quelques décors dans son cours de scénographie. « Faut que ça soit exactement comme ça ? » a-t-elle demandé à la caisse en léchant le sel resté sur ses doigts, et j'ai dit oui, exactement. Je ne savais pas trop pourquoi, mais il le fallait. Nous avons porté les sacs jusqu'à sa voiture. Tout en conduisant, elle n'a pas arrêté d'effectuer des petits mouvements rotatifs de son bras libre parce qu'elle s'était fait mal à l'épaule en retirant les gélatines des projecteurs utilisés pour le spectacle précédent, et nous avons gardé le silence un moment, son bras se hissant comme un levier jusqu'à ce que quelque chose se remette en place, puis elle m'a raconté son tout premier souvenir, la jupe de quelqu'un, sans doute celle de sa mère, cramoisie, tournoyante et dont elle se souvenait avoir tiré sur les fils de l'ourlet défait. « À une fête, j'imagine ? » Après nous être garées, nous avons tout sorti du coffre et elle m'a montré sur son téléphone une photo du garçon qui lui plaisait en cours d'histoire et qui, avec un peu de chance, serait à la fête, puis une autre de la fille qui obtiendrait sûrement le rôle d'Emily. J'ai porté les sacs à l'étage pour ménager son épaule. Depuis le haut des escaliers, je voyais les voitures rouler tranquillement dans les rues en contrebas, vaquant à leurs affaires. La toile sentait bon. La teinte orange était parfaite. Vicky montait lentement les marches, absorbée dans la rédaction d'un texto, sa boîte à outils sous le bras et, comme cela m'était déjà arrivé si souvent, j'ai quasiment été submergée par le soulagement et la reconnaissance de l'avoir avec moi dans ce monde.

Sur le balcon, nous avons déroulé la toile contre le mur pour évaluer sa surface. J'ai fait un croquis sur du papier millimétré et j'ai montré à Vicky comment je voulais disposer les tasseaux ; nous avions tout l'après-midi pour assembler la tente, avec une pause pizza au milieu. Vicky s'est concentrée pour nous créer une playlist sur son téléphone et quand a jailli la musique pop, elle a installé les quatre tasseaux et a reculé d'un pas pour réfléchir à la façon de procéder. Il faisait sec et chaud, mais le balcon était bien abrité par un grand ficus dont les racines défonçaient le trottoir depuis des années, et j'ai branché le ventilateur dans le salon pour qu'il souffle de l'air par la porte vitrée ouverte. Tout en travaillant, nous faisions des allers-retours vers le congélateur pour remettre des glaçons dans nos verres d'eau.

Dans mon coin, j'ai découpé la toile en suivant le patron que j'avais élaboré et j'ai sorti un kit de couture pour la fermeture éclair. Vicky et moi travaillions bien ensemble, en silence la plupart du temps, parfois en chantonnant. Vicky est la personne avec qui j'ai le plus pratiqué d'activités dans ma vie ; nous faisions régulièrement nos devoirs côte à côte sur le canapé du salon, ou plus souvent dans sa chambre, moi adossée au mur et elle assise à son bureau, puis sur son lit, puis à côté de moi, elle en primaire réalisant des projets compliqués parfois alourdis de colle, moi au lycée qui révisais des contrôles ou rédigeais péniblement mes dissertations. Sur le balcon, Vicky fredonnait tout en évaluant sa construction, testant différentes options pour le sommet avant de décider de faire se rejoindre les différents bouts de bois et de mettre « la porte » du côté de la rambarde du balcon. Elle a commencé à percer les tasseaux. J'ai terminé de coudre la fermeture éclair ; les points étaient irréguliers et de travers comme dans un dessin animé, mais la fermeture tenait – je l'ai baissée et remontée plusieurs fois, satisfaite. Vicky a mis les vis et après ça, nous avons mangé notre pizza arrosée d'eau glacée, puis nous avons lavé nos mains pleines de gras et elle a refusé ma proposition de prendre un peu de temps pour regarder son essai parce qu'elle voulait se consacrer à la tente aujourd'hui, a-t-elle dit, la tente et rien d'autre.

Pour la dernière étape, nous avons déposé la toile sur la structure et l'avons clouée à des points stratégiques. À ma demande, Vicky a sorti la vieille rose de son sac, retiré les couches de mouchoirs en papier comme si elles protégeaient des os minuscules. Elle était très vieille, chiffonnée et brunâtre, les pétales se cassaient presque et, avec précaution, nous l'avons passée au-dessus des pans de la tente comme quelqu'un ferait brûler de la sauge dans les pièces de sa nouvelle maison. Ce n'était toutefois pas pour la purifier. Peut-être plutôt pour l'orienter. « Comme ça ? » a demandé Vicky en promenant la rose autour et à l'intérieur de la tente, et j'ai un peu ri et dit, oui, c'est très bien. Tout cela était un tantinet humiliant. J'arrivais à peine à regarder cette rose que j'avais trouvée quand j'étais adolescente sous le rideau de mon amie Deena et que Vicky avait récupérée dans la poubelle quelques jours plus tard. Après l'avoir secouée un peu partout, Vicky l'a de nouveau emmaillotée dans ses mouchoirs et l'a remise dans son sac. Le soleil s'était couché et, dans la lumière bleuissante du soir, dans la fraîcheur sereine de la vallée qui se répandait comme un baume, Vicky s'est appuyée sur moi et nous avons fait un pas en arrière pour admirer le travail.

C'était rudimentaire, mais solide, un espace pour une personne, juste assez grand pour accueillir la forme triangulaire de mon corps assis. « Cool », a dit Vicky avec un hochement de tête. Tout cela était un peu ridicule. Elle s'était bien débrouillée avec les clous, la toile tendue par-dessus le sommet, mais ça ressemblait toujours à une installation réalisée en quelques heures par des personnes qui ne savaient pas très bien ce qu'elles faisaient ; cela s'appliquait surtout à moi, mais même si Vicky avait été efficace, elle n'avait encore jamais réalisé de structure complète, pas même dans son cours de scénographie – elle avait plutôt peint de grands panneaux en bois pour les fonds, et rien d'aussi petit. C'était donc une première pour nous deux. Vicky a demandé si j'allais l'essayer, si elle-même pouvait y entrer, et je lui ai répondu que de mon côté, j'attendrais le lendemain matin, mais que d'accord, elle pouvait juste pour cette fois, alors elle s'est accroupie solennellement et a rampé à l'intérieur. Elle a remonté la fermeture. Je suis restée sur le balcon afin de ramasser les débris de notre labeur : les chutes de toile, la sciure de bois, consciente pendant tout ce temps que Vicky était à la fois ici et ailleurs, sa présence enfermée si proche de moi, mais aussi comme une version formalisée du corps, loin, à part. Je suis allée prendre un balai pour nettoyer le balcon en me disant que j'adorais l'idée d'avoir un lieu où les souvenirs pourraient émerger, comme s'ils appartenaient naturellement à l'état gazeux et que la tente leur éviterait de s'évaporer. Je n'avais pas osé le formuler tout haut à Vicky, mais c'était bien ce que je pensais. Vicky est restée là quelques minutes, plus longtemps que ce que j'aurais cru, et quand la fermeture a semblé s'abaisser d'elle-même et que Vicky est sortie comme un petit veau du ventre de sa mère, les yeux brillants et les joues roses, elle m'a raconté en se traînant hors de la tente que c'était effectivement un peu différent que de chercher à se remémorer quelque chose en s'asseyant simplement dans un fauteuil ou en faisant ce que les autres faisaient quand ils voulaient réfléchir à des trucs, et qu'à elle aussi, des souvenirs reviendraient peut-être si elle passait du temps dans la tente – « des choses troubles, comme cette brume mystérieuse ». Malgré son scepticisme du début, elle était maintenant un peu excitée pour moi. « Quand est-ce que tu t'y mets ? » « Demain. » « Tu me raconteras ? » « Oui. » « Tu ne vas pas t'y enfermer pour le restant de tes jours ? » « Non. Pas du tout. » « Tu viendras nous voir régulièrement ? » « Promis. »

« Il va faire chaud là-dedans, a-t-elle déclaré en s'essuyant le front. Il faudrait peut-être prévoir un éventail. »

Cette nuit-là, dans mon lit, les yeux rivés sur le plafond de ma chambre, la porte verrouillée, la tente sur le balcon ajoutant son poids à l'appartement, un poids subtil que j'avais l'impression de sentir, j'ai mis au point un plan. Tant que j'utiliserais la tente, il serait important de maintenir un emploi du temps des plus simples. J'avais démissionné de mon travail et tant que je pourrais payer mes factures, je resterais maître de l'organisation de mes journées. J'essaierais de me réveiller tôt pour aller dans la tente aux premières lueurs du jour, avant le lever du soleil si possible, au moment où il ferait le moins chaud, et une fois à l'intérieur, je rêvasserais forcément, penserais à d'autres choses et ferais des listes pour mes envois, mais je tâcherais de laisser les souvenirs prendre forme, pour tenter, morceau par morceau, à force d'attention et d'assiduité, de redonner de la netteté, de la précision et des détails à ce qui était flou. Je voulais me concentrer sur la période qui avait débuté avec le marteau et s'était achevée avec mon arrivée à Burbank, et qui comprenait la venue de mon oncle, le week-end chez la baby-sitter, le trajet en train avec l'accompagnateur et, bien sûr, l'apparition en parallèle du papillon dans le verre d'eau et du scarabée sur la feuille de contrôle, puis des roses sous le rideau bien des années plus tard. Ce serait mon projet, même si je savais bien que d'autres souvenirs pourraient surgir, que les souvenirs n'étaient pas des soldats alignés en rangs bien ordonnés. Ça n'était pas grave. Je verrais bien. Je ne prendrais ni montre ni chronomètre avec moi, si bien que cet espace serait hors du temps, une espèce de casino sans rien à l'intérieur. Un tout petit casino triangulaire en toile, silencieux et vide, sans argent. Tandis que les phares des voitures qui passaient dans la rue tourbillonnaient sur le mur de ma chambre, dessinant des motifs et éclairant les stores, j'ai songé que ce serait comme une sorte de second travail – pas du tout rémunérateur, mais une occupation qui ne serait pas très différente des moments où je me tenais immobile dans la cour de récréation pour évaluer mon état intérieur, sauf qu'il s'agirait d'un état intérieur passé, de me replacer dans des événements révolus parce qu'au moment où ils avaient eu lieu, j'avais à peine compris ce qui s'était joué. Or je voulais les situer. Uniquement ça. La chambre était silencieuse et réconfortante. Si je tendais l'oreille, j'avais l'impression de pouvoir entendre les inflexions douces de mon voisin Jose et de sa femme qui parlaient à côté. Une des pièces de leur appartement était contiguë à ma chambre. Je ne saisissais pas les mots, mais leur présence me parvenait, les sons plus aigus et leurs rires légers, leurs murmures plus graves et formels. Jose viendrait ouvrir la porte de ma chambre le lendemain matin vers quatre heures, avant d'aller travailler au champ de courses où il était à la tête de l'équipe de palefreniers. Nous étions presque le premier du mois ce qui voulait dire que je devais lui payer le loyer, alors je me suis fait un petit pense-bête mental pour ne pas oublier de passer à la banque le lendemain afin de retirer le liquide dont j'avais besoin. Cinquante dollars par mois. Sur la liste de mes dépenses, une ligne dans mon budget. Pour casser le billet de vingt, je m'achèterais de ce bœuf séché de qualité supérieure à l'épicerie près du distributeur, et quelque chose dans le fait de m'imaginer insérer les deux billets de vingt et celui de dix dans une enveloppe, de sceller l'enveloppe pour la glisser dans la boîte aux lettres de Jose en bas, de poser le bœuf séché sur le comptoir de ma cuisine, quelque chose dans ces gestes qui lançaient un nouveau mois était suffisamment apaisant pour que je m'endorme.

18

« Qui c'est ? » me demande Vicky un samedi après-midi alors que je réponds d'un geste au salut de Jose qui gravit l'escalier latéral de l'immeuble, les bras chargés de courses. Elle et moi allons acheter des glaces au Rite Aid/anciennement Thrifty au bout de la rue, le seul endroit à des kilomètres à la ronde où l'on peut trouver de vrais sorbets arc-en-ciel.

« Juste un voisin qui est devenu un ami », lui dis-je. Elle me lance un de ses regards pleins d'espoir. « Un ami-ami. Il est marié. Il est heureux en couple. Il me donne un coup de main pour certains trucs. C'est tout. » « Il a l'air sympa. » « Il est très sympa. Très serviable. »

19

Le lundi qui a suivi la construction de la tente, je me suis réveillée plus tôt que d'habitude, vers cinq heures du matin, prise d'une sorte de vertige créé par l'empressement, comme au matin d'une nouvelle année scolaire ou d'un nouveau travail qui nous plaît. Jose avait déjà déverrouillé la porte de ma chambre et était parti pour Santa Anita dans son pick-up. Je me suis tenue solennellement devant la porte avant de l'ouvrir. Le salon était sombre, les cartons et les piles de fournitures formaient des masses encore plus sombres par terre, et je me suis faufilée jusqu'à la porte vitrée du balcon. Dehors, les rues étaient désertes. Les lampadaires encore allumés. Les rideaux des magasins encore baissés. J'ai soulevé le loquet de fermeture et fait coulisser la porte en silence.

Dans le noir, près du mur du balcon, la tente se dressait pareille à une cabane d'enfant. Forme irrégulière, bancale et bizarre. Il n'y a aucune raison valable de faire ça, ai-je songé en l'observant. C'était un édifice ridicule. Les gens n'occupaient pas leur temps de cette manière. J'ai posé un pied sur le balcon, et en jetant un coup d'œil alentour au cas où quelqu'un me regarderait, je me suis accroupie, j'ai baissé la fermeture éclair, me suis glissée à l'intérieur de la tente et me suis enfermée. À ma grande surprise, mon cœur battait la chamade. J'ai imaginé quelqu'un me surprendre, me dire que j'enfreignais le règlement de l'immeuble, ou que ce genre de chose était interdite ; que ce n'était pas bien ; que ce n'était pas convenable. À l'intérieur, ça sentait fort la toile toute neuve et le bois fraîchement découpé, je percevais aussi ce que j'imaginais être une note légère de vieille rose paranormale, et je me suis retournée pour être face à la rambarde du balcon même si tout ce que je pouvais voir, c'étaient les pans assombris de la toile orange, ma pauvre fermeture éclair mal cousue et les angles des tasseaux bien fixés entre eux par Vicky. En bas, quelqu'un a démarré sa voiture et reculé de sa place de parking. Il y avait quelque chose de terriblement intime dans tout ça, au point que c'en était presque gênant. Je ne savais pas trop quoi faire. Je m'entendais respirer, inspiration et expiration, le corps et ses fonctions, je suis restée assise là tranquillement quelques minutes et puis j'ai fermé les yeux. Je me suis peut-être un peu assoupie. Autour de moi, dans cet état entre veille et sommeil, l'intensité de la lumière s'est modifiée, et alors que le soleil se levait et déployait ses rayons sur la vallée, l'orange de la tente s'est paré d'une lueur qui a gagné en force et en chaleur. Les murs rougissaient autour de moi, comme faits de chair vive, et d'autres voitures ont entamé leur trajet dans les rues, les bruits de la circulation se fondant dans la bande-son ambiante de la ville qui s'éveillait, des voisins qui sortaient du parking, klaxonnaient, accéléraient. Nous étions lundi matin. Les souvenirs étaient si proches. Prêts à prendre leur envol. Assise sur les marches, séjournant chez la baby-sitter, faisant ma valise, partant pour la gare. Une petite vague de panique m'a traversée, comme si j'allais exploser en mille morceaux qui allaient transpercer la toile, mais mon corps n'a pas bougé, je ne suis pas sortie, et alors que je restais là, j'ai surtout réalisé que je m'étais donné beaucoup de mal pour faire ce qui m'était le plus naturel, parce que même si j'avais dit à Vicky que j'avais oublié des choses, reconnu tacitement que j'inventais des détails pour embellir l'histoire et la divertir, même si je n'avais pas répondu quand elle avait dit que c'était impossible, mes souvenirs de cette période étaient bel et bien nets. Ils sont nets. Ce n'est pas pour me vanter ; c'est la réalité. Dès que je me concentre, tout est là pour que je puisse y réfléchir et je n'ai rien à inventer. C'est tout le but de la démarche.

J'ai passé un peu de temps dans la tente ce matin-là, j'ai repensé à la venue de mon oncle, à nous assis sur les marches de l'école, et j'ai remarqué la façon dont les souvenirs remontaient et puis sombraient, remontaient et puis sombraient, et quand j'ai senti la fatigue me gagner, je suis sortie. J'ai refermé la tente. Le fait de la refermer me semblait important. Je suis retournée dans l'appartement, j'ai verrouillé la porte coulissante du balcon, et avant d'entamer le reste de ma journée, de me lancer dans des actions très « en surface » comme d'emballer des objets et les poster, je l'ai regardée dehors. Orange, informe et immobile. Aussi absurde que cela paraisse, je la trouvais déjà différente. Puis j'ai préparé des cartons dans le salon pendant plusieurs heures avant d'aller à la poste pour les expédier.

Deuxième partie

Les verrous

20

Ma mère était la meilleure et la plus mauvaise au jeu de la pêche. C'était la meilleure parce qu'elle transformait la pièce en océan, nos coussins en chalutiers – elle découpait des bouts de ficelle pour imiter les lignes pendant sur le côté, et nous brandissions nos cartes bien haut pour capter la faible lueur du lampadaire dans le coin de la pièce. Pendant que nous jouions, elle attachait discrètement des objets à l'une de mes ficelles. « Est-ce que tu as des quatre ? » demandais-je. « Désolée, ma chérie, va à la pêche », disait-elle, et après avoir pris ma carte, je tirais sur une ficelle et découvrais un petit jouet, un trésor remonté des profondeurs de la mer-moquette beige, une minuscule grenouille en plastique, un crayon de couleur. Quelle joie ! Je gagnais toutes les parties de pêche, non pas parce qu'elle me laissait gagner ni parce qu'elle ne savait pas jouer, mais parce qu'elle ne voulait tout simplement pas prendre mes cartes. Elle aimait me donner toutes les siennes. Elle amassait les neuf et savait sûrement que j'en avais un, mais ne le réclamait jamais et attendait que j'exige les siens, qu'elle me donnait, et alors il fallait voir sa tête, la simplicité de son plaisir. Tante Minn m'en parlait de temps en temps, elle disait que tout le monde s'inquiétait pour sa sœur, mais que quand elle pouvait, quand elle était dans une bonne phase, ma mère venait border Minn dans son lit, lui chanter des chansons qu'elle inventait et lui donner des petits trésors qu'elle avait trouvés, des fleurs, de jolis cailloux, des jouets oubliés au terrain de jeux, des perles scintillantes. Ce jeu de la pêche avec ses petits cadeaux attachés aux ficelles avait débuté avec Minn, chez elles à Corvallis, sur la moquette du salon qui était encore mieux parce qu'elle était bleue. Ma mère était déjà nulle à l'époque. « Je gagnais tout le temps », disait Minn en tapotant le bord de son verre de vin. Nous étions de nouveau là, dans le salon, Vicky en train de dormir à l'étage, Oncle Stan lui aussi à l'étage, qui travaillait sur l'ordinateur, ma tante et moi en mer sur les canapés. Est-ce que c'était une coïncidence si elle aussi aimait passer des soirées dans un salon à peine éclairé par une lointaine lueur de lampe ? C'était comme un petit hommage que nous rendions ensemble, et parfois, je voyais clairement que Minn et moi partagions quelque chose de très précis, que j'avais peut-être remplacé ma tante auprès de ma mère, ou que ma tante avait été un entraînement pour elle avant mon arrivée. « Tu peux aller te coucher, si tu veux, Francie », disait ma mère en regardant par la fenêtre du salon que la lumière de la lampe avait rendue plate et impénétrable. « Est-ce que je peux rester ? » « Bien sûr. Tu ne t'ennuies pas assise là ? » « Non, non. »

21

Après la fin de mon dessin animé, la baby-sitter m'a montré sa mezzanine. Au sommet de l'échelle en bois, j'ai vu son lit, les couvertures et les oreillers colorés en désordre qui ensevelissaient un réveil et quelques livres repoussés dans un coin étroit. La mezzanine surplombait une partie du salon où elle avait installé un canapé, une télé recouverte d'un foulard, une plante en pot et une table verte qui marquait la limite de la kitchenette. « Ici, c'est le frigo », m'a-t-elle dit une fois redescendue en faisant de grands gestes de démonstration comme la présentatrice d'un jeu télévisé. « N'hésite pas à te servir. Tu peux manger tout ce que tu veux ici. » Il y avait sur son frigo des photos de gens souriants dont je me moquais totalement, mais elles étaient maintenues par des aimants en forme de têtes de chats : gris, noirs, tigrés, rêches au toucher. Sur la table à côté du canapé elle avait allumé cette lampe dorée à l'éclairage doux et avec les papillons, dont je savais que d'une façon ou d'une autre, elle m'appartenait, qu'elle était plus profondément liée à moi qu'à la personne qui avait pu l'acheter dans je ne sais quel magasin, et cette lampe partageait l'espace avec un bocal transparent rempli de bonbons en verre multicolores que j'ai mis dans ma bouche plus tard, quand la baby-sitter a eu le dos tourné. « Tu veux de la limonade ? » m'a-t-elle demandé et j'ai répondu non.

Je n'avais pas le temps de boire. J'étais bien trop occupée à effleurer du doigt les petites bananes en laine dans un plat identique à celui qu'elle avait posé à côté, au centre de la table verte et qui contenait de vraies grandes bananes. « Celles-ci sont pour les petites personnes », a-t-elle murmuré en m'adressant un clin d'œil. Qu'est-ce qui ne l'était pas ? Un panda moustachu en céramique était posé sur le lavabo de la salle de bains et de sa tête surgissaient plusieurs brosses à dents dont une encore emballée qui venait de chez son dentiste et dont elle m'a dit que je pouvais l'utiliser si je voulais. Sur un rebord de fenêtre, elle avait mis des hortensias cueillis dans l'allée et rassemblés dans une vieille bouteille de jus de fruits sans son étiquette, qui servait de vase.

« Ce n'est pas le grand luxe, a-t-elle dit en effectuant une petite révérence, mais j'espère que ce sera un lieu de transit agréable. »

Sa chaleur et son énergie habituelles s'entendaient dans sa voix, et soit elle ne se souvenait pas des images qui m'étaient venues à l'esprit et dont je lui avais parlé, soit elle avait choisi de ne pas s'inquiéter, mais toujours est-il que ni l'une ni l'autre n'en avons reparlé.

J'étais debout au milieu de l'appartement avec le verre de limonade qu'elle m'avait quand même servi. Ce verre était transparent, mais possédait une sorte de double fond qui donnait l'impression que la limonade avait été versée sur un lit de galets en verre bleu. « C'est des glaçons, ça ? » ai-je demandé, incrédule, et elle a ri doucement. « L'appartement de ta baby-sitter doit te paraître étrange », a-t-elle dit, mais j'ai essayé de rester le plus immobile possible avec mon verre entre les mains, mon sac à côté du canapé, et pendant un moment, j'ai imaginé qu'à la fin du week-end, tous les trains nous passeraient devant jusqu'à ce que la gare soit vide et que nous reviendrions ici pour que j'y vive le temps que ma mère se soigne, ce qui ferait de moi, non pas l'enfant de la baby-sitter, non, mais une sorte de jeune colocataire dont elle aurait entièrement la charge.

Je me dis à présent qu'ils avaient sûrement dû la payer, mais je n'y ai pas du tout pensé à l'époque.

Je me suis installée à la table verte et j'ai fait mes devoirs pendant qu'elle préparait à dîner, des toasts au fromage fondu avec une soupe à la tomate. Quand on a eu fait la vaisselle et passé en revue ses chaussures – des sandales à boucle violettes, des bottes de cow-boys noires au talon usé –, je me suis brossé les dents et elle a fouillé dans un tiroir à la recherche d'un vieux tee-shirt orné d'une montagne et d'un soleil en guise de chemise de nuit. Nous irions à la maison le lendemain après le petit déjeuner, m'a-t-elle assuré en me tendant le tee-shirt, afin que je me prépare pour le trajet en train, et là je pourrais récupérer une partie de mes affaires. Nous étions dans la salle de bains quand elle m'a dit ça, elle perchée sur le rebord de la baignoire, me regardant avec attention en prononçant ces mots, les yeux pleins d'empathie, mais j'étais occupée à me laver les mains avec le savon qui sentait bon la verveine citronnelle et que j'ai reposé délicatement sur sa coupelle en forme de petit bateau. Ses paroles ne m'ont apporté ni soulagement ni réconfort ; qu'est-ce que je possédais de si important à la maison ? Mon lien à ces objets me paraissait aussi fragile que les filaments d'une toile d'araignée désormais. Tout ce que je désirais, c'était la lampe aux papillons de ma baby-sitter, et son savon à la verveine citronnelle, et sa brosse à dents de réserve qui était mille fois plus douce et propre que la mienne.

On est retournées au salon, elle a enfilé des coussins du canapé dans des taies d'oreillers et m'a enfouie sous une couverture en chenille verte qui glissait.

« Confortable ?

Très.

– Est-ce que je laisse la lampe allumée ?

– S'il te plaît. »

Elle s'est assise sur le bord du canapé, sous le flot de lumière dorée émise par la lampe aux papillons et m'a lu une histoire de vaisseau spatial fait de bric et de broc qu'elle envisageait de lire aussi à sa classe. « Tu crois que ça leur plaira ? » « Je crois. » « Bon, dit-elle en acquiesçant. Tant mieux. » Elle m'a apporté un verre d'eau. À ce stade, elle ne semblait plus trop savoir quoi faire de moi alors elle m'a tapoté le bras, m'a souhaité de faire de beaux rêves et a disparu dans la salle de bains. Il faisait encore jour dehors, si bien que la pièce baignait dans un crépuscule bleu pâle, une fine pluie tambourinait sur le toit, et de temps en temps, la tuyauterie de l'immeuble se vidangeait dans un soupir. Je ne bougeais pas. Je me sentais comme un bijou cassé dans une boîte à bijoux. Quelque part à l'autre bout de la ville, par-delà le réseau des rues, ma mère se trouvait dans une sorte d'institution, un hôpital où elle était entourée de médecins et des voix saccadées des soignants que j'avais entendues par le haut-parleur du téléphone quand ma tante avait appelé lors de crises précédentes. Allongée sur le canapé, je pensais à elle sans penser à elle ; elle occupait tout mon esprit, présente partout comme un bruit de fond, mais elle était également effacée, excisée de l'instant comme si elle n'avait jamais été ma mère.

La baby-sitter est ressortie de la salle de bains vêtue d'une espèce de pyjama et a grimpé l'échelle vers son propre lit où elle a tourné des pages pendant un long moment sous la lumière cuivrée d'une lampe à pince.

Dehors, le bleu devenait plus sombre et profond. Les images de papillons rouges et or semblaient voleter sur tout le périmètre de l'abat-jour.

« Bonne nuit, Francie », a murmuré la baby-sitter plus tard en éteignant la lumière.

Elle s'est tournée sur le côté. J'ai entendu sa respiration ralentir et la pièce s'est vidée de son autre esprit éveillé. Ne restaient plus que la lampe dorée et moi. La nuit noire à l'extérieur. Quelque chose était en suspens. Je m'en souviens si bien. Combien le temps a paru s'étirer comme du caramel, le caramel sombre de la nuit, fait du tissu des dormeurs et des insomniaques. Les tensions s'amassaient dans les recoins obscurs et je les discernais nettement depuis ma place, à moitié emmaillotée dans la couverture en chenille glissante, des épaisseurs de ténèbres sur des ténèbres, des brins d'ombre tendineuse en train de se tresser. C'était comme si, le temps d'un instant, j'étais témoin de quelque chose d'intime et d'impassible dans les rouages cachés du monde.

Environ une semaine plus tôt, à cette même heure du coucher, ma mère avait fait une grande lessive, et comme la baby-sitter, avait mis des taies propres sur les oreillers. Comme la baby-sitter, elle m'avait apporté un verre d'eau et m'avait lu une histoire, *Le Lapin de velours*, qui était l'une de ses préférées. La nuit tombait. Je m'étais brossé les dents ; je m'étais débarbouillé le visage.

À la fin de l'histoire, le lapin s'en allait manger de l'herbe, de la vraie, et ma mère, soupirant de plaisir, m'a embrassée sur le front avant de se lever.

« J'étais incapable de laisser mes peluches sur le ventre », m'a-t-elle dit. Elle a jeté un coup d'œil au sol et a ramassé l'un de mes ours tombé par terre pour le déposer sur mon oreiller, allongé sur le dos. « J'avais l'impression qu'elles allaient étouffer ! »

Je l'ai regardée attentivement. Elle a remonté la couverture jusqu'à mon menton.

« Dors bien, petite Francie. Nounours ne te quittera pas de la nuit. »

Elle s'est mise à naviguer dans la pièce. C'était environ une semaine avant qu'elle ne se fracasse la main, et à ce moment-là, durant cette dernière phase où j'ai vécu avec elle, son traitement était à des dosages très raisonnables, et malgré les magnétophones sous leurs tentes de papier répartis dans toutes les pièces, nous avions passé plusieurs mois sans accroc. Nous avions beaucoup joué aux cartes. Les murs du salon étaient couverts de dessins de châteaux que nous avions réalisés ensemble. Presque tout ce que je faisais la rendait heureuse et éveillait son enthousiasme. Cette nuit-là, elle portait une nouvelle robe indienne trouvée à la boutique solidaire Goodwill et qui lui allait bien, la partie inférieure comme une longue jupe paysanne évasée, ses cheveux rassemblés haut sur le crâne comme une femme d'une autre époque et maintenus par un pic à brochette. Je l'ai regardée prendre son temps pour ramasser les peluches éparpillées dans la chambre et les déposer sur le fauteuil à bascule dans le coin. Elle a mis l'ours sur les genoux de l'épagneul. Elle a accroché le singe à l'un des barreaux du dossier, tenu par ses mains en Velcro. Elle a fait un tas de lions. C'était tellement réconfortant de la voir se préoccuper de chaque espèce.

« Je laisse la lumière allumée, Francie ? a-t-elle demandé sur le seuil de la chambre, près de l'interrupteur.

– Non, merci.

– Tu es sûre ?

– Sûre.

– Tu veux d'autres animaux avec toi dans le lit ?

– Non.

– Tu as ta couverture doudou ?

– Je ne la trouve pas.

– Ah bon ? Où est-ce que tu l'as vue pour la dernière fois ?

– Je crois que je l'ai peut-être oubliée quelque part.

– Oh non ! Tu te souviens d'où ?

– Chez Esther.

– Tu veux que je l'appelle ? Je peux l'appeler sans problème…

– Non. Je lui en parlerai à l'école demain.

– Vraiment ?

– Oui.

– Ok. Si tu es sûre. Ça ne me dérange pas. Viens me chercher si tu n'arrives pas à dormir et que tu veux que je l'appelle, d'accord ? Ou pour quoi que ce soit d'autre. Promis ?

– Promis.

– En fait, je n'ai jamais entendu parler d'un enfant qui aime le noir. Ça te plaît vraiment ?

– Oui.

– Tu n'as pas peur ? Tu ne vois pas de monstres ou je ne sais quoi, les objets ne prennent pas des formes bizarres ?

– Non.

– Est-ce que je viens de tout gâcher ?

– Non.

– Tu serres Nounours fort contre toi si tu as besoin, d'accord ?

– D'accord.

– Rien ne va te faire de mal, ma chérie.

– D'accord.

– Bonne nuit, ma biche. Je t'aime.

– Bonne nuit. »

Au moment où elle a appuyé sur l'interrupteur, son visage s'est refermé sur lui-même, pareil à une anémone qu'un doigt serait venu toucher.

Une fois le plafonnier éteint et la porte fermée, elle m'a laissée dans le noir, au milieu des lumières des réverbères qui dessinaient des carrés autour des stores de la fenêtre. J'avais trois choses importantes à faire. D'abord, j'ai remué les bras et les jambes jusqu'à ce que Nounours tombe de l'oreiller et retourne sur la moquette. Puis je me suis levée en silence, sur la pointe des pieds sans faire de bruit, et j'ai rejoint le fauteuil à bascule où il ne m'a fallu que quelques gestes de la main pour que tous les animaux retombent eux aussi par terre. Enfin, je suis allée à la porte où, toujours en silence, j'ai mis le loquet en position horizontale.

Je gardais une sensation précise et mémorable de ce mouvement. On pourrait même dire que je l'attendais toute la journée. Tester le loquet de la porte, le trouver verrouillé. Le secouer juste assez pour être sûre. Tandis que le verrou s'insérait dans le mur, tout le reste semblait fondre un peu et la pièce commençait à s'ouvrir et flotter autour de moi. Une obscurité souple, liquide, même. C'était le seul moment de la journée où j'avais l'impression de me laisser aller à l'intérieur, où je n'avais pas sans cesse besoin de contrôler la limite qui me séparait du monde. Les murs pouvaient devenir ma limite. Une veilleuse l'aurait transpercée ; même Nounours m'agaçait parce que je préférais que seuls mes bras et mes jambes s'agitent sur la vaste étendue des draps.

Loin, sur la planète du salon, j'entendais ma mère appuyer sur les touches du téléphone.

« Salut, disait-elle, c'est moi. Tu as une minute ? »

Dans ma chambre, les nuances de gris devenaient de plus en plus nettes et, toujours sur la pointe des pieds, j'ai regagné la masse impressionnante du lit couleur d'orage et me suis recouchée. J'avais passé une bonne journée à l'école. Nous avions travaillé sur la roue chromatique.

« Merci », disait maman.

Elle s'est mise à parler plus bas, mais l'obscurité fonctionnait comme un ampli et je l'entendais bien. Elle a d'abord raconté sa journée, dit quelques mots rapides sur sa perpétuelle recherche d'emploi et passé une ou deux minutes à demander de ses nouvelles à ma tante.

« Bon, tant mieux », a-t-elle dit.

Puis un silence pesant.

« Je sais que ce n'est pas grand-chose, mais c'est juste qu'elle n'a aucun animal avec lequel dormir, ni de couverture, rien. Elle a laissé sa couverture préférée chez une copine mais on dirait que ça lui est égal. Tu ne trouves pas ça bizarre ? Ne serait-ce qu'un tout petit peu ? Tu ne crois pas que je devrais m'inquiéter ? »

Je me suis figée dans le lit. J'ai arrêté de m'étirer dans tous les sens pour mieux l'entendre. Ce n'était pas tant que la couverture ne comptait pas pour moi ; elle comptait, un peu, mais ce que je remarquais surtout à cet instant, ce qui me troublait beaucoup plus, c'était ce léger changement dans sa voix. Ce n'était presque rien, si subtil que la plupart des gens auraient trouvé son ton animé, mais moi j'y décelais une infime différence que je savais être le début d'une crise.

« Il y a quelque chose de froid chez elle, tu ne trouves pas ? disait maman. Non ? »

Est-ce que Minn l'entendait aussi ? Minn au bout du fil, la seule autre personne à même de détecter ces changements.

« Ok, a dit ma mère après une minute. Tu as raison. Ok. »

Ça fonctionnait toujours pareil pour elle, son traitement perdait peu à peu de son effet et tout basculait comme une toupie dont on avait cru qu'elle pourrait continuer de tourner éternellement. La dégradation de son état était là aussi progressif, elle réaménageait les pièces tous les jours, ses mains tremblaient en permanence, puis elle se mettait d'un coup à établir de longues listes de mots dans des carnets que je n'arrivais pas à déchiffrer, elle allait régulièrement inspecter les magnétophones pour s'assurer qu'ils enregistraient, ou bien encore, après les repas, elle demandait à inspecter l'intérieur de ma bouche : « Ouvre », disait-elle en me saisissant le menton d'une main ferme, au cas où j'aurais gardé de la nourriture, caché un bijou sous ma langue ou une puce électronique. Elle m'appelait auprès d'elle et demandait si j'étais réelle. Elle me donnait des bocaux de cornichons ou de moutarde à moitié entamés à offrir à mes amis pour leur anniversaire, anecdote qui impressionnait beaucoup Vicky.

En général, Minn percevait aussi le changement, même au téléphone, ce qui la poussait à appeler les médecins et, au début, les ajustements du traitement avaient des effets extrêmes et la faisaient somnoler toute la journée, alors j'allais la regarder dormir dans sa chambre, cette chose captive, son corps changeant et s'alourdissant à cause de la rétention d'eau, les vêtements de la boutique solidaire ne lui allaient plus, il fallait retourner à cette même boutique pour en racheter une brassée en grande taille, Tante Minn prenait l'avion pour faire le chaperon et me payait un scone au café du coin afin de me distraire et de m'expliquer la situation pendant que ma mère pleurait devant la glace en regardant la silhouette élargie de son corps. La dernière fois que c'était arrivé, plus d'un an auparavant, ma tante venait de faire une nouvelle fausse couche et était arrivée pâle, les épaules voûtées, triste, et ma mère s'était efforcée de la réconforter, mais elle avait l'esprit embrouillé et ne savait pas quoi dire : « Pour le bébé », avait-elle dit en posant une main sur l'épaule de sa sœur, le regard interrogateur, en recherche de contexte. Nous étions à la boutique solidaire, après le rendez-vous chez le médecin, et nous passions en revue les portants. « Je serai ton enfant », me rappelais-je avoir dit à Tante Minn quand ma mère était partie essayer la pile de vêtements pliés sur son bras. Ma tante n'avait pas détourné le regard. « C'était pour rire », avais-je ajouté.

Au milieu du flot de ténèbres de ma chambre, j'ai tendu l'oreille autant que possible, mais ma mère est restée silencieuse pendant que Minn lui parlait à l'autre bout du fil. À vrai dire, elle était si silencieuse que c'était plutôt l'image que j'avais d'elle qui se précisait, comme si j'étais dans la même pièce et que je la voyais clairement, assise sur le tabouret, sa jupe lui couvrant les jambes, le talon de la main pressé contre son front, l'autre main qui tirait peut-être des traits dans le carnet d'adresses à côté d'elle. Un pied calé contre un barreau du tabouret. Le téléphone coincé entre son oreille et son épaule. Le temps d'une seconde, je me la suis figurée entièrement, mais tout aussi vite, la netteté s'est perdue, l'image de son corps s'est craquelée, elle et les objets qui l'entouraient se dissipant et s'évanouissant à l'exception du pic en métal pointu dans ses cheveux. Planté dans ses cheveux, sa remarquable chevelure auburn, épaisse et ondulée. On arrêtait assez souvent ma mère dans la rue pour lui demander si elle voulait en faire don pour une perruque. Jusque-là, je l'avais vu sans le voir. C'était cette modulation infime dans sa voix qui me conduisait à considérer cet objet comme autre chose qu'un pic à brochette astucieusement détourné de son usage premier.

Je me suis levée et j'ai ouvert la porte.

« Maman ? ai-je dit.

– Elle est là, attends… » Elle s'est tournée vers moi. Elle avait les yeux humides, un peu plus écarquillés que d'habitude. Je le voyais à présent sur son visage, le début d'un changement, ce petit manque de concentration dans ses traits, comme s'ils avaient perdu ce principe unificateur qui fait un visage.

Ça faisait longtemps, je me rappelle m'être dit.

« Maman, j'ai peur.

– Je dois y aller, Minn. Francie a peur. Qu'est-ce qu'il y a ma puce ? Tu as vu quelque chose ? Tu veux que j'appelle Esther pour la couverture ?

– Non. Détache tes cheveux.

– Mes cheveux ?

– Je veux que tu les détaches. S'il te plaît. Tu veux bien me caresser le visage avec ? »

Elle a cligné des yeux, retiré le pic et ils sont retombés, brillants, ce qu'il y avait de plus sain chez elle.

« Lave mon visage avec comme tu fais des fois », ai-je dit.

Elle a ri de soulagement. Je n'étais qu'une petite fille qui avait besoin de beaucoup d'attention. Elle a soulevé ses cheveux et les a fait retomber sur mon visage, ils sentaient le citron et la transpiration, et je les ai laissés me materner, ces cheveux, tout en étant parfaitement et froidement consciente du mouvement de sa main qui avait posé le pic sur le comptoir de la cuisine à côté d'un sandwich au pain croustillant dans une assiette abandonnée là depuis le déjeuner. Nos visages se sont touchés.

« Sous le rideau de cheveux, a-t-elle murmuré.

– Maman.

– Oui.

– Je n'aime pas quand tu t'attaches les cheveux.

– Ah bon ?

– Ça me fait peur.

– Vraiment ? Je ne suis pas obligée de le faire. Je ne le ferai plus jamais.

– S'il te plaît. Je peux aller me recoucher, maintenant.

– Tu veux de la lumière ? J'ai une jolie veilleuse avec Saturne dessus, violette et argentée…

– Non. »

Elle faisait rarement la vaisselle avant d'aller se coucher, si bien que tout ce qui se trouvait sur le comptoir y restait généralement jusqu'à ce qu'elle soit prise d'un regain d'énergie ménagère, ce qui me donnait assez de temps pour récupérer le pic le matin et le cacher tout en haut du placard comme je l'avais déjà fait avec des couteaux très aiguisés que j'avais enveloppés dans des tee-shirts devenus trop petits pour moi. Je n'ai jamais trop su ce qu'elle comptait faire avec ces couteaux, mais elle m'expliquait de temps en temps que certains objets se paraient d'une lueur particulière, d'un genre d'aura, et ce jour-là, le changement dans sa voix avait suffi pour que j'entre en action. Je n'ai pas caché le marteau avec lequel elle se fracasserait la main une semaine plus tard ; je n'y ai pas pensé et je ne pouvais pas dissimuler tous les objets dangereux. Je ne pouvais pas démonter l'installation électrique, arracher les câbles et retirer le broyeur d'ordures. Un jour, sur un coup de tête, j'avais apporté le tournevis à l'école pour l'enterrer dans un coin du jardin, mais des petits de maternelle l'avaient retrouvé par hasard et l'un d'eux s'était fait mal au pouce.

« Je te ramène à ton lit. Il est tard maintenant, ma chérie. »

Elle m'a accompagnée et la porte de ma chambre s'est ouverte sur une grotte grise qui ne l'a pas empêchée de voir les peluches.

« Mon Dieu ! Comment se fait-il qu'elles soient par terre ?

– Je ne sais pas.

– Et toutes, en plus. Attends, je vais allumer une seconde

– C'est trop !

– Je fais vite…

– Je me suis déplacée dans le noir et je crois qu'elles sont tombées.

– Tu te déplaçais dans le noir, Francie ? C'est vrai, ça ?

– Un peu.

– Il faut faire attention, ma chérie. Tu pourrais te cogner. Tu vois, une veilleuse serait vraiment utile…

– J'en veux pas.

– Bon. Laisse-moi ranger, d'accord ? Pourquoi tu mets ce tee-shirt sur ta tête ?

– Il y a trop de lumière. Des fois ils sont par terre quand je me réveille. »

Elle s'est immobilisée au milieu de la pièce, s'est penchée

pour ramasser les peluches. Ses jolis pieds, le vernis rouge écaillé sur ses orteils. « Mon père était somnambule, tu sais. Peut-être que toi aussi. Oh, regarde ça – Nounours aussi !

– Je vais prendre Nounours. »

Dans ma tête : je vais le pendre.

« Bon. C'est mieux comme ça. On éteint. J'appellerai Esther demain, d'accord ? Enlève ce tee-shirt de ta tête maintenant, s'il te plaît.

– Bonne nuit, maman. Merci.

– Bonne nuit, mon cœur.

– Je t'aime, maman. »

Elle redevenait elle-même. « Merci, merci. Je t'aime aussi. Je t'aime tellement.

– Je peux dormir maintenant.

– Dors, ma petite fille. Fais de beaux rêves. »

Je me suis endormie peu après, une fois la porte verrouillée de nouveau et les animaux jetés par terre.

Je ne sais pas quand je me suis endormie dans l'appartement avec la mezzanine, mais il était tard, beaucoup plus tard, au petit matin.

À six heures, un réveil a envoyé sa décharge de bips dans le noir. Chacun venant heurter le petit vallon chaud des couvertures comme les balles d'une carabine à air comprimé.

« Pardon ! Pardon ! a dit une voix. J'ai oublié de l'éteindre. »

Le radiateur s'était éteint dans un cliquetis des heures auparavant. La pièce où je me suis réveillée paraissait froide et tout à fait nouvelle. Une espèce de fauteuil d'angle informe, des cadres autour de tableaux invisibles, une grande hauteur sous plafond, un faible soleil gris qui perlait derrière des rideaux à fleurs. Un gros animal moucheté a étiré ses pattes sur une échelle et bondi sur mes couvertures.

« C'est Hattie, a dit la voix rieuse d'en haut. Il est gentil. Il est tôt. Tu veux dormir encore un peu ?

– Non. Merci. »

Cette voix, une voix que je connaissais assez bien pour la rencontrer régulièrement depuis plusieurs années, me faisait l'effet d'un planisphère, et je pouvais presque suivre le changement alors que mon cerveau réorganisait les informations contenues dans la pièce pour les replacer dans un cadre familier, situer la télé avec l'écharpe à franges, le cartable vert que j'avais vu plus tôt posé dans un coin éloigné, le roulement à billes de la semaine tournant dans un anneau de temps jusqu'à intégrer son sillon attitré : samedi. Et puis il y avait la baby-sitter elle-même descendant le dernier barreau de l'échelle, s'asseyant au bord de mon lit dont Hattie a franchi les bosses pour venir sur ses genoux en ronronnant. Comme c'était étrange de la voir de si près, en pyjama rose et vert à fleurs, les cheveux décoiffés, souriante, le visage lavé de son rouge à lèvres et de sa journée.

« Il dort sur la mezzanine ; désolée, j'ai oublié de te le dire. Tu n'es pas allergique aux chats, j'espère ?

– Je ne sais pas.

– Est-ce que tu te sens oppressée ?

– Non.

– Tu as bien dormi ?

– Il était là tout ce temps ?

– Il dormait, oui. Il est vieux. Il dort beaucoup. Tu vas voir, il va prendre son petit déjeuner et puis il remontera là-haut. »

Elle l'a gratté derrière les oreilles.

« Tu m'as l'air un peu fatiguée, a-t-elle dit doucement. Tu es sûre que tu ne veux pas dormir encore un peu ?

– Non, merci. »

Elle s'est mise debout et a branché la cafetière dans la kitchenette. Hattie a sauté par terre et s'est frotté contre le bord du canapé.

« Alors on peut dire qu'on est levées. Ah tiens, ton oncle a appelé, a-t-elle dit en regardant son téléphone, appuyant sur des touches, écoutant et souriant. Le bébé est né ! » Elle a repassé le message pour moi, la voix excitée et tremblante de mon oncle : « Elle est là, ma petite Victoria, elle est si belle ! Deux kilos cinq. Des tonnes de cheveux.

– Est-ce que je pourrais aussi avoir du café ?

– Non, ma chérie, a-t-elle répondu en éteignant la cafetière. Ce n'est pas bon pour les enfants.

– Maman m'en donne tout le temps. » Ce qui était faux.

« Vraiment ?

– Avec du lait et du sucre.

– Une gorgée, alors. »

Amer, amer.

Mais c'était bien mieux que de me noyer dans la nuit, être assise à la table de la cuisine pendant qu'elle me préparait du porridge dans un bol jaune à feuilles vertes qui passaient par-dessus le bord, elle au comptoir, les mains enveloppées autour de la chaleur d'une tasse de café. Hattie a trouvé sa gamelle et plongé le museau dans sa pâtée.

La baby-sitter sirotait son café. Je sentais que le monstre était avec nous même si je ne savais pas encore ce qu'il était. Je le sentais là, dans l'appartement.

« Ça va ? a-t-elle demandé.

– Il est bon, le porridge.

– Tant mieux. Mais ne mange pas trop, d'accord ? On va bientôt aller bruncher.

– Ok.

– Ils ouvrent à neuf heures. On ira à pied. Il y a toujours la queue donc c'est bien d'arriver tôt, mais on a encore le temps, je dois prendre ma douche, tout ça. Ça ne te dérange pas ?

– Non.

– Ensuite on passera chez toi prendre ce dont tu as besoin et on fera ta valise. Le train n'est pas avant demain.

– Ok.

– Il faut que je vérifie l'horaire. Dix ou onze heures, je crois. Quelque chose comme ça. Tu veux revoir ton dessin animé avec le lion pendant que je me prépare.

– Oui, d'accord. »

Elle a lavé mon bol, l'a rincé et posé sur l'égouttoir. Puis elle a lavé sa tasse, l'a rincée et posée sur l'égouttoir. Elle a vu ma cuiller sur la table, l'a prise, l'a savonnée et rincée elle aussi. Ces gestes me paraissaient tombés du ciel, et pendant qu'elle se douchait, je me suis approchée pour regarder l'égouttoir et ce qui y séchait, ainsi que le fond tout propre de son évier blanc.

22

Quand j'étais petite, ma mère me lisait toutes sortes d'histoires, mais ses préférées, qui étaient aussi parfois mes préférées, parlaient toujours d'objets qui prenaient vie. Pas n'importe quels objets, surtout des animaux en peluche et des poupées, ou des dessins et des sculptures d'animaux ou de gens – des objets inertes qui imitaient le vivant. Des objets en équilibre sur cette frontière soi-disant poreuse. Les options ne manquaient pas : l'ours Corduroy qui emprunte un escalator pour retrouver son bouton perdu, Jack Pumpkinhead qui prend vie grâce à la poudre magique dans *Le Pays d'Oz*, les personnages qui sortent de leur cadre chez *Harry Potter*, le casse-noisette de Clara qui s'anime à minuit et l'entraîne dans un voyage merveilleux. Lors d'un passage fructueux à la boutique solidaire sur la Sixième Avenue, maman a trouvé *Toy Story 2* en VHS à un dollar ainsi qu'un magnétoscope à sept dollars, et cet après-midi-là, nous nous sommes installées sur le canapé en tweed élimé et avons ri à gorge déployée quand Monsieur Patate a traversé la rue déguisé en cône de signalisation.

Il y avait aussi *Le Lapin en velours* qu'elle m'a lu une semaine avant notre séparation.

La Galatée de Pygmalion.

Pinocchio.

Mais la leçon tirée de la lampe aux papillons, du papier au scarabée ou des rideaux aux roses est la suivante : c'est amusant dans une histoire, c'est terrifiant dans la réalité. L'une est une représentation, l'autre est la vie, et les deux ne partagent rien si ce n'est la suggestion d'un groupe, un même nom. Pygmalion est tombé amoureux de sa statue en ivoire dont les lèvres sont un jour devenues chaudes et dont le pouls s'est mis à battre. Cette histoire est tellement imbriquée dans notre imaginaire qu'elle a été réinventée des centaines de fois sous toutes les formes artistiques existantes. Mais il est important de préciser, il est important que je le précise pour moi-même : tout ceci n'est en fait pas possible. Les statues ne prennent pas vie. Les lèvres se réchauffent grâce au sang, le sang a besoin d'artères ; le pouls est le satellite d'un cœur battant né d'une structure organique appelée embryon. Nous vivons dans des mondes séparés, les objets et nous. Je ne cherche pas à enfoncer des portes ouvertes, j'essaye seulement de m'expliquer l'immensité de cet acte de foi. Le papillon que j'ai trouvé dans le verre d'eau avait dû se doter d'organes internes et d'une enveloppe, il avait dû surgir d'une tout autre dimension pour prendre forme ici et, je ne sais comment, il y était parvenu, et quand je l'ai vu dans le verre d'eau, il avait un corps, des pattes, il était bien réel, était devenu réel. Il était une psychose active. J'ai avalé une psychose.

D'après tous les médecins que j'ai consultés, et j'en ai vu beaucoup, ma tête va très bien. J'ai passé des tests au fil des ans juste au cas où, j'ai couru sur des tapis roulants pour des raisons inexplicables, et j'ai regardé assez de taches d'encre pour pouvoir en deviner les formes à l'avance. Parce que ma tante s'inquiétait, que ma mère s'inquiétait, que je m'inquiétais, j'ai passé le MMPI-A, le MCMI-III, le test pour les troubles bipolaires et d'autres pour l'anxiété. Je m'en suis toujours bien sortie. « Je ne vois aucun signe », a dit ma tante en cherchant ses clés de voiture dans son sac pour nous ramener à la maison après un énième rendez-vous chez le médecin un après-midi à la fin du lycée, après la découverte des roses mortes sous les rideaux chez Deena. C'était seulement quelques jours après que j'étais allée seule à Portland et que j'avais fait tomber ma mère de son fauteuil ; j'étais rentrée ébranlée de chez Deena, des roses dans les bras, les mains qui tremblaient, et je m'étais aussitôt connectée à Internet pour trouver un médecin qui pourrait me voir sur-le-champ, n'importe lequel, un neurologue de Glendale spécialisé dans les cas rares, et, en restant le plus vague possible, j'avais expliqué à ma tante que j'avais vu des choses que je ne comprenais pas tout à fait, est-ce qu'elle voulait bien m'emmener, est-ce qu'on pouvait y aller. Elle avait accepté parce qu'elle acceptait toujours ; c'était la fin de mon adolescence et j'entrais dans la période à risque, même si la vingtaine l'était aussi puisque les premières crises surviennent plus tard chez les filles que chez les garçons.

« À ton âge, ta mère montrait déjà tout un tas de symptômes très clairs, a-t-elle dit alors que nous rejoignions la voiture dans le parking.

– Vraiment ?

– Bien sûr, comme ce qui lui arrive encore aujourd'hui. Elle faisait les cent pas en pleine nuit, dormait vingt heures, racontait que des objets lui parlaient. Tu ne fais rien de tout ça.

– Non.

– Tu es si mesurée, si sérieuse. Tu dois tenir de ton père.

– Ou de toi.

– Haha. Ou de moi. Peut-être bien. »

On est montées dans la voiture, puis elle a branché la clim et a reculé. A sorti le ticket du parking de là où elle l'avait coincé dans le pare-soleil. A glissé sans heurt sa carte de crédit dans la fente.

Mais ça ne garantissait rien et quand j'avais éprouvé la sensation monstrueuse familière chez Deena, l'impression que quelque chose de souterrain se réveillait et était prêt à passer à l'acte, une impression qui ne m'avait pas saisie depuis des années, pas depuis mon trajet en train vers le sud, l'arrivée du papillon et du scarabée, mon esprit était parti ailleurs et j'avais eu du mal à écouter ce que disait Deena à propos de je ne sais quel garçon du lycée, comme si elle était entrée dans un tunnel, et soudain tout ce qui se trouvait sur ses murs, les posters de gens, de groupes de musique, les tee-shirts floqués de licornes ironiques, les sérigraphies de reptiles, tout ça m'avait semblé dangereux, instable. J'avais balayé sa chambre du regard, l'avais inspectée, gagnée par la peur, mais ce n'est que quelques minutes plus tard, en allant chercher un encas dans sa cuisine, que j'avais traversé le salon et vu les trois roses séchées par terre, si inoffensives sous les lourds rideaux damassés de sa mère. Les mêmes roses, les mêmes teintes de mauve, les bourgeons disposés exactement comme sur le rideau, mais avec des pétales fins qui avaient perdu leur éclat et que la dessiccation avait tannés comme du cuir. Elles étaient là, posées sur la moquette. Je les ai ramassées, les mains tremblantes.

« C'est quoi ? » avait demandé Deena en trempant un bâtonnet de bretzel dans du beurre de cacahuète.

23

« Est-ce que tu entends des voix ? » « Non. » « Est-ce que tu as l'impression que quelqu'un te suit ? » « Non. » « Est-ce qu'il t'arrive de croire que des pensées ont été implantées dans ton cerveau ? » « Non, non. Il n'y a vraiment que les roses. » « Est-ce qu'il y a d'autres cas de troubles psychiques dans la famille ? » « Oui. » « Chez qui ? » « Ma mère. » « Et ton père ? » « Inconnu. » « Est-ce que tu as le souvenir d'autres moments où tu aurais eu une vision comme ce que tu décris ? » « À part ceux que j'ai déjà mentionnés, non. Et ce n'était pas une vision. Mon amie Deena les a vues aussi. » « Les roses ? » « Oui. » « D'où venaient les roses, d'après elle ? » « Elle n'en avait aucune idée. Elle était très surprise. Sa famille déteste les roses séchées. » « Tu ne les aurais pas apportées avec toi par hasard ? » « Si. » « On dirait des roses séchées normales. » « Ce sont des roses séchées normales. Sauf qu'elles sont nées de rien. » « Explique-moi encore une fois comment tu le sais ? » « Elles étaient sous les rideaux. » « Mais quelqu'un a très bien pu les faire tomber là par inadvertance, non ? » « Sauf que Deena était aussi sous le choc. »

« À cause de la présence des roses séchées chez elle ? » « Oui. » « Sa famille déteste les roses séchées à ce point ? » « Oui. » « Bon, d'accord, bien. Maintenant, redis-moi – tu penses que les fleurs sur le tissu ont mystérieusement pris vie, qu'elles sont tombées des rideaux et se sont transformées en roses séchées ? » « Oui. » « Et à quand remonte la première crise psychotique de ta mère ? » « Elle avait dix-sept ans. » « Et tu as ? » « Dix-sept ans. » « Mais tu sembles comprendre que des rideaux ne peuvent pas créer de roses ? » « Je le comprends. » « Est-ce que tu as vu les roses émerger des rideaux ? » « Non, non, pas du tout. Je n'ai jamais assisté à ça. Mais elles étaient par terre quand je suis passée. » « Qu'est-ce que tu en conclus ? » « Moi ? Ce que j'en conclus ? C'est pour le savoir que je suis ici. » « Ton scan cérébral et tes tests sont bons. » « Ils ont toujours été bons. » « Mais donc Frann… » « Francie. » « Francie. Est-ce que tu as déjà consulté un psychothérapeute ? » « Oui. » « Et ? » « Ce n'est pas une métaphore. » « Les roses, tu veux dire ? » « Oui. Les roses ne sont pas une métaphore. » « Mais est-ce que ça t'a aidée ? » « Pas assez. » « Je comprends. Mais je dois t'avouer que je suis un peu perdu. Si tu ne penses pas que ça vienne de ton esprit et que tu crois avoir été témoin d'une sorte de phénomène, mais que tu ne montres aucun autre symptôme, pourquoi prendre rendez-vous avec un neurologue ? » « Qui est-ce que je pourrais voir d'autre ? » « Pour impliquer le monde dans sa propre rupture ? » « Voilà ! » « Je n'en sais rien. » « Et docteur, à propos de ce que vous avez dit plus tôt… » « Un prêtre ? » « … si ces roses n'avaient fait que tomber chez Deena par hasard, pourquoi est-ce qu'elles seraient pareilles que celles des rideaux ? Pareilles de chez pareilles, sauf qu'elles étaient mortes ? Et pour le papillon ? Et le scarabée ? » « Ou bien un shaman ? Une sorte de moine transcendantal ? » « Est-ce que vous vous moquez de moi ? » « Pardon. J'essaye juste de lancer des idées. Tu sais combien de temps s'est écoulé entre ces différents incidents ? » « Les roses remontent à deux jours. Le scarabée, c'était deux jours après le papillon, et lui remonte à dix ans. » « Et est-ce que ces apparitions correspondent à des événements particuliers de ta vie ? » « Pardon ? » « Est-ce qu'il s'est passé des choses particulières au moment de ces apparitions et qui pourraient être liées ? » « En quoi ce serait pertinent ? Il n'y a pas que moi dans cette histoire. » « Est-ce que ça arrive à d'autres gens ? » « Il faut leur demander. » « Francie ? Est-ce que tu as entendu parler de quelqu'un à qui il aurait pu arriver quelque chose d'un tant soit peu similaire ? » « La seule chose que… » « Oui ? » « La seule chose que je vois, c'est ma mère qui va mal, moi qui la perturbe et après, elle qui n'est plus capable de s'occuper de moi. Ce ne sont pas des informations très exploitables. » « Mais ça s'est produit à chaque fois ? » « Possible. » « Possible ? » « Le papillon, oui. Le scarabée était presque au même moment, donc oui. Les roses, c'est récent. » « Et ? » « Et quoi ? » « Et comment va ta mère ? » « Elle a quitté sa résidence il y a quelques semaines pour voir si elle pouvait prendre un appartement seule et me faire revenir. » « Ça a marché ? » « Non. » « Elle va bien maintenant ? » « Ça ne s'est pas bien passé quand je lui ai rendu visite. » « Qu'est-ce qui s'est passé ? » « Je l'ai fait tomber d'un fauteuil. » « Tu l'as poussée ? » « Non, non, je lui parlais de tout ça. Du papillon. C'était une bêtise. Elle est partie à la renverse. » « Elle va bien ? » « Physiquement oui, et pour le reste elle fait des progrès. » « Et tu allais vraiment retourner vivre là-bas ? » « Je n'en avais pas l'intention. » « Ça ne te semble pas pertinent ? Tous ces événements qui ont lieu au même moment ? » « Non. » « Il n'y a peut-être pas de lien, mais… » « Vous faites des hypothèses au hasard. » « J'essaye juste de rassembler des informations, Francie. De chercher des schémas récurrents. » « Mais ça pourrait être quoi, ces schémas ? » « Eh bien, je ne suis pas sûr de le savoir. Revenons en arrière un moment. On va le prendre par un autre angle. Quel a été le déroulé ? Papillon, scarabée, roses, c'est ça ? Le papillon d'abord ? » « Oui ? » « Le scarabée dans le train ? » « Deux jours après le papillon. » « Les roses cette semaine. » « Oui. » « Donc, quoi qu'il se passe, Francie, quel que soit ce phénomène, on peut peut-être imaginer que tu avances du monde des insectes à celui de la botanique. » « Docteur ? » « Il n'y a pas eu d'autres catégories, si ? » « Qu'est-ce que vous entendez par "catégories" ? » « Comme les rongeurs ? Les mammifères ? » « Pourquoi est-ce que vous en parlez comme si tout ça était vrai ? » « Peut-être que le pouvoir se dissipe, Francie. » « Ce n'est pas un pouvoir. » « Peut-être que les incidents se raréfient. » « Mais il ne peut pas s'agir d'incidents réels. » « Francie ? Est-ce que tu ne viens pas de dire que ton amie Deena a elle aussi vu les roses et que tu es persuadée qu'elles viennent des rideaux ? » « Sauf qu'il paraît *impossible* qu'elles viennent des rideaux, n'est-ce pas, docteur ? » « Francie ? On a déjà eu cette conversation, non ? » « C'est juste que je ne comprends pas comment tout ça peut arriver. » « Tout est mort ? » « Pardon ? » « Les choses que tu as trouvées. Elles sont mortes ? » « Oui. » « Et est-ce qu'elles sont mortes sur leur image ? » « Non. » « Les roses des rideaux… ? » « Ce sont des broderies de roses vivantes. » « D'accord. » « Et le scarabée ? » « C'était le dessin d'un lucane marchant sur une branche, pour un contrôle à l'école. » « Et le scarabée que tu as trouvé était mort ? » « Raide mort. » « Bon, c'est intéressant. » « Oui. Je me suis interrogée là-dessus aussi. » « Qu'est-ce que tu en penses ? » « Je ne sais pas. Et vous ? » « Je ne sais pas. » « C'est triste quand on y réfléchit. » « Parce que… ? » « Effectuer ce saut pour pénétrer dans le monde vivant, ce saut miraculeux, et bam. » « Ça ressemble à un sacré gâchis de miracle. » « La première fois, quand j'ai trouvé le papillon dans le verre d'eau, j'ai cru qu'il avait pris vie et s'était envolé de la lampe, mais qu'ensuite il était tombé dans le verre d'eau et s'était noyé… » « C'est là que tu l'as trouvé ? Dans un verre d'eau ? » « Oui. » « Tu l'as bu ? » « … Oui… ? » « Par curiosité, tu as mangé le scarabée ? » « Dégoûtant. Non. » « Continue. » « C'est tout. Il y a juste eu cette première fois où j'ai cru que le papillon avait vécu un petit peu avant de mourir. Mais maintenant je pense que c'est faux. Ils sont tous morts. Ils arrivent morts. » « C'est cohérent. » « Oui. Mais, alors docteur, qu'est-ce que ça peut bien être ? » « Je crois que c'est la question à un million de dollars. » « Je crois aussi. »

24

La tente est désormais décolorée après des semaines au soleil. J'ai mis un vieil oreiller pour mon dos, un autre sur lequel m'asseoir. Il y a une petite poubelle que je peux vider tous les jours pour les fois où je prends quelque chose à grignoter. Le mini-ventilateur m'a coûté sept dollars.

Mes journées s'organisent maintenant autour de deux axes principaux : gagner ma vie en revendant des objets et me souvenir de cette époque. M'en souvenir davantage. M'en resouvenir. Dénicher un autre détail. Y regarder de nouveau. Il n'y a pas de routine établie donc, quand je me réveille dans le noir et que je m'installe, je commence généralement par repenser aux souvenirs de la veille, j'essaie de m'y replacer, de les dessiner au plus près et avec le plus de détails possible, de me projeter dedans et revivre l'expérience de manière plus complète. C'est une bonne chose de revenir au même matériau, je me dis. C'est une bonne chose de se souvenir plusieurs fois, sur plusieurs jours. De mettre cela en forme, comme un discours. De me poser des questions, comme pour une interview. Mais ça n'est pas facile. Mon esprit vagabonde en permanence. Des fragments d'une vieille série télé avec de l'action remontent de nulle part. J'élabore des menus pour le déjeuner, ou je récite des choses apprises au lycée en éducation civique. Des paroles de chansons font intrusion. Je suis prise de somnolence. Quand j'arrive à me concentrer, vu que j'étais très déconnectée de ce qui se passait autour de moi quand j'étais enfant, cela revient parfois à marcher dans un grand vide et tout ce que je peux faire, c'est évaluer la qualité de ce vide, s'il pétille, s'il est voilé ou carrément dans le brouillard, si c'est une morgue.

Mais malgré tout ça, la plupart du temps, j'ai beaucoup de choses à explorer. Parce qu'elle est incrédule, Vicky ne peut pas comprendre que même si j'avais à peine conscience de ce qui m'arrivait, même si je me laissais porter par les événements comme une sorte d'être-fantôme, ce n'est pas comme si toute ma personne s'était mise sur *off* pour aller flotter dans les airs ; on compense toujours d'une façon ou d'une autre, et en ce qui me concerne, tous mes sens étaient en alerte maximale tandis que le reste, mes capacités d'analyse, se désactivait. Je n'éprouvais rien, et sans crier gare, je fondais en larmes sans que ces pleurs soient en rien liés à de la tristesse, des sanglots qui soulevaient mon corps comme s'il devait se les arracher même si mon esprit en était incapable, et je restais pétrifiée pendant un film tire-larmes ou les appels de ma mère instables et balbutiants, mais je suis encore en mesure de vous décrire précisément le tissage serré du coussin brun-beige posé sur le canapé dans l'espace d'attente devant le bureau de la directrice et la bague sertie d'une pierre rose au doigt de la secrétaire dont la main avait une veine saillante, tout cela avant que la directrice me fasse entrer dans son bureau qui sentait la salade d'œufs et était rempli du bruit pétaradant des marteaux-piqueurs dehors, avant que la directrice, le nez chaussé de ses épaisses lunettes à monture en plastique noir, m'annonce que mon oncle avait pris l'avion pour venir me chercher.

Donc la plupart du temps, j'ai beaucoup de choses à gérer. Quand j'en ai fini pour la matinée, je rampe hors de la tente, remonte la fermeture éclair comme d'habitude et referme la baie vitrée derrière moi.

Pour ce qui est de mon travail rémunéré, tout est plus simple. Le nouveau coin papier de soie/emballage est très fonctionnel et j'ai bien réduit mes délais de livraison. Mes week-ends regorgent de passages dans des vide-greniers, et la semaine, je m'occupe d'aller à la poste, répondre aux clients, photographier et inventorier la marchandise, l'emballer et inscrire les adresses sur les cartons. La trompette rouillée qui pour l'un a perdu de son intérêt, ou bien a peut-être été ternie par un décès ou une déception, est un symbole immaculé d'amour et de musique pour Edna à Knoxville ou Franklin à Alhambra, et je consacre mes déambulations dans les brocantes à essayer de voir ces objets à côté desquels les autres passent, de repérer sur une table un article qui a perdu tout lien avec son identité, ou pour le dire peut-être plus clairement, un objet qui a été à ce point noyé dans l'identité d'une personne qu'il en a perdu la sienne. Dans cette catégorie, je fais aussi entrer les vieilles photos encadrées, les montagnes de bijoux emmêlés, les flacons de parfum à moitié utilisés ou un chemisier qui, au milieu d'un tas de vêtements, n'a rien d'attrayant et a l'air d'avoir été trop porté, usé, fatigué, passé, mais qui une fois lavé et repassé flattera le décolleté d'une femme et deviendra la tenue préférée de sa garde-robe. Ce sont ces articles-là qu'il faut saisir et obtenir à un prix défiant toute concurrence pour faire de beaux bénéfices. Et ce n'est pas ça qui manque. Le monde se remplit plus vite de ce genre d'objets morts que de n'importe quoi d'autre. Je veux leur retirer leurs couches de passé et d'espoirs, et je peux le faire ; je me contente de les acheter, de les nettoyer si besoin est, mais surtout je les *vois* en les acquérant et en les décrivant sur mon site. Ensuite je mets leurs nouvelles photos en ligne, et le cycle recommence. Mon propre appartement reste extrêmement dépouillé.

25

« C'est un vrai cocon, me dit Vicky après avoir observé la tente, un samedi où elle est venue me voir. Tu te mets dans un truc bizarre genre cocon fait maison. » Elle a sorti son marteau et refixe l'un des pans de toile qui avait commencé à se désolidariser de la structure plus tôt dans la semaine.

« Peut-être.

– Moi c'est comme ça que je vais le présenter, en tout cas. Sinon maman ne va pas arrêter de flipper que tu sautes du balcon ou je sais pas quoi.

– Elle a parlé de ça ?

– Elle ne comprend pas ce que tu fais. Tu te rappelles que tu voulais absolument avoir un balcon ? Elle en parle tout le temps. Genre, pourquoi est-ce que Francie voulait un balcon à ce point ? Pourquoi Francie a démissionné de son travail ? Tu es sûre qu'elle ne se met pas en danger ? Ce genre de trucs. »

Elle tend la toile sur son cadre de bois et la fixe pendant que je reste à côté, la boîte à outils dans les mains. J'aurais sûrement pu le faire moi-même, mais les marteaux me rendent nerveuse et il se trouve que Vicky était libre. Ils viennent d'entamer les répétitions de *Notre petite ville* et elle m'a raconté qu'elle teste les éclairages, met au point les camaïeux de bleu. Est-ce que le bleu clair de l'avant-scène fait plus penser à la mort à cause de la lumière blanche qu'il suggère ? Est-ce qu'il vaut mieux un bleu plus sombre pour que les acteurs disparaissent dans l'obscurité ? La première de la pièce aura lieu dans deux mois, avant Thanksgiving.

« Moi non plus je ne comprends pas tout, dis-je en tenant le tissu en place pour Vicky. Est-ce qu'elle te lâche un peu la grappe, du coup ? »

Clou dans la bouche : « Niveau flip, tu veux dire ?

– Ouais.

– Un peu. Et moi, je devrais flipper ? »

Elle marque une pause, le marteau levé.

« Non. »

Vicky enfonce le clou au bon endroit, en ajoute un autre. Quelques jours plus tôt, quand le pan de la tente s'était décollé, le triangle de lumière qu'il laissait entrer m'avait presque complètement empêchée de me concentrer. Ça me faisait l'impression d'une voix lumineuse qui venait sans cesse m'interrompre. Je me suis habituée à la douceur des rayons du soleil filtrés par la toile, à l'effet de la grotte. Un seul trou pourrait faire échouer toute l'expérience de la tente, parce que même si je comprends bien que les souvenirs ne sont pas des objets tangibles, j'ai un tout petit peu envie de croire que si je n'endigue pas toutes ces pensées, elles pourraient se déverser dans la ville et se perdre à jamais.

« Tu peux regarder un paragraphe vite fait avant que j'y aille ? demande Vicky en remisant ses outils dans la boîte. J'ai changé certaines tournures. J'ai pas mal coupé. J'ai mis "privilégiée" à la place de "chanceuse".

– Très bien, dis-je en prenant un stylo. Ça m'a l'air très bien. Et je t'assure que ça va. Tu peux dire à Tante Minn que je ne vais pas me jeter du balcon. Ce n'est pas du tout ce qui me préoccupe.

– Tu promets ?

– Je te le promets. »

26

Je la raccompagne à sa voiture, celle de Tante Minn, et la banquette arrière croule sous les costumes qu'elle m'a expliqué vouloir laver tôt afin de les modifier pour le spectacle. L'un d'eux semble trop princier pour *Notre petite ville*, avec du velours au niveau du col, mais elle pense pouvoir le recouvrir de coton pour qu'il corresponde davantage au rôle du régisseur. Je la remercie encore, la serre dans mes bras et, alors qu'elle monte dans la voiture, la gardienne de l'immeuble à la queue-de-cheval grise qui traversait le parking en direction des boîtes aux lettres s'arrête en me voyant. « Dites, c'est quoi, sur votre balcon ? lance-t-elle les mains pleines de courrier affranchi et prêt à voyager aux quatre coins du pays. Ce truc orange que vous avez installé ? Ça n'est pas dangereux ? » « Oh, c'est juste une petite tente, je lui réponds. Ne vous en faites pas. » « Vous ne dormez pas dedans au moins ? » Elle regarde Vicky à travers le pare-brise, qui lui fait un signe de la main. « Non, non, pas du tout. » « Parce que ça ne fait pas partie du règlement de l'immeuble, ajoute-t-elle en agitant le courrier. Les balcons ne sont pas prévus pour qu'on y dorme. » Elle nous observe un moment les yeux plissés et reprend son chemin vers les boîtes aux lettres. Quand je me penche vers Vicky, celle-ci hausse les sourcils et démarre. « Tout le monde s'inquiète pour toi, Francie », dit-elle en secouant la tête, et je la regarde s'insérer dans le flot de la circulation, changer de voie en douceur, clignotant, feux arrière. La gardienne et moi remontons les escaliers ensemble ; nous vivons au même étage, à quelques portes d'écart, et elle trie à présent les enveloppes de loyers qu'elle a récupérées dans la boîte aux lettres. J'aperçois la mienne dans le tas. Il fait sombre et les papillons de nuit volettent vers les éclairages extérieurs, collant leur corps aux protections en plastique. « C'est simplement que j'aime bien être au courant, me dit la gardienne en levant les yeux, la main sur sa poignée de porte. Vous n'imaginez pas ce qui se passe dans ces immeubles. Bonne soirée », ajoute-t-elle en disparaissant dans son appartement. « Bonne soirée. »

27

Le restaurant du brunch était bondé. J'ai attaqué ma pile de pancakes aux *marionberries*. La baby-sitter a bu trois tasses de café. Après cela, nous avons descendu Burnside sur trois blocs très fréquentés jusqu'à un musée d'artisanat temporaire pour les enfants où, assise à une table, j'ai enfilé des perles à facettes. Quand je sentais les larmes remonter à la surface ainsi qu'elles semblaient le faire toutes les quelques heures, à croire que mon corps avait besoin de s'essorer à la manière d'une lavette pour s'en débarrasser, elle m'installait sur un banc à l'extérieur dans un rayon de soleil et me caressait la tête pendant que je pleurais. Une de ses amies nous a rejointes un petit moment : Terry, boucles de cheveux sombres et écharpe couleur crème. Elles étaient assises très près l'une de l'autre et parlaient tout bas tandis que je réalisais des dessins de lumière à l'intérieur, dans ce qu'ils appelaient la salle de luminosité, un espace de la taille d'un placard où je maniais un tube de fibre optique qui laissait des traces de rouge sur le mur, pareilles à des traînées de sang lumineuses qui disparaissaient en quelques secondes. Je répétais inlassablement la manœuvre. La baby-sitter a passé un coup de fil à mon oncle qui lui a expliqué que ma mère s'alimentait, mais n'était toujours pas en état de parler au téléphone, et que par ailleurs, le bébé allait bien. Ils la ramèneraient à la maison le lendemain. Ma mère ? Non, pardon. Le bébé. Elle aussi s'alimente. Et elle a fait caca.

Terry a embrassé la baby-sitter sur la joue et m'a dit au revoir d'un geste de la main.

Nous nous sommes promenées le long de la rivière. Nous sommes allongées sur l'herbe et avons regardé les nuages.

Tout au long de la journée, si on m'avait posé la question, j'aurais dit que déjà à ce moment-là, je sentais que quelque chose m'attendait chez la baby-sitter. Je le sentais qui m'appelait, et si j'en avais un peu peur, je l'acceptais aussi avec joie parce que même si ça pouvait représenter un danger, j'étais persuadée que ça m'appartenait. Ce jour-là, trois éléments se sont partagé mon attention : d'un côté ma mère à l'hôpital, à qui je pensais sans cesse, connectée à elle même si je me la représentais dans un vide, un espace blanc où elle lévitait comme un corps que ferait flotter un magicien. D'un autre côté l'activité qui m'occupait et consistait à dessiner des meurtres parfaits avec le tube de lumière rouge tout en me demandant vaguement si Terry était la petite amie de la baby-sitter. Et enfin, le tiraillement exercé par cette chose qui n'avait pas encore pris forme dans l'appartement de la baby-sitter. Je m'en souviens parfaitement. Quand la baby-sitter et moi sommes allées dans un *diner* pour manger un cheeseburger avec des frites accompagnés d'un milkshake, que nous avons ri au sujet des immenses pailles rouges dans nos boissons, pareilles à des espèces de super-pailles, ces trois éléments ont continué d'agir sur moi, aussi distincts que des routes prenant des directions différentes : pensées pour ma mère, jeux avec la paille au restaurant, appel de l'appartement. Après le dîner, nous sommes rapidement passées chez moi pour prendre quelques affaires, dont les magnétophones, le lapin brun et les cahiers de mots mêlés. On a fait très vite ; je ne voulais pas rester longtemps. Il ne s'était écoulé qu'un jour et demi, mais la vaisselle s'encroûtait dans l'évier, le parfum au gardénia de ma mère embaumait l'air et les portes des chambres avaient été laissées ouvertes comme si ses habitants avaient été atomisés, le tout donnant une impression de vie en plein naufrage, ce qui était la réalité.

Le marteau et le téléphone sans fil posé à l'envers se trouvaient sur le comptoir de la cuisine.

Enfin, nous sommes rentrées chez la baby-sitter où, après m'avoir débarbouillée, elle m'a de nouveau bordée avec la couverture en chenille alors que je m'endormais pour la nuit numéro deux, éprouvant le tiraillement, rêvant du tiraillement depuis le lieu même où il se manifestait, à l'intérieur de lui. Je n'ai pas entendu la baby-sitter monter à l'échelle ni se coucher, ne l'ai cette fois pas vue éteindre la lumière, mais dans l'agitation du sommeil, le tiraillement ne m'a pas quittée, faisant remonter des choses à la surface, grondant depuis les recoins, gonflant mes rêves de mouvement.

28

Peu de temps après m'avoir recueillie, Tante Minn a tiré un tabouret à côté de son bureau dans sa chambre et m'a demandé de faire des achats en ligne avec elle. Vicky, qui arrivait désormais à tenir sa tête droite, était dans un porte-bébé en coton sanglé à ma tante, tournée vers l'extérieur et babillant, mais Tante Minn avait réussi à la positionner de sorte à ne pas être gênée pour taper sur le clavier.

C'était une fin de matinée de début juin et l'on sentait déjà la vague de chaleur de Santa Ana se presser contre les vitres. D'après ce que ma tante et mon oncle m'avaient dit aux repas, installés autour de la table ronde dans le recoin avec la fenêtre en saillie de leur joyeuse cuisine couleur beurre, ce n'était que le début de ce qui s'annonçait comme un été caniculaire. Burbank était connu pour dépasser largement les trente-cinq degrés plusieurs jours d'affilée de juillet à octobre. « Pas de brise marine par ici », a dit fièrement Oncle Stan qui souriait en buvant son thé glacé au fruit de la passion.

J'hésitais au seuil de leur chambre. Encore aujourd'hui,

j'ai du mal à entrer dans les pièces de leur maison sans y avoir été clairement invitée.

« Entre, Francie, entre ! a dit Tante Minn en donnant une petite tape sur le tabouret. Je t'en prie. »

Son bureau était positionné près d'une grande fenêtre qui donnait sur leur jardin, une pelouse d'un vert éblouissant agrémentée d'un abricotier, d'un prunier robuste et de plusieurs pots en terre où poussaient des aeoniums pourpres aux pétales épais, ainsi qu'une espèce de corail terrestre orange. Pour autant que je sache, ma tante et mon oncle n'étaient pas riches riches, mais vu l'étalement urbain en Californie du Sud, les prix des terrains dans la vallée étaient beaucoup plus abordables qu'en centre-ville, ou même qu'à Portland, et si l'appartement de ma mère était tombé du ciel, il aurait tenu dans leur jardin. Dans la chambre, de fins voilages flottaient sur leur tringle argentée, soulevés à de rares occasions par un souffle d'air vers la descente de lit bleu ciel, les boutons de porte en cristal, le fauteuil matelassé.

Je me suis assise sur le tabouret et Tante Minn a cliqué sur le site d'un grand magasin qui regorgeait d'images et de prix, où nous avons acheté pour moi un nouveau short, un tee-shirt avec une poule et une casquette de baseball pour ces fameux jours d'été brûlants. « Comment sont les étés à Portland ? » a-t-elle demandé, et je lui ai répondu que je portais des shorts là-bas aussi. Que je mettais de la crème solaire et même une casquette. Elle a choisi un oreiller brodé d'étoiles qui lui plaisait pour mon lit, et puis elle a tapé le mot *lampe* pour aller dans la section des luminaires. Je vivais avec eux depuis quelques mois à peine, et l'apparition du papillon était encore terriblement nette dans ma mémoire, j'y pensais tout le temps et j'ai tressailli à la vue des rangées de lampes à imprimés divers.

« Tu ne devrais pas être obligée de passer le restant de tes jours à lire à la lueur d'une lampe torche, a ri Tante Minn en embrassant le duvet de cheveux de Vicky. Je suis désolée.

– Ça ne me dérange pas.

– Les enfants utilisent la lampe torche pour faire croire que leur lumière est éteinte. Tu ne peux pas tricher si tu n'as que cette option !

– Je n'ai pas besoin de tricher.

– Regarde. Qu'est-ce que tu en penses ? » L'écran était divisé en plusieurs carrés et chacun exhibait un abat-jour différent.

« Tu aimes les chevaux ? » Elle a fait défiler la page rapidement et cliqué sur l'abat-jour où couraient des pur-sang.

« Non, merci. »

Sur son bureau, le cube de verre dans lequel étaient figées des fleurs était posé sur un tas de factures, un pot en argile informe contenait des stylos, et pour la première fois, j'ai lu ce qui était écrit en belles lettres cursives sur la plaque de fer martelée accrochée au-dessus de son ordinateur : *Ralentissez.*

« Pourquoi il faut ralentir ? »

Elle a suivi mon regard. « Oh, c'est parce que je vais trop vite. Trop de choses à faire. Des anges ?

– Pas d'anges, s'il te plaît.

– Des coccinelles ? »

J'ai désigné un abat-jour en bas de l'écran.

« Des nuages et des arcs-en-ciel ?

– Des nuages et des arcs-en-ciel, c'est bien.

– Des poires, sinon ?

– Je préfère les nuages et les arcs-en-ciel.

– Alors c'est parti ! »

Elle a effectué quelques clics et a de nouveau promené ses lèvres sur le bébé.

« C'est quoi, ça ? » ai-je demandé en indiquant un point précis sur sa tête.

La peau palpitait au sommet de son crâne. Je l'avais souvent remarqué depuis mon arrivée, mais je n'avais jamais trouvé le bon moment pour poser la question.

« Ah, a dit Tante Minn en posant une joue dessus. Ça s'appelle la fontanelle. C'est l'endroit de son crâne où l'os n'est pas encore tout à fait formé. C'est son pouls, que tu vois. C'est fou, non ? »

J'ai acquiescé vaguement. La peau avait l'air bosselée, accidentée.

« Qu'est-ce qu'il y a, sous le crâne ?

– Son cerveau.

– Ah. »

Tante Minn a continué de cliquer sur le site, a inscrit son numéro de carte bleue et son adresse. Pendant ce temps, comme une sorte d'activité privée, je me suis imaginée en train d'aller sélectionner avec soin un stylo à bille dans le pot en argile à l'autre bout du bureau puis de me retourner pour le planter directement dans la tête de Vicky.

Je ne faisais pas exprès d'imaginer ces choses. Cela me venait tout seul, comme l'intrusion d'un petit film secret, et durait depuis des semaines. Des couteaux et le feu chez la baby-sitter, des objets pointus plantés dans le corps de Vicky. J'étais arrivée dans cette maison en ayant déjà ces images en tête, mais la présence d'un bébé à l'absurde vulnérabilité n'avait fait qu'aggraver la situation. À Burbank, toutes les pièces que je traversais offraient une arme potentielle et tentante : la tige d'une boucle d'oreille, une fourchette, un crayon, un trombone. Le coupe-papier en nacre qu'Oncle Stan gardait sur son bureau, le bloc de couteaux sur le plan de travail de la cuisine. Je ne comprenais pas pourquoi ces pensées affleuraient si souvent – j'aimais beaucoup ma baby-sitter et, que je sache, je ne voulais pas de mal au bébé ; je l'appréciais, ce bébé, j'aimais lui arracher des sourires, j'aimais la façon dont elle remuait les doigts de pied et battait des jambes, mais je ne pouvais pas m'empêcher d'imaginer la rencontre entre l'objet pointu et son crâne mou.

Tant que Tante Minn, Oncle Stan ou n'importe quel adulte se trouvait à proximité, il y avait peu de chances que je passe à l'acte, mais je ne me faisais pas confiance la nuit, quand les grandes personnes dormaient, et peu après mon arrivée, à cause des cauchemars et d'une obsession sur mes mains, j'ai demandé à ma tante d'installer le fameux verrou sur la porte de ma chambre, celui qui a inspiré Vicky pour son essai, mais dont elle n'a jamais compris à quoi il servait vraiment. Au début, Tante Minn n'a pas compris elle non plus et m'a acheté un modèle en cuivre qui se fermait de l'intérieur, comme celui de Portland, désireuse de respecter mon intimité et de reproduire ce que j'avais connu dans mon ancienne maison, de sorte que j'ai dû lui expliquer en pleurant comme une Madeleine que je le voulais à *l'extérieur* cette fois, pour éviter que je sorte de ma chambre en pleine nuit. Je voulais être *enfermée*. Il avait fallu beaucoup argumenter avant qu'elle dépasse ses nombreuses réticences et accepte. « C'est juste au cas où je ferais une crise de somnambulisme et me blesserais comme grand-père, l'ai-je suppliée même si je n'avais jamais souffert de somnambulisme.

« Comment tu te sens ici, pour l'instant ? a demandé Tante Minn devant l'ordinateur tout en finalisant ses achats et en faisant pivoter sa chaise vers moi. Je veux dire… » Elle a rougi. « Je sais que ça ne doit pas être simple…

– C'est bien, ici.

– Tu es si sage et facile à vivre. Tu peux demander des choses.

– Je n'ai besoin de rien.

– Un vélo ? On va t'acheter un vélo.

– D'accord. Merci.

– Moi aussi j'adorais les nuages et les arcs-en-ciel.

– Ils sont très jolis.

– On pourrait demander à un peintre de dessiner des nuages et des arcs-en-ciel sur les murs de ta chambre – ça te plairait ? J'ai une amie qui adore réaliser ce genre de choses ; et elle est très douée. Faisons ça ! D'accord ?

– D'accord. »

Elle m'a regardée de près, m'a souri, pleine d'espoir, avec sa clavicule saillante et ses sourcils froncés d'inquiétude. On avait l'impression qu'elle faisait trop de sport, elle portait des gilets en laine même par temps chaud et je voyais souvent la pointe de son menton se tendre quand elle grinçait des dents, mais ses yeux, petits, vigilants, m'ont toujours semblé pleins de bienveillance à mon égard.

« Tu veux la prendre dans tes bras, ma chérie ?

– Non, merci. »

29

Il ne s'agissait pas non plus d'idées isolées ; plus ou moins au même moment, je tournais autour d'un autre objet pointu, un objet qui se trouvait à la maison avec ma mère.

Quand ma mère s'était détaché les cheveux, elle avait laissé son pic à brochette sur le comptoir de la cuisine pour la nuit. Je m'étais réveillée très tôt le lendemain matin, j'avais déverrouillé ma porte, rejoint la cuisine sur la pointe des pieds, et je m'étais emparée de l'objet pour le cacher comme prévu en haut du placard. Ma mère, qui dormait encore, n'était pas venue voir ce que je trafiquais, et au cours des jours qui avaient suivi, nous avions pris nos repas ensemble et joué aux cartes, mais elle n'avait jamais demandé si j'avais vu son super pic à cheveux. Encore quelques jours plus tard, alors que je regardais par la fenêtre un grand qui tapait dans un ballon de foot sur le terrain vert émeraude de l'école, il s'est avéré que la plus préoccupée de nous deux au sujet de ce pic était moi car j'étais de plus en plus persuadée qu'il me serait utile, notamment pour un de mes projets, et que je pourrais peut-être l'emprunter un petit moment durant l'après-midi. C'était plus ou moins la veille du jour où ma mère s'est fracassé la main avec un marteau.

Nous étions toutes les deux à la maison après l'école, par un après-midi couvert avec de grosses gouttes qui tombaient des gouttières après une averse de mi-journée. L'air sentait fort la terre humide et des vers se tortillaient sur le trottoir. Depuis l'histoire du pic à brochette, ma mère semblait chaque jour un peu plus remontée, un peu plus difficile à comprendre, et cet après-midi-là, elle est venue me chercher à l'école à pied, s'est postée dans la file comme si elle était une voiture, a émis des bips, ce qui m'a arraché des rires à la fois joyeux et très gênés parce que ce n'était pas que pour faire le spectacle. Elle évacuait un trop-plein d'énergie. Je voyais presque les rayons jaillir de son corps. Nous sommes rentrées en sautant d'une flaque à l'autre et elle s'est mise à préparer le dîner très tôt, étalant de la mayonnaise sur du pain et roulant des tranches de dinde. J'ai fait ma part en découpant des feuilles de laitue pour la salade, et aussi discrètement que possible, j'ai pris un tabouret que j'ai posé devant le placard. Ce placard était dans l'entrée/salon et ma mère me tournait le dos, occupée à rouler et re-rouler les tranches de dinde avec le genre d'insistance brusque que j'avais oubliée mais que j'ai tout de suite reconnue. Son état empirait de jour en jour. Pour ces sandwichs, elle voulait absolument que chacun contienne cinq tranches de dinde roulée. Elle me l'avait répété plusieurs fois sur le chemin de la maison. Ses mains ne tenaient pas en place. Elle n'arrivait pas à garder les tranches de dinde roulées, et même de dos, alors que je grimpais sur le tabouret et tendais la main, je voyais la panique la gagner.

Le placard sentait la laine et les imperméables humides après notre marche sous la pluie au cours de laquelle elle avait éclaté de rire en voyant notre reflet dans les flaques. Notre voisin qui promenait ses deux chiens blancs l'avait regardée, sourire aux lèvres, et avait dit : « À croire qu'il ne pleut jamais par ici ! » Elle avait levé le visage et les paumes au ciel comme le personnage d'un film. Cette nervosité la gagnait tout entière d'heure en heure. J'ai tâtonné dans l'obscurité du placard jusqu'à ce que je reconnaisse le pic sous ma main, ma main qui voyait et traquait, familière du manche en bois lisse et de l'extrémité pointue ; je m'en suis saisie et suis allée remettre le tabouret sous le comptoir de la cuisine, tenant le pic le long de ma jambe, passant devant ma mère qui marmonnait à l'adresse des rouleaux de dinde.

Dans ma chambre, les animaux étaient tous sur le fauteuil à bascule, ils avaient retrouvé leur place dans le zoo de peluches qu'elle avait méticuleusement recréé la nuit précédente avec une concentration méthodique que je lui voyais rarement pour autre chose. Je l'avais observée depuis mon poste sur le lit, agacée, grinçant des dents, mais vu son état déclinant, je n'avais pas osé les remettre par terre. Sauf que c'était un énorme mensonge, un mensonge stupide, un mensonge complice auquel je ne voulais plus m'associer, donc je me suis assise par terre devant Nounours et tout ce qu'il représentait, et en m'aidant de l'extrémité pointue, j'ai planté le pic dans le ventre brun et doux de l'animal pour percer le coton. J'ai déchiqueté le tissu jusqu'à pouvoir arracher le rembourrage en polyester blanc, et j'ai vidé l'ours dont les yeux se sont enfoncés et le corps s'est affaissé. Quelque chose brûlait dans la cuisine. En même temps que les sandwichs à la dinde, ma mère essayait une recette compliquée avec des choux de Bruxelles caramélisés et de l'ail. L'ours que j'avais massacré n'était plus qu'un tas informe. J'ai pris les peluches les unes après les autres et j'ai recommencé, des cadeaux reçus au fil des ans pour des anniversaires ou durant des vacances, le singe, le lapin, le chien, le deuxième ours, le lion, le deuxième lion, j'ai enfoncé la pointe dans leur corps, découpé leur fourrure, jeté leur intérieur pelucheux, regardé leur forme expirer et s'effondrer. Je me souviens que je me sentais vraiment regonflée et libérée par ces gestes, comme si j'avais eu une bonne idée, une idée utile qui aiderait ma mère à comprendre la différence entre un jouet et une personne, que je l'éclairais peut-être sur la réalité, sur ce qui constituait la réalité, et que vu le degré de ses hésitations, il n'y avait plus de temps à perdre. Il fallait lui montrer qu'elle n'était pas obligée de les empiler tous les soirs sur le fauteuil avec autant de sollicitude et d'application, qu'elle pouvait marcher dessus, les jeter, les laisser tomber sur le ventre, qu'il s'agissait d'objets et non de gens, qu'ils n'allaient pas étouffer parce qu'ils n'avaient pas de poumons. J'ai entendu le ventilateur se mettre en marche dans la cuisine, l'eau couler, ma mère pleurer, et quand elle est apparue sur le seuil de ma chambre un torchon à la main, l'odeur caustique de plastique brûlé s'élevant derrière nous, qu'elle s'est avancée pour me dire qu'il y avait eu un problème avec le dîner et qu'elle a découvert le rembourrage qui jonchait le sol, les entrailles déversées, les peluches réduites à leur enveloppe, elle a blêmi. Elle a ouvert la bouche, mais aucun mot n'en est sorti. J'ai cru voir tout ce qui se jouait : sa capacité à réfléchir qui se disloquait, son déclin qui s'accélérait d'un coup. Je n'étais pas responsable de la situation, mais je l'avais sans aucun doute aggravée. « Francie », a-t-elle dit dans un souffle, et je me suis précipitée dans la cuisine pour voir s'il y avait le feu quelque part, mais n'ai trouvé que les choux de Bruxelles calcinés dans la poêle et les restes ondulés d'une spatule en plastique. Elle a fondu en larmes dans ma chambre, comme si elle avait connu et aimé ces animaux, comme s'ils avaient été des animaux domestiques adorés, ou des amis, et je l'ai entendue se mouvoir dans la pièce, déplacer des choses au sol, et, sans la voir, je devinais, j'aurais même pu parier qu'elle ramassait le rembourrage pour le remettre lentement à l'intérieur des corps en coton, serrant les peluches contre elle comme si chacune d'elle était son esprit.

Pourquoi ai-je fait ça ? Comment ai-je pu seulement imaginer que découvrir des animaux en peluche déchiquetés l'aiderait alors même que le simple fait de les voir par terre la terrifiait ? Voulais-je lui faire du mal ? C'était si facile. Dans mon souvenir, dans la tente, touchant les bords de la toile pour me garder en partie connectée au présent, les yeux fermés, j'étais encore debout dans la cuisine près de la poêle carbonisée, telle une meurtrière surprise avec l'arme du crime, le pic à la main, au milieu de l'ail écrasé, des bruits métalliques du ventilateur du four et de ma mère angoissée dans la pièce attenante. Ce carnage de peluches avait tout précipité. J'avais sûrement deviné que quelque chose basculerait. Je me suis accrochée à la toile de la tente et me suis rappelé que j'avais envisagé de remettre le pic tout au fond du placard, le plus loin possible, dans un recoin sombre, mais j'avais senti la peur que j'inspirais à ma mère inonder la pièce alors j'avais ouvert la porte d'entrée. Il s'était remis à pleuvoir, les gouttes crépitant sur les feuilles mouillées, j'avais pris le pic par le manche et l'avais lancé aussi fort que possible du haut du deuxième étage, l'avais entendu rebondir sur les escaliers avant d'atterrir dans la végétation. Il représentait désormais un vrai risque pour un passant ou quelqu'un montant les escaliers sous la pluie dans le noir, une lance en plein vol, un objet sur lequel se blesser, mais au cas où ma mère aurait raison à mon sujet, je préférais ne plus l'avoir dans la maison.

Elle est restée dans ma chambre, silencieuse, et pendant un long moment, j'ai regardé la pluie à la fenêtre.

Troisième partie

Le papillon

30

Ovide a écrit un poème sur la statue du sculpteur qui prend vie. Puis Gérôme a peint un tableau à partir du poème sur la statue du sculpteur qui prend vie. Tout le monde veut un morceau de cette histoire, veut imaginer cette transformation incroyable, mais cela se passe toujours sur le même plan, de l'art sur de l'art : sculpture, poésie, peinture, etc. Le film où des jouets parlent reste un film, de sorte que les jouets et le film partagent le même territoire, tous ces éléments passent de l'inerte au vivant – mais toujours dans le cadre de l'art – avec facilité, sans heurt. Dans cette zone de confort, le spectateur ou le lecteur fait l'expérience du fameux concept d'Aristote, la catharsis, par lequel ce qu'il voit, lit ou entend lui permet d'évacuer les émotions captives du corps. Cela est possible parce que ce n'est pas vrai – la puissance du phénomène vient du passage d'un état d'irréalité (œuvre d'art) à un autre (la personne ne vit pas de véritable traumatisme), et c'est grâce à cette double irréalité que l'émotion surgit. Bam.

Cette percée dans la réalité est différente. L'événement psychotique appartient au royaume de la transposition, c'est l'esprit qui prend corps. D'après moi, il n'existe pas d'illustration plus concrète que l'exemple de cet homme qui est entré dans un cinéma habillé, d'après les témoins, comme l'un des personnages armés du film projeté, et qui a sorti de vraies armes avec lesquelles il a tué une partie des spectateurs.

Comprenait-il qu'ils allaient mourir ? Est-ce même possible de le comprendre ? La rupture s'est opérée dans son esprit, gouvernée par cet esprit aux règles abolies, mais l'événement ne s'est pas déroulé que dans son esprit, il est arrivé à de vraies gens qui vivaient leur vie, vaquaient à leurs occupations et dont la peau pouvait être transpercée par l'activation des fantasmes de l'homme. Finie l'interaction subtile entre l'art et l'âme ; du sang coulait, de l'énergie vitale s'en allait. Et les témoins, les survivants, assis dans leur fauteuil de cinéma, qu'en est-il de ces gens-là ? Ils continuent de vivre, se raccrochent à cette rupture. Témoins de l'horreur, témoins de la rupture.

À une plus petite échelle, une minuscule échelle : un jour, quand j'étais très jeune, avant le papillon, avant le scarabée, je jouais dehors je ne sais plus pourquoi et je pensais à un crayon pastel rouge quand j'ai justement aperçu un crayon rouge sur le trottoir. Il était là, dans la rainure entre deux plaques de béton, bien taillé, rouge. Je m'en souviens très bien. Il était tout neuf, d'un rouge tomate parfait, exactement comme celui que j'avais en tête. Le souffleur de feuilles sur le trottoir d'en face est retombé dans le silence. Ç'a été l'un des moments les plus terrifiants de ma vie. Je me suis baissée pour ramasser le crayon et je devais être à l'école ou à proximité parce que je me souviens de l'avoir ensuite caché dans l'énorme pot à crayons de couleur pour le perdre à jamais, mais ça n'a pas marché, bien sûr ; je le voyais chaque fois que nous dessinions, le voyais sur les murs de la classe, dans les pommes, les cœurs, les bouches.

« Je sais ce que tu penses, disait parfois ma mère quand elle n'était pas sûre d'elle. Tu me détestes, pas vrai ? Ma chérie. Est-ce que tu me détestes ? » Et je restais plantée là, affichant l'expression la plus neutre possible tout en essayant de me rappeler à quoi j'avais bien pu penser parce que le fait qu'elle pose la question avait rendu la chose un peu vraie.

31

Tu as besoin d'eau, Francie ?

Non, merci. Ça va. J'ai déjà un verre d'eau.

Et si tu as besoin d'aller aux toilettes ?

J'y suis déjà allée. Mais juste au cas où, j'ai un seau. J'en ai trouvé un dans le garage. Je peux l'utiliser ?

Je rêve. Sérieusement ? On dirait une cellule de prison.

C'est ce que je veux.

Du papier toilette ?

J'ai pris un rouleau dans les toilettes.

Tu appelles si tu as besoin de quoi que ce soit, d'accord ? Si je ne t'entends pas, crie plus fort. N'aie pas peur de crier.

Ok.

J'ai le sommeil très léger. Je me lève souvent à cause du bébé.

Merci.

Et tu es sûre que tu es bien comme ça ?

Oui.

Tu ne vas pas sauter par la fenêtre ou quoi que ce soit d'autre ?

Non.

Promis ?

Promis.

Mais s'il y a un incendie, tu sautes par la fenêtre bien sûr, on est d'accord ? Stan, tu crois que c'est un rot ? Est-ce que tu veux essayer de la prendre sur le bras ?

Ok.

Je t'aime, Francie. Je suis très heureuse de t'avoir avec nous. Stan aussi. Je suis désolée qu'on soit si distraits. On reparlera à ta maman ce week-end.

Est-ce que je vais y retourner ?

À Portland ? Je ne crois pas, ma chérie. Je suis désolée. Tu pensais... ?

C'est pas grave.

Pour le moment, ça vaut vraiment mieux pour toi...

Est-ce que j'y retournerai plus tard ?

J'imagine que ce sera possible. Mais puisque tu es là, on aimerait que tu te sentes chez toi. On ira voir ta mère bientôt. On va organiser une visite.

Ok.

Je sais que ça doit être un gros changement.

Ça va.

Je t'aime, Francie. Je suis contente que tu nous dises de quoi tu as besoin.

Bonne nuit, Tante Minn. Tu fermes la porte, hein ?

Franchement, je crois que je ne vais pas y arriver.

Je peux passer la main sur le côté.

Ça ne me plaît pas, Francie.

Ne t'inquiète pas. Moi ça me va.

Attention à tes doigts. Ok ok. Tu m'entends ? Comment c'est ?

Bien.

Je peux déverrouiller n'importe quand.

Ça va, je t'assure.

Je serai tout près. Je vais promener Vicky dans le couloir. Tu crois qu'elle a encore faim, Stan ? Dors bien, Francie. À quelle heure veux-tu que je t'ouvre ?

Quand tu seras levée.

Vers six heures et demie alors.

Ok.

Bonne nuit, Francie.

Bonne nuit, Tante Minn.

Dis bonne nuit, Vicky. Bonne nuit, Francie. Elle te fait coucou.

Bonne nuit, Vicky. On se voit demain matin.

32

Le matin qui a suivi la mise en pièces de toutes mes peluches, ma mère s'est levée tôt pour préparer le petit déjeuner. Dehors, il ne pleuvait plus et le ciel était d'un bleu ardent et saturé. Maman a versé des céréales dans des bols et quand je me suis assise sur un tabouret du comptoir en sortant de ma chambre, elle m'a adressé un hochement de tête. Elle était plus silencieuse que d'habitude, mais m'a quand même parlé, m'a demandé si j'avais bien dormi, si je voulais du lait ou du jus de fruit. Avant de partir à l'école, je n'ai pas manqué d'appeler mon amie Esther et de laisser un message pour lui demander de me rapporter mon doudou, la petite couverture que j'avais laissée chez elle la semaine précédente lors d'une soirée pyjama où j'avais sûrement perdu son amitié à jamais en faisant semblant, du fond de mon sac de couchage, de ne pas savoir qui elle était. « Il y a un petit mouton dessus et une espèce de ruban en satin sur le bord, ai-je expliqué. J'aimerais vraiment la récupérer. S'il te plaît. » Je sentais le regard de ma mère sur moi pendant que je parlais et, juste après avoir raccroché, j'ai entendu le bouton du magnétophone sur le comptoir remonter, ce qui voulait sans doute dire que ma mère avait lancé l'enregistrement au saut du lit.

Je me suis brossé les dents, habillée, et nous nous sommes assises en haut de l'escalier en attendant que la mère d'Alberta vienne me chercher. Si je plissais les yeux, j'avais l'impression d'apercevoir l'éclat du pic à brochette en contrebas, pris dans les feuilles d'hortensias aux bords mouillés. Comme tous les jours, le voisin promenait ses deux petits chiens blancs. Ma mère était assise quelques centimètres plus loin de moi que d'habitude.

« Qu'est-ce que tu vas faire aujourd'hui ? ai-je demandé alors que nous regardions droit devant nous.

– Chercher un travail.

– Vraiment ?

– Peut-être. Il faut que je travaille. »

Ses mains tressautaient autour de ses genoux. Elle le faisait discrètement comme si je n'allais pas le remarquer. Elle vivait, nous vivions, grâce à une pension d'invalidité, à l'argent envoyé par ses parents, et aussi par Tante Minn et Oncle Stan. Elle recevait trois chèques par mois dans trois enveloppes différentes.

« Je suis désolée pour les peluches. Je ne sais pas pourquoi j'ai fait ça. »

Elle s'est tournée vers moi. Elle m'a scrutée un moment.

« Ton visage est différent.

– Mon visage ?

– Est-ce qu'il est différent ? »

J'ai secoué la tête, me suis touché les joues. « Non, je ne crois pas.

– Il a juste l'air un peu différent. » Elle a souri.

« C'est moi, maman.

– Ton nez, il a l'air un peu différent ce matin. Tes yeux.

– C'est moi, maman. Est-ce que tu te sens bien ? »

Elle ne s'est pas défaite de son sourire, mais ses mains continuaient de tressauter. La mère d'Alberta est arrivée. Comme elle n'aimait pas klaxonner, elle attendait simplement en bas sans couper le moteur, et Alberta m'a fait signe depuis la banquette arrière comme tous les jours. Ils avaient mis mon rehausseur dans leur voiture comme si j'étais aussi leur enfant.

« Moi je les trouve normaux, mes yeux. »

Le temps d'un instant, le visage de ma mère s'est détendu. Elle a reposé les mains sur ses genoux. « Bien sûr, bien sûr qu'ils sont normaux. Passe une bonne journée à l'école, ma chérie. Sur quoi tu travailles en ce moment ?

– La roue chromatique.

– Merveilleux. Le bleu avec le rouge.

– Le vert avec le violet. »

Elle a regardé les toits au loin. « Et rapporte cette couverture.

– Oui. »

33

Mon train pour Los Angeles devait partir à quatorze heures, et ce dimanche dans l'appartement avec mezzanine, j'ai à nouveau ouvert les yeux à l'aube, mais cette fois sans réveil. La baby-sitter dormait encore ; j'entendais sa respiration régulière, et de temps en temps, les bruits de Hattie qui se léchait. Pendant un long moment, j'ai regardé les fenêtres changer avec le lever du jour, la pièce redevenir elle-même, j'ai imaginé que je n'avais aucun voyage de prévu, mais plutôt un long et plaisant dimanche plein d'activités avec la baby-sitter, la ville et moi, toutes trois embaumant la verveine citronnelle.

Le déroulé de la matinée a d'abord été le même que la veille : Hattie, puis la baby-sitter qui ont descendu l'échelle, le goutte-à-goutte du café, le porridge qu'on remuait lentement, un appel à Oncle Stan, des nouvelles du bébé, des nouvelles de maman, Tante Minn qui se remettait bien, des informations concernant l'accompagnateur.

Entre-temps, la lumière était devenue plus claire et plus chaude, la baby-sitter avait ouvert les rideaux et levé les stores pour que les rayons du soleil puissent entrer dans la pièce et faire scintiller les objets ainsi que les surfaces réfléchissantes. Mon monstre, quel qu'il soit, ce sentiment qui avait grandi et grossi en moi, qui m'avait tenaillée pendant deux jours, avait disparu. Il avait déposé sa crotte et était parti. Je sentais la fraîcheur dans la pièce et malgré les circonstances, mon départ imminent, j'ai joyeusement avalé mon porridge avec du sucre roux et du beurre, deux bols entiers. Le soleil partageait la pièce avec nous, nous saluait, communiquait, donc il m'a paru naturel de participer et de laisser mon regard localiser et apprécier les différentes lueurs, le vase en verre aux taches corail au sommet de la bibliothèque, le miroir dans le coin près de la porte avec une étoile de lumière à l'un de ses angles supérieurs et quelque chose de rouge et or qui luisait sur l'eau dans le verre posé à côté de mon canapé-lit. J'ai terminé mon second bol de porridge, puis je l'ai déposé dans l'évier. La baby-sitter m'a souri en me voyant laver ma vaisselle et la mettre sur l'égouttoir, calant le bol sur une bosse en fil de fer, posant la cuiller, faisant comme si c'était mon égouttoir, ma corvée de tous les jours, puis l'étincelle rouge et or dans le verre d'eau m'a de nouveau attiré l'œil comme une idée séduisante sur laquelle on revient, quelle jolie lumière, quel joli salon ce matin, baigné par le soleil printanier de retour. La baby-sitter s'est levée pour aller à la salle de bains. J'ai failli l'appeler avant qu'elle ne franchisse la porte, avant que cet instant ne prenne fin, pour lui montrer l'éclat particulier que nous offrait cette matinée, mais pour une raison inconnue, j'ai perdu mon élan.

Elle est entrée dans la salle de bains et a verrouillé la porte derrière elle. Bientôt, nous plierions ensemble les couvertures du canapé-lit en carrés propres qui retourneraient sur l'étagère de sa penderie. Elle rangerait le bol sec dans son placard et la cuiller dans son tiroir, et lundi elle pourrait passer devant ma classe et voir mon institutrice retirer l'autocollant avec mon nom de mon casier, expliquer aux autres enfants que j'avais déménagé dans une autre ville. Peut-être que la classe m'écrirait une ou deux fois. Deux heures plus tard, la baby-sitter et moi prendrions le bus pour la gare où nous arriverions tôt afin de tout organiser avant que je monte dans le train qui mettrait un jour et demi pour relier Los Angeles, en Californie, la ville qui deviendrait mon nouveau chez-moi. On m'avait réservé une couchette ainsi qu'une place assise. Je rencontrerai l'accompagnateur, mon petit-cousin, un chaperon gentil et attentionné.

J'ai tourné le dos à l'évier et repoussé ma chaise contre la table de la kitchenette. Je crois que d'une certaine façon, je savais que quelque chose d'important se produisait, s'était produit, parce que je me souviens d'avoir été gagnée par ce que j'appellerais maintenant une raideur de mouvement, comme si mon corps était parcouru par une plus grande maturité, une bourrasque de maturité qui m'aurait traversée et m'aurait raidie dans son sillage. J'ai contourné le canapé avec précaution et me suis approchée de la petite table avec le verre d'eau. J'ai lissé mes cheveux vers l'arrière et retiré le sucre sur mes joues. Hattie lapait l'eau dans son bol.

De près, il est devenu évident que la lueur n'émanait pas que des reflets du soleil sur le verre d'eau mais qu'elle possédait une forme à l'aspect solide. Ce qui ressemblait à une flaque d'or était le corps du papillon aux antennes noires et aux ailes rouge et or tachetées de points rouges qui flottait dans l'eau. Aucune des fenêtres n'était ouverte. Nous étions au printemps, mais il faisait encore trop froid pour laisser une fenêtre ouverte la nuit. La porte était fermée. La migration des papillons était passée.

Je l'ai vu et, au début, ce n'était que ça, le verre d'eau avec un papillon mort dedans, une image en suspens déconnectée de tout le reste jusqu'à ce que mon cerveau se rappelle où il avait vu un tel papillon et fasse le lien.

Jusqu'à ce que la chose à faire la plus évidente et impensable du monde soit de pencher la tête pour regarder l'abat-jour.

34

La tête de ma mère a bien effleuré une table juste après sa naissance parce que la personne qui la tenait a malencontreusement trébuché, et même si les médecins ont assuré aux parents que le bébé allait bien, et même si la famille a une prédisposition génétique aux maladies mentales (un grand-oncle, un petit-cousin en souffrent), ma grand-mère a perçu dans ce choc et ce cri interrompu, dans la tache rouge et liquide sur le crâne du nouveau-né, l'origine de la maladie qui s'est manifestée chez son aînée dès ses quatre ans. Elle a préféré le voir comme quelque chose d'imposé par le monde extérieur plutôt que comme un problème cellulaire, et tous les ans à Noël, elle envoyait une bouteille de poison au médecin coupable. « Tu risques de gros ennuis en faisant ça », a dit Tante Minn à ma grand-mère le jour de ses soixante-cinq ans, à la fête dont le souvenir m'est revenu dans la tente un matin, hors de mon cadre temporel habituel. Il avait refait surface comme un meuble recraché par l'océan – les détails concrets de notre famille assise sur le tapis marron à poils longs, la radio branchée sur une station de vieux tubes, emballant des paquets cadeaux qui n'étaient pas destinés à ma grand-mère puisque celle-ci n'aimait pas être le centre des célébrations. Je ne cherchais pas particulièrement à retrouver ce souvenir, mais il était là, entier, maman dans un coin, sa jupe turquoise remontée sur ses cuisses, qui s'évertuait à plier du papier métallisé autour d'une boîte de chocolats pour le facteur. « Oh, il comprend », a rétorqué ma grand-mère d'un air entendu. Elle s'est levée pour aller faire cuire des œufs durs, avançant avec précaution suite à une fracture de la hanche, et nous l'avons tous regardée quitter la pièce.

Cette visite n'a pas été des plus agréables. Même s'il s'est aussi passé quelque chose de merveilleux. Je sentais les morceaux du souvenir s'emboîter peu à peu dans mon esprit, changeant de position dans la tente alors qu'il s'étendait et se précisait, me projetant de nouveau dans cette pièce, cet antre plein de cadeaux, et pendant que les adultes terminaient de couper des bouts de scotch et d'emballer les cadeaux, que grand-mère et Tante Minn écalaient les œufs dans la cuisine, j'explorais les lieux en imagination, contemplais les photos encadrées au mur. On y voyait maman bébé qui rampait, sa blessure au crâne guérie. On y voyait Minnie tout sourire dans une doudoune rose. Grand-mère qui tenait un bâton avec un chamallow piqué au bout. Grand-père au volant de sa voiture préférée jaune banane. À l'époque, mes grands-parents vivaient encore dans la maison où avaient grandi les filles, à seize kilomètres à l'ouest de Corvallis, en face d'un bosquet de persistants qui sentaient bon, et sur ces premières photos, ces clichés pris très tôt, il était difficile de différencier les deux sœurs. Elles agitaient leurs bras crâneurs, tout sourire devant la maison bleu clair en bardeaux au milieu d'un grand jardin mal entretenu, un entrelacs d'arbres et de cornouillers que ma mère m'avait décrit durant le trajet comme l'un des endroits où elle se sentait le plus en sécurité quand elle était jeune, où elle pouvait se cacher sous les rouleaux des fougères et se reposer pendant de longs moments. « Je te montrerai, avait-elle dit en s'engageant sur la bretelle de sortie. Le jardin est paisible. »

La maison elle-même lui faisait peur, m'a-t-elle expliqué. Les murs murmuraient trop, les règles n'étaient pas claires. Grand-mère attendait toujours quelque chose sans que rien ne soit énoncé pour de bon, de sorte que ma mère avait tout le temps l'impression de mal faire sans savoir pourquoi. Elle entendait des voix dans le plâtre lui marmonner qu'elle était méchante. Elle rêvait que des griffes lui déchiquetaient le visage. La nuit, Minnie venait souvent dans son lit pour se coller contre le corps de ma mère, lui transmettre le réconfort douillet de sa jeunesse, mais ma mère pleurait quand même, s'arrachait les cheveux, et suite à une suggestion de Minn qui n'avait pourtant que trois ans, mes grands-parents ont poussé le matelas de ma mère au milieu de la chambre, aussi loin des murs que possible. Plus tard, ils l'ont installé dehors avec une couverture étanche, dans le jardin sous le ciel étoilé et infini, et à l'adolescence, ma mère y invitait ses petits amis, durant les heures de cours ou après. Elle m'a raconté tout ça sur l'autoroute qui allait vers le sud, m'a donné des détails, l'odeur de sapin froid entrant par la vitre cassée à l'arrière, les nuages du matin entassés à l'horizon, mais alors que nous roulions au pas à travers les rues résidentielles, elle laissait de plus en plus ses phrases en suspens, et au moment de garer la voiture le long du trottoir devant chez ses parents, elle était silencieuse. « Je t'en dirai plus une autre fois », a-t-elle murmuré en coupant le moteur. C'est Minn qui m'a raconté le reste des années plus tard, les spots encastrés de son salon réglés au plus bas et leur lumière réduite à de petites îlots jaunes pour que nous n'ayons pas à nous regarder de trop près, quand je lui ai demandé, lors d'une de nos soirées canapé après l'heure du coucher de Vicky, ce que ç'avait changé d'avoir ce matelas dehors. Ma tante a choisi ses mots lentement, avec précaution, expliquant d'une voix grave que pour des raisons compréhensibles, ma mère semblait faire plus confiance au reste de son corps qu'à sa tête et que parfois, elle s'allongeait sur le matelas, nue, magnifique, les seins à l'air, exactement comme la femme dans le tableau intitulé *Le Déjeuner sur l'herbe,* comme si elle était sortie du cadre pour entrer dans leur jardin. « Elle était si intimidante, tellement dans son monde, a dit Minn en secouant la tête, le regard rivé sur les murs du salon. J'ai dû quitter mon cours d'histoire de l'art quand la diapositive de ce tableau a été projetée. Je ne supportais pas de regarder cette image. Tu connais ce tableau ? » « Non. »

« Ça vaut peut-être mieux. » Mes grands-parents, m'a expliqué ma tante, avaient installé un voile noir en plus du rideau devant la fenêtre qui donnait sur le jardin, et quand maman rentrait à la maison avec un compagnon, ils tiraient le voile et allumaient la télé. Ils lui avaient fait prendre la pilule très tôt et mettaient toujours à disposition un bac rempli de préservatifs. « Est-ce que ça te fait trop, d'entendre tout ça ? » a demandé Tante Minn à voix basse en me jetant des coups d'œil. J'étais moi-même adolescente à cette époque, et je digérais une grande partie de ce que j'entendais en promenant les franges de son coussin brodé sur la paume de ma main pour qu'elles suivent mes lignes de vie et d'amour, une activité parallèle très absorbante. J'ai secoué la tête. En matière de « trop » ou « pas assez », ma jauge ne fonctionnait généralement pas très bien.

Le week-end d'anniversaire de ma grand-mère nous a donné, à ma mère et moi, l'occasion de visiter les différentes chambres de la maison et de découvrir que le matelas était encore dans le jardin, appuyé contre un cabanon de jardinage, pris dans des plantes grimpantes, traversé par des écureuils. Nous le contemplions depuis la véranda comme des touristes au musée. Je lui ai demandé si ses parents l'avaient forcée à dormir à l'intérieur. « Non, a-t-elle dit pensivement en tirant sur les feuilles humides de la treille. Seulement les jours de pluie. C'était gentil de leur part, non ? Ils savaient que j'étais plus stable quand j'étais sur ce matelas que n'importe où ailleurs. C'était soit le matelas soit je m'arrachais les cheveux. » Elle a caressé les miens.

« Mais rien ne t'oblige à faire une chose pareille, ma petite Francie. Tu as tellement plus de choix que je n'en ai eu. »

J'ai posé la tête sur sa hanche. Ça s'est passé quelques mois avant notre séparation et, depuis environ un an, ma mère prenait un formidable nouveau cocktail de médicaments qui avait semblé remettre de l'ordre dans sa tête comme jamais, on aurait dit qu'elle avait subi un grand nettoyage interne. Plusieurs semaines auparavant, pour les huit ans d'Alberta, nous étions allées à la boutique solidaire où nous avions acheté une poupée aux yeux violets en bon état, et elle m'avait aidée à l'emballer dans des feuilles de papier de soie doré jamais utilisé avec du scotch transparent et même du ruban à œillets. Assise près de la cheminée, avant que son père lui fasse subir son habituel interrogatoire au sujet du travail, elle avait ri à ses blagues avec une insouciance et un à-propos qui avaient surpris tout le monde. La matinée n'avait pas été complètement tendue. Au début, tout était aussi léger qu'un ballon. Un peu plus tôt, une fois les cadeaux emballés et les œufs écalés, Tante Minne alors enceinte et Oncle Stan, réagissant peut-être à l'agréable calme ambiant et à une mélodie qu'ils reconnaissaient à la radio, s'étaient lancés dans un modeste pas de deux autour du salon, lui chantonnant d'une robuste voix de basse que personne ne lui connaissait, elle affichant une moue gênée de bonheur. Ils venaient d'apprendre qu'ils attendaient une petite fille. Cela faisait des années qu'ils essayaient par tous les moyens, que Minn appelait à Portland en pleurs après ses fausses couches, que ma mère se mettait à parler tout bas puis regardait fixement le mur pendant un moment après avoir raccroché, et depuis le satellite de ma chambre, j'avais plaisir à l'entendre rassurer quelqu'un d'autre avec efficacité. Dans le salon de mes grands-parents, ivres de joie, ma tante et mon oncle tanguaient sur un pot-pourri ronflant de big bands et le commentaire sportif qui passait dans la pièce à côté, le visage de ma tante apaisé et radieux, et, le temps d'un instant, j'aurais aimé qu'ils soient mes parents et moi ce bébé. M'en souvenir est difficile parce que d'une certaine façon, c'est ce qui est arrivé. Quand ils ont eu fini de danser et sont allés boire un verre d'eau en riant, j'ai retrouvé ma mère sur la marche en brique au milieu des paquets cadeaux et je lui ai pris la main. Elle a posé la joue dessus, les yeux brillants de larmes.

J'ai saisi la bouteille de poison dans son papier en cellophane rouge. « Est-ce qu'il va le boire ? »

Elle s'est essuyé les yeux et a dit non, non, que grand-mère ne l'envoyait même pas à chaque fois, que c'était une espèce de marché entre le médecin et elle. « Peut-être qu'il le met juste sous son évier pour se débarrasser des rats », a-t-elle dit. Elle a pris le flacon et désigné l'étiquette avec la tête de mort sévère sous l'emballage. « L'étiquette est très claire, tu vois ? C'est la cellophane qui crée la confusion. »

Minn nous a rejointes avec son verre d'eau gazeuse, jolie, les joues rouges après la danse, et passé sur ses épaules le gilet jaune dont j'apprendrais qu'il est son préféré. Maman a tendu la main pour boire une gorgée et Minn lui a donné son verre avant de retourner à la cuisine s'en servir un nouveau.

« Apparemment, on va avoir droit à une salade d'œufs sur du pain de seigle noir au déjeuner, a-t-elle dit à son retour. Avec des cornichons. Et de la pastèque.

– Comme d'habitude.

– Et aussi un nouveau poivrier.

– Maman a acheté un poivrier ?

– C'est drôle, non ? Pas mal, en plus. »

Oncle Stan a bu dans le verre de Minn puis il est rentré aider à préparer le repas. Les adultes restants ont continué à discuter des habitudes d'achats de grand-mère, et du nombre de minutes nécessaires pour une parfaite cuisson des œufs durs.

« Je peux ? » ai-je dit en pointant le verre d'eau de ma tante. Elle me l'a donné puis l'a repris quand j'ai eu fini.

« Douze minutes, a lancé Oncle Stan depuis la cuisine. Douze minutes pile !

– Tante Minn ?

– Enfin, si vous voulez que votre jaune soit un tout petit peu doré… », a ajouté mon oncle en sortant un bac à glaçons.

Minn m'a jeté un coup d'œil. « Francie ?

– Tu as donné ton verre à maman.

– Ah bon ?

– Oui.

– J'en ai un autre, a-t-elle dit en le brandissant.

– Mais pourquoi ?

– Pourquoi quoi ?

– Pourquoi donner ton verre à maman ? »

Elle a froncé les sourcils. « Tu veux de l'eau ?

– Non. »

Minn m'a posé la main sur l'épaule, déconcertée. Maman était près de nous, entre deux conversations, écoutant d'une oreille Oncle Stan qui discutait avec mon grand-père dans la cuisine à propos de ses stars de baseball préférées tout en faisant tinter les glaçons dans la carafe.

« Elle n'est pas contagieuse », ai-je dit.

Dans le poste de radio posé sur l'étagère, le présentateur a annoncé un nouveau morceau joué par un big band, et des trompettes ont retenti. « Ah, bien sûr, a dit Minn. Ça n'a rien à voir.

– Rien à voir avec quoi ? » a demandé ma mère en s'insérant de nouveau dans la conversation.

Minn s'est décalée pour faire de la place à ma mère, a gesticulé pour qu'elle se rapproche. Elle a fredonné quelques notes joyeuses parce que cela faisait quelque temps qu'elles ne s'étaient pas vues, touchant l'extrémité iridescente des boucles d'oreille en coquillage de ma mère, les deux femmes oscillant au-dessus de moi, Minn mince comme un fil avec son ventre arrondi qui se dessinait précisément sous sa tunique grise, ma mère avec ses épais cheveux auburn et brillants, sa jupe volumineuse couleur océan, plus stable que d'habitude, mais toujours nerveuse, vigilante.

« Tante Minn », ai-je dit une fois de plus.

Dans l'autre pièce, quelqu'un faisait couler de l'eau et mon grand-père a ri de la défaite d'une équipe.

« Oui, Francie ? »

J'ai essayé de garder une voix douce. « Alors bois une gorgée de son verre. »

Ma tante a tourné la tête, mais juste à peine, comme pour mieux m'entendre.

« Pardon ?

– À table ! a lancé grand-mère depuis la cuisine.

– Prouve-le, ai-je murmuré.

– À table, la famille ! » a chantonné grand-père en allant s'installer.

Oncle Stan l'a suivi avec la carafe de thé glacé, et Tante Minn s'est redressée pour s'écarter de moi. Soudain, tout chez elle a eu l'air fatigué. Une fraction de seconde, je me suis demandé si je ne l'avais pas frappée par inadvertance. Elle a tendu la main lentement, comme pour prendre le verre de ma mère, mais cette dernière s'était déjà levée et rejoignait la table pour s'asseoir à ce qu'elle appelait sa place habituelle. « Viens Francie ! a-t-elle lancé. Viens ma chérie, viens à côté de ta maman foldingue. »

Grand-mère et Oncle Stan apportaient du plan de travail le grand plateau de sandwichs triangulaires, des coupelles d'olives noires et de cornichons, et le bol rempli de petites lunes sphériques rose foncé réalisées avec la cuiller spéciale achetée par grand-mère trente ans plus tôt et qu'elle avait utilisée pour évider des centaines de melons. Minn, qui affichait désormais une expression légèrement hébétée, emmitouflée dans son gilet en laine jaune avec ses boutons marron durs. « Délicieux ! » s'est exclamé Oncle Stan en posant le bol de melon à côté de lui. Maman s'est mouchée dans sa serviette. « J'ai mal à la gorge, a-t-elle dit de manière inattendue en éloignant son verre de Minn. Il faut préserver ce bébé ! » J'ignorais si elle avait entendu notre conversation plus tôt. Je les observais depuis le salon, mais ne les avais pas encore rejoints, traînant dans cet espace désormais désert, les murs couverts de ces photos, le sol jonché de cadeaux scintillants. Il régnait une atmosphère d'inachevé ; j'avais l'impression qu'autre chose devait arriver, si bien que sur un coup de tête, j'ai attrapé la bouteille de poison dans son emballage rouge posée sur le rebord en brique. Elle était lourde, grande, l'avoir en main me procurait une sensation agréable, alors je l'ai apportée à table, j'ai repoussé les cornichons et l'ai posée bien au milieu de la nappe en dentelle.

« Ah mais oui ! a dit grand-mère. Le centre de table ! » Elle a tendu la main en arrière vers une étagère et a récupéré un petit vase en céramique couleur ivoire rempli de fleurs rose en bouton. « Je les ai cueillies ce matin…

– Ça, ai-je dit, la main toujours sur la bouteille.

– Oh, Francie, ma chérie, a dit maman en me touchant le bras. Ça ne convient pas pour un centre de table.

– C'est le centre de table, ai-je insisté.

– Francie, a dit grand-mère.

– Je ne vois plus rien, a dit grand-père de l'autre côté du panache rouge transparent.

– Grand-père, ai-je dit, tu peux me passer les olives, s'il te plaît ?

– Francie », a réitéré ma mère.

Le silence a gagné la tablée. Grand-mère a poussé son petit vase vers l'avant. Il s'agissait de bourgeons de camélia, des petits poings roses bien emballés. La bouteille de poison dans sa robe de cellophane rouge l'écrasait complètement.

« Une bouteille de poison ne peut pas faire office de centre de table », a dit grand-mère avec fermeté. Elle s'est redressée et a fait un geste décidé pour que je retire la bouteille. Les autres attendaient. La figure d'autorité qu'était ma grand-mère ne connaissait pas de rival dans la famille, et elle s'était montrée avenante depuis notre arrivée, s'était assise à côté de moi dans la chambre d'amis avec une boîte en bois sculpté pour me montrer ses bijoux fantaisie, m'avait laissée essayer les boucles d'oreilles en perles vertes à clips, et s'était même déhanchée sur les morceaux joués par les big bands, mais affichait désormais une expression fermée. Ma mère se ratatinait sur sa chaise et même mon grand-père s'est fait plus petit, se préparant aux cris à venir, mais ma grand-mère ne m'impressionnait pas du tout. Ses flèches ne m'atteignaient pas. En revanche, j'admirais la façon dont les rayons du soleil traversaient la cellophane rouge et transformaient un pan de la nappe en vitraux.

« Et pourquoi ? ai-je dit. Si c'est un cadeau de Noël ?

– Francie ! » a crié ma grand-mère.

Tante Minn a commencé à se lever, prête à intervenir, à jouer son habituel rôle pacificateur, mais je gardais la main posée sur la bouteille de poison aussi délicatement que si c'était l'épaule d'un ami, et j'ai regardé ma grand-mère. Je ne sais pas pourquoi, quelque chose dans cette scène semblait freiner tout le monde, et je me rappelle clairement comment l'air autour de nous a paru s'étirer et s'allonger, les différents membres de ma famille se figeant pour regarder et écouter. Ce qui ne me dérangeait pas. C'était mieux comme ça. Ma grand-mère rougissait, je voyais sa moue sévère, elle qui après une nuit particulièrement difficile avait dit à ma mère que si elle n'apprenait pas à se conduire correctement, elle la rapporterait au magasin des enfants et l'échangerait contre une autre petite fille, une histoire qui avait terrorisé ma mère et qu'elle me racontait parfois à l'heure du coucher en me jurant qu'il n'existait aucun magasin de la sorte et que même si c'était le cas, ce serait toujours moi qu'elle choisirait, quel que soit le prix, que je ne devais pas m'inquiéter, et là, dans son salon, l'arôme de la tarte aux pommes envahissant la cuisine, ce salon d'où nous partirions dans la soirée pour éviter de passer la nuit sur place, j'ai senti une grande légèreté me gagner, je ne peux pas le définir autrement. Ainsi que je le ferais avec mon oncle des mois plus tard pour m'assurer que je ne mettrais pas les pieds dans un avion, j'ai planté mon regard dans celui de ma grand-mère comme une simple affirmation de ma volonté. Je pouvais tenir très longtemps sans ciller. Ce n'était pas un regard de colère, pas du tout.

Il avait cette placidité qui accompagne la certitude absolue de gagner la partie.

Ma tante m'a raconté plus tard qu'elle avait été parcourue d'un frisson, senti la pièce se refroidir pour de vrai malgré son gilet en laine jaune, et qu'elle avait attrapé la main de ma mère, en avait embrassé le dos plusieurs fois comme si elle anticipait un au revoir imminent, une séparation majeure. Oncle Stan a siroté son eau et été pris d'une quinte de toux, les glaçons ont tinté dans la carafe de thé glacé. Plus tard dans la voiture sur le chemin du retour, ma mère a dit que ce que je décrivais comme de la légèreté n'était que la fine pellicule sur laquelle reposait un vaste inconnu bouillonnant. « Nous ne savions pas ce que tu allais dire, a-t-elle expliqué en secouant la tête. Ça faisait peur. » Par la vitre, j'ai regardé la forêt de pins en rangs ombrageux, leurs silhouettes noires. « Je voulais juste que ça soit le centre de table », ai-je dit. « Est-ce que tu aurais ouvert la bouteille ? » a-t-elle demandé. « La bouteille de poison ? Non. Je voulais juste qu'elle soit sur la table. » « Pourquoi ? » « Pourquoi je la voulais sur la table ? » « Oui. » « Je ne sais pas. » Dans la salle à manger, ma grand-mère n'avait pas détourné les yeux pendant près d'une minute, avec un air de défi, les narines dilatées, puis elle avait secoué la tête en poussant un grognement et s'était rassise en bout de table. Elle avait attrapé deux sandwichs triangulaires, s'était versé du thé glacé et, pendant quelques minutes, avait marmonné sur un ton sec à l'adresse de mon grand-père. Oncle Stan avait fait passer le plat principal et, alors que tout le monde commençait à manger et discuter, le repas a de nouveau semblé normal ; grand-père a posé des questions à maman sur les différents emplois auxquels elle pouvait postuler et chacun a joué son rôle.

Après la tarte aux pommes, j'ai trimballé la bouteille de poison avec moi toute la journée ; Tante Minn et Oncle Stan ont fait la vaisselle, maman et moi nous sommes promenées dans le jardin et elle m'a montré les plantes qu'elle aimait, puis on a offert ses cadeaux à ma grand-mère, qu'elle a acceptés avec de brefs hochements de tête, allant jusqu'à s'excuser à moitié d'avoir crié à table. « Tu es une dure à cuire, Francie », a-t-elle dit dans un éclat de rire. Je me suis contentée d'acquiescer. Les adultes n'ont pas cessé de me surveiller, mais personne n'a semblé s'inquiéter que je puisse moi-même boire le poison – ou que j'en verse sur les parterres de fleurs ou dans le thé de quelqu'un. Nous sommes montées en voiture, Oncle Stan et Tante Minn, qui allaient mettre cap au sud pour passer quelques jours à San Francisco voir le bison du Golden Gate Park et manger des tonnes de pain au levain comme de bons touristes bienheureux, nous ont dit au revoir d'un geste de la main, et ce n'est qu'à ce moment-là que j'ai rendu la bouteille de poison à ma grand-mère en lui demandant de promettre qu'elle n'en enverrait plus au médecin. Elle ne m'a pas répondu, mais est restée sur la pelouse, la bouteille à la main comme si elle tenait un feu crépitant. « Ma mère n'est pas une anomalie. » « Faites attention sur la route, a dit grand-mère. Merci d'être venues. » « Le médecin ne l'a pas abîmée », ai-je dit. « Désolée, maman, a dit ma mère en se penchant devant moi pour agiter la main à travers la vitre passager. Joyeux anniversaire. » Elle a démarré et quand nous avons tourné pour reprendre la 5 North, les sapins ont jailli en bosquets pointus de chaque côté de la route.

35

« C'est pourtant ce qu'il a fait », a-t-elle déclaré doucement en soufflant sa fumée de cigarette par la vitre environ une heure plus tard, quand elle me croyait endormie.

36

Ce matin-là, j'avais donc appelé Esther sous la surveillance de ma mère pour lui demander de me rapporter ma couverture, « S'il te plaît, tu peux me l'amener à l'école ? C'est celle avec un petit mouton », mais j'avais déjà quitté la ville quand elle l'a fait. Elle est venue avec le lundi qui a suivi l'incident du marteau, et à ce moment-là, j'étais dans le train, enfoncée dans mon siège côté fenêtre, au milieu de la côte ouest, regardant des panneaux publicitaires dressés devant des bosquets, qui annonçaient la programmation estivale du théâtre d'Ashland, dans l'Oregon, *Hamlet, La Nuit des rois, Mort d'un commis voyageur.* Je ne tenais pas à cette couverture, mais elle est tout de même arrivée à Burbank quelques semaines plus tard, le carré de tissu gris bien plié dans une grosse enveloppe jaune adressée à mon nom, postée à Portland et déposée sur l'îlot de la cuisine. Elle était accompagnée d'une carte bariolée rédigée par l'une des mères bénévoles et qui disait : *On pense à toi, Francie. Voici quelqu'un qui pourrait t'aider un peu.* Tante Minn, dans le fauteuil à bascule de l'autre pièce, tentait de donner le sein à une Vicky agitée, et moi j'étais plantée devant l'îlot, le son d'un autoradio à l'extérieur qui beuglait des publicités, et je réfléchissais à ce mot. *Quelqu'un*. Une des mères bénévoles bien intentionnée s'était manifestement donné la peine de fouiller mon casier à l'école, s'était dit que la couverture devait compter pour moi et avait pris le temps de la plier et de trouver ma nouvelle adresse, mais en sortant le tissu du paquet, le monde s'est divisé en deux catégories, ce qui était déjà souvent arrivé : il y avait ceux qui aimaient suffisamment une couverture pour la traiter comme une personne, et ceux comme moi qui, à peine quelques semaines plus tôt, avaient entendu leur mère pleurer à chaudes larmes devant les corps en charpie de lions en peluche. Qui, quelques mois plus tôt, avaient regardé leur tante boire dans un autre verre d'eau au cas où – risque improbable – ma mère puisse transmettre la maladie à son fœtus par la salive. J'ai mis la carte dans la déchiqueteuse.

La simple vue de la couverture me perturbait, sauf que je ne savais pas comment m'en débarrasser ; j'ai fait le tour de la maison, mais la moindre poubelle paraissait douteuse, des ciseaux ne la découperaient pas assez bien, la brûler créerait trop de désordre. Je voulais surtout qu'elle devienne invisible. Vicky avait recommencé à pleurer ; à sa sortie de l'utérus, c'était un bébé sain avec une tête intacte, un bébé qui avait tout là où il fallait, dont tous les examens étaient normaux et qui grandissait comme on l'espérait, mais qui avait beaucoup de mal à faire son rot, et alors que Tante Minn lui tapotait inlassablement le dos dans la chambre d'enfant en lui chantant des bouts de chansons, enchaînant les chuut, chuut, s'il te plaît mon bébé, s'il te plaît, d'une voix entrecoupée, une espèce de lampe cubique projetant des motifs lumineux au sol, je me suis postée sur le seuil de la chambre et j'ai dit à ma tante que j'avais reçu une vieille couverture pour bébé par courrier ; est-ce qu'elle était d'accord pour que je la donne à Vicky ? Tante Minn, le visage brouillé par l'épuisement, au bord du surmenage, a dit que oui, bien sûr, c'était très généreux de ma part, et nous avons tressailli d'émerveillement quand, à la seconde où j'ai enveloppé l'épaule de ma tante dans ma couverture, le bébé a roté, posé la tête dessus et s'est endormi.

Des années plus tard, alors que je rentrais à la maison après ma visite chez le neurologue avec les roses mortes surgies des rideaux de chez Deena, il s'est passé quelque chose d'assez similaire. Vicky avait grandi, mais tout ce qui m'appartenait l'attirait, et j'étais à peine descendue de la voiture qu'elle est sortie pieds nus et m'a suivie sur le côté de la maison en me bombardant de questions : Comment ça s'est passé ? Est-ce que le médecin a dit quelque chose de nouveau ? Est-ce que tu vas bien ? Je lui ai répondu qu'il avait été gentil, qu'il n'y avait rien de nouveau, que tout allait bien, inutile de s'inquiéter, mais elle est restée à côté de moi et s'est dressée sur la pointe des pieds pour regarder tandis que je déposais les roses dans la poubelle verte avec l'herbe tondue et les branches mortes de bougainvillées que le jardinier venait ramasser tous les mardis. Je lui avais raconté d'où venaient les roses. Je lui avais dit que je n'avais pas l'intention de les garder. J'ai laissé retomber le couvercle de la poubelle sans cérémonie, mais je n'ai pas été très surprise quand, par la fenêtre, alors que la nuit était tombée et que Vicky me croyait en train de faire mes devoirs, je l'ai vue se faufiler par la porte latérale pour aller récupérer délicatement une des roses dans la poubelle. « Vicky, c'est toi dehors ? » a lancé Tante Minn qui zappait d'un programme télé à l'autre dans le salon. « Je vérifiais juste un truc pour l'école ! » a répondu Vicky en fermant la porte latérale derrière elle. Je m'étais fait enfermer dans ma chambre pour la nuit, une habitude que j'avais gardée même si le crâne de Vicky s'était soudé sans problème des années plus tôt, même si Deena m'avait invitée avec une autre copine ce soir-là à voir un thriller au multiplexe ; non, je préférais le caractère inviolable et simple de cette chambre verrouillée de l'extérieur, et j'entendais les bruits étouffés de Vicky entrant dans le salon, la mère et la fille qui riaient devant un programme télé, Oncle Stan qui préparait du pop-corn, Vicky sans doute lovée contre l'épaule de sa mère, à l'aise, la rose posée non loin, sur une étagère ou peut-être une table. Je l'ai interrogée le lendemain au retour de l'école alors que le camion-poubelle était passé et qu'elle était assise en tailleur sur son dessus-de-lit bordeaux, occupée à résoudre des problèmes de maths. Elle s'est agenouillée et a ouvert le tiroir de sa table de nuit avec la clé en cuivre qu'elle gardait autour du cou, et la fleur était là, nichée dans un bout de tissu, ses pétales secs et craquants. Vicky rangeait dans ce tiroir toutes ses possessions les plus précieuses : la bille bleu azur qu'elle avait trouvée un jour dans la poche de manteau de Tante Minn, le beau dessin d'un chat siamois réalisé par son amie Lola, une cuiller en bois sculptée par grand-père. « Pourquoi est-ce que tu y tiens ? » ai-je demandé. Dehors le grand sycomore pressait ses feuilles contre sa fenêtre. « J'y tiens, c'est tout. » « Elle ne deviendra rien d'autre. » « Pas grave. » Elle m'a dévisagée intensément, mais les secondes passant, cette intensité s'est retournée puis, d'un coup, est devenue une supplique. « S'il te plaît, ne la prends pas, a-t-elle dit en se mettant à pleurer. Elle compte tellement pour moi. » Elle l'a portée à sa joue et l'a remise sur son morceau de satin marron foncé dans le tiroir. « C'est la seule fleur au monde qui ne vienne pas d'une graine », a-t-elle dit. « Celle-ci plus les deux autres. » « Arrête Francie ! Tu ne comprends pas ? Je l'aurai encore quand je serai vieille. Je la transmettrai à mes enfants. S'il y a un incendie, c'est elle que j'emporterai en priorité… » « En priorité ? » « Parmi les *objets*, évidemment. Tu l'as jetée, Francie. Elle m'appartient, maintenant. »

37

Tout ça comptait pour Vicky. Son essai sur moi. Le monologue qu'elle avait écrit pour son cours de dramaturgie sur la montagne de couvertures que ma mère avait voulu offrir à ma tante et mon oncle un 4 juillet. Son tiroir à trésors. Son idée concernant les souvenirs tenaces, qui a donné naissance à la tente.

Après être venue m'aider à construire la tente, elle m'a appelée en rentrant du lycée, le premier jour où je l'ai utilisée. « Raconte-moi, raconte-moi ! a-t-elle dit. Comment c'était ? » et je l'entendais déplacer des choses dans la cuisine, ouvrir le lave-vaisselle, empiler les bols. « Bien, ai-je répondu. C'est parti un peu dans tous les sens. La seule chose dont je me suis souvenue aujourd'hui, c'est que la baby-sitter avait une écharpe à franges sur sa télé. » « Cool. » « Et son chat. » « Tu veux dire Hattie ? » J'ai ri. « Je devrais me contenter de t'interroger. » Des couverts se sont entrechoqués. « J'ai raconté à maman ce qu'on avait fait et elle trouve ça vraiment intéressant, mais ça l'inquiète un peu. Moi je trouve ça génial, mais elle pense que tu risques de t'isoler. » Je me suis approchée de la porte vitrée du balcon pour observer la silhouette orange de la tente qui se dressait là. Cela ne faisait que vingt-quatre heures, mais j'avais déjà l'impression que quelque chose se passait à l'intérieur, une macération de vapeur qui m'attendait. « Tu pourras lui dire que c'est une façon de me désisoler, au contraire ? ai-je dit en m'avançant pour presser le nez contre la vitre. C'est comme jouer à chat glacé. » « Comme à l'époque où tu te sentais plus connectée aux enfants de l'école quand tu restais bloquée que quand tu leur parlais en classe ? » « Exactement. » « Ça me paraît toujours fou, cette histoire. » « Mais c'est vrai. » Vicky s'est tue un instant. Je l'entendais qui rangeait doucement les cuillers dans le tiroir. Comme quand je jouais à chat glacé, si je me concentrais et que je tendais assez l'oreille, je pouvais sentir brièvement la présence du monde bourdonnant hors de moi, les voitures dans la rue, les gens qui entraient dans les magasins, les enfants au terrain de jeux, mon existence à l'intérieur de ce monde. Au bout d'un moment, j'étais capable de tracer une espèce de limite. « Tu ne te sens pas seule, Francie ? » a demandé Vicky. « Bien sûr que si. » « Non mais je veux dire, vu que tu passes tes journées dans la tente ou à faire des paquets... » « Ça ne prend pas toute la journée. » « Est-ce que tu te sens loin de moi en ce moment ? Genre, tu joues à chat dans ta tête, un truc du style ? » Elle a attendu. Les assiettes qui s'empilaient faisaient du bruit. « Toi aussi tu as une mère, tu sais. Avec ses propres histoires », ai-je dit en soufflant de la buée sur la vitre. Vicky a ri. « Tu crois ? » J'ai soufflé jusqu'à ce que la trace laissée par la buée soit aussi grande que mon visage. « Construis ta propre tente », ai-je dit.

38

À l'adolescence, Elaine et Minnie se ressemblaient si peu que des inconnus dans la file des caisses au supermarché ou dans la salle d'attente chez le médecin éclataient de rire quand ils s'apercevaient qu'elles étaient sœurs. Elles donnaient l'impression d'être nées dans deux dimensions différentes, comme si, pendant l'accouchement, grand-mère Bea était sortie de sa chambre d'hôpital et, tombant dans une faille spatio-temporelle, avait donné naissance à deux enfants dans deux systèmes où les proportions n'étaient pas les mêmes, deux enfants presque identiques les premières années de leur vie jusqu'au jour où l'une avait rétréci et l'autre grossi, pas en termes de poids, mais de quelque chose de plus élémentaire. Tante Minn semble plus mince et concise que maman : des yeux, des os, des gestes, des mots plus petits, un aspect qui se rapproche de la porcelaine, avec des mouvements délicats. Ma mère est une femme exubérante, avec une abondante chevelure ondulée, des traits et des gestes amples, et quand elle va bien, elle aime le piano jazz, les vibromasseurs, la pleine lune et les fourchettes à huître plaquées or. Son compagnon actuel, Edward le pianiste, dit que quand ils prévoient de sortir, « les lumières de la ville deviennent plus vives ». Lui-même a les yeux qui brillent quand il lui prend la main et que nous quittons sa chambre de Hawthorne House pour rejoindre ensemble le salon où elle chantera bientôt pour le spectacle organisé après le déjeuner. C'est ma visite d'automne, quelques mois après la construction de ma tente du souvenir, une visite prévue en fonction de cette représentation qui offrira une sélection de morceaux de *La Blonde ou la Rousse*, accompagnée par Edward et son ami percussionniste. Nous nous promenons ensemble dans le hall principal, entrons dans le salon et là, je suis stupéfaite de constater que toute la pièce, ma pièce préférée, l'endroit où j'ai donné tant de nouvelles au cours de tant d'après-midis, a été entièrement redécorée. Des canapés avec des accoudoirs chromés, de nouvelles tables basses en plastique. Des tapis aux couleurs unies. Des clichés agrandis d'oiseaux et de fleurs. Des bureaux en aggloméré. Des poubelles en osier. Ma mère voit ma tête, me dit qu'un mois plus tôt, la direction s'est aperçue que les fauteuils couverts de soie vert citron où nous prenions place côte à côte depuis tant d'années grouillaient de termites. « Tu n'imagines pas à quelle vitesse ils ont réglé le problème, dit-elle en riant. Ça a pris quoi, deux jours ? C'est bien ça, Edward ? » « On aurait plutôt cru une minute », dit-il, souriant dans sa direction. Ils se mettent en place, elle salue tout le monde comme si elle était la star d'un show, ce qu'elle est, lui s'installe au piano de la même manière, et avant que le spectacle commence, je hèle une dame du personnel pour lui demander si, par hasard, elle sait où sont passées les marines dans leurs cadres dorés qui étaient accrochées aux murs ; celles avec les déferlantes, les cieux d'orage, le seau, où sont-elles ? Il y en a peut-être une remisée dans un placard que je pourrais emmener chez moi ? Je lui explique qu'elles m'ont apporté beaucoup de réconfort au fil des ans. Ma voix fébrile me surprend et la grande femme en blouse médicale l'entend, elle acquiesce – nous nous sommes souvent parlé durant toutes ces années – et m'attire sur le côté, loin des quelques résidents qui ne se sont pas encore assis. Dans un coin, elle me dit tout bas, presque sur un ton conspirateur, qu'elle est vraiment désolée, qu'elle aussi les aimait, mais qu'au moment où ils les ont déposés dehors pour être ramassés par le service des encombrants, les meubles et les tableaux se désintégraient littéralement entre leurs mains. « C'était assez fou, d'ailleurs, dit-elle en écarquillant les yeux. Les regarder se désagréger comme ça. On avait l'impression qu'ils n'avaient jamais existé. » Ses doigts papillonnent. « Comme s'ils retournaient à la poussière. »

Ma mère chante merveilleusement, les résidents lui font une standing ovation et Edward la serre dans ses bras avec gentillesse, semble-t-il. Elle me présente à tout le monde comme sa plus grande réussite, mais durant le vol du retour, je ne pense qu'aux tableaux en train de se désintégrer. Je leur accorde une valeur particulière sans vraiment comprendre pourquoi. C'est le soir, le soleil se couche et les particules de poussière qui flottent dans la cabine de l'avion deviennent dorées dans la lumière. Par le hublot, je vois le paysage défiler en contrebas, d'autres terres agricoles, des sommets montagneux, mes propres pensées, et quand les roues rebondissent sur le tarmac, je me dis que c'est parce que n'importe quel grain de poussière a peut-être composé un tableau merveilleux autrefois. Ma mère avait l'air heureuse avec son ombre à paupières bronze, je ne l'avais même jamais vue aussi heureuse. Mon bagage est le dernier à être livré sur le tapis roulant.

39

La baby-sitter finissait de se préparer dans la salle de bains, elle faisait couler de l'eau, chantonnait. Je n'avais qu'une minute devant moi. Je ne pouvais pas laisser le papillon dans le verre d'eau, mais je n'avais pas de livre à portée de main dans lequel le mettre, aucun sachet ni quoi que ce soit d'autre dans lequel le conserver correctement, alors j'ai pris le verre, et quand j'ai avalé l'insecte, ses ailes m'ont effleuré la gorge comme une mince feuille de laitue, ses pattes et ses antennes provoquant le plus léger des picotements.

Le robinet fermé, la baby-sitter a ouvert la porte et est revenue au salon. Elle avait attaché ses cheveux avec une barrette décorée d'un diamant fantaisie rose qu'elle garderait partout où elle irait après m'avoir déposée.

« Tu avais soif, dis donc ! a-t-elle dit en souriant en direction du verre vide. Prête ?

– Prête. »

Quatrième partie

Le scarabée

40

Un samedi après-midi d'automne, Vicky me demande si elle peut passer chez moi pour travailler sur la version finale de son essai. Nous sommes fin octobre et, allongée sur la moquette, elle me dit que Tante Minn a recommencé à lui demander l'air de rien quels sont ses plans du week-end, ce que Vicky déteste. En revanche, elle adore l'aspect dépouillé de mon appartement, le calme, la porte du balcon ouverte qui laisse entrer un souffle d'air occasionnel même si l'automne est caniculaire, la lumière directe du soleil si forte qu'il suffit de quelques minutes pour que je sente la peau me brûler. Elle adore que j'aie si peu de meubles, même si elle trouve aussi que c'est bizarre. « Les deux, dit-elle en étendant les jambes. Oui, les deux. »

Nous sommes adossées à un mur, comme d'habitude, étudiant les dernières phrases qu'elle a remaniées tout en triant ce que j'ai trouvé pendant le week-end chez une dame qui emménageait dans un appartement beaucoup plus petit à Chicago pour vivre une histoire d'amour naissante. Cette dame m'avait montré ses vases en céramique et en verre soufflé posés sur des guéridons de différentes hauteurs, des vases qu'elle collectionnait depuis trente ans, et aussi de superbes bracelets en bois ainsi qu'une écharpe dans les rouges et violets vifs que ma mère aime et que j'ai mise de côté pour elle. J'entoure une phrase dans l'essai de Vicky au sujet du verrou. « On pourrait encore affiner, dis-je. Écrire que c'était un honneur, c'est un peu trop. » Entre-temps, elle s'est allongée sur un coussin par terre et essaye de griffonner avec un stylo rouge sur le papier qu'elle tient en l'air, mais elle n'arrive pas à écrire droit parce que le papier se plie. « Sauf que c'était vraiment un honneur, dit-elle au bout d'une minute en tournant son regard vers moi. Je tiens à ce mot. » « Mais tu ne trouves pas que c'est exagéré ? » « Pas si c'est vrai, Francie. » Quelqu'un toque à la porte. Nous nous regardons. « Tu as commandé quelque chose ? » demande-t-elle, pleine d'espoir. À travers l'œil-de-bœuf, j'aperçois le visage déformé et résolu de la gardienne de l'immeuble qui vit quelques portes plus loin. Elle n'a jamais frappé chez moi avant. « Est-ce que je peux vous parler une minute », demande-t-elle quand j'ouvre.

41

Le train pour Los Angeles devait partir à quatorze heures, mais la baby-sitter m'a dit que c'était mieux d'arriver plus tôt pour retrouver l'accompagnateur et s'assurer que tout était prêt pour le voyage. Ensemble, on a rassemblé mes bagages et j'ai jeté un dernier coup d'œil à l'appartement avant qu'on sorte rejoindre l'arrêt du n° 9 au bout de la rue. Il faisait un temps magnifique, une démonstration vibrante de ce qu'était le printemps, la ville scintillait de vert et de formes de vie variées, les passagers du bus qui allaient travailler lisaient, regardaient par la vitre, deux amis discutaient sur un ton animé à propos d'une fête où ils s'étaient rendus la veille. La baby-sitter et moi sommes restées silencieuses ; elle avait l'esprit ailleurs ou souhaitait respecter ce qui était pour moi un moment de transition, alors que de mon côté, j'étais ahurie en pensant à mon corps et ce qui se trouvait à l'intérieur. En pensant au nouveau malaise et à la légère exaltation qui m'habitaient pendant que je me tenais à la barre argentée et grasse du bus, que je regardais défiler les magasins ainsi que les bâtiments marron et trapus.

« Francie », a dit la baby-sitter avant qu'on n'arrive à destination. Elle s'est tournée pour me faire face. Elle me regardait avec sérieux. « J'ai réfléchi. J'aimerais t'envoyer quelque chose dans ta nouvelle maison. Tu veux bien ? »

– Quel genre de quelque chose ? »

Elle a soufflé et souri. « Je ne sais pas s'il vaut mieux que ce soit une surprise ou pas, mais tu te souviens que tu me posais des questions sur ma lampe ? Celle avec les papillons ? J'ai réfléchi et j'aimerais beaucoup te la donner. Ça me ferait plaisir de te faire ce cadeau pour ton nouveau chez-toi.

– Tu veux dire celle du salon ?

– Oui. Celle dont on a parlé. »

Le bus est passé devant notre restaurant de hamburger préféré à ma mère et moi, et où ma mère avait appelé les frites des frisettes.

« Merci beaucoup, Shrina. Mais je n'en veux plus.

– Ah bon ?

– Non. Tu devrais la garder.

– Tu es sûre ? Elle t'intéressait tellement l'autre jour, et je sais que j'ai dit que je voulais la garder, mais…

– Je n'en veux plus. »

On est descendues du bus et entrées dans la gare où un remugle d'huile de friture pour les donuts et d'encre d'imprimerie s'élevait des stands et des étals autour de nous. La lumière réchauffait le bâtiment bondé de voyageurs vaquant à leurs affaires, prêts à partir ; la baby-sitter est allée récupérer mon billet prépayé et m'a prise par la main en expliquant que nous avions rendez-vous avec l'accompagnateur dans un café. « Bon, si jamais tu changes d'avis… dit-elle en me pressant la main.

– Est-ce que je peux avoir mon billet ? »

Elle me l'a donné et s'est mise en quête du café.

« Shrina ? »

Elle s'est tournée vers moi. « Oui ? » Son regard continuait de chercher, sans doute pour deviner laquelle des personnes assises aux différentes tables était l'accompagnateur – le vieil homme barbu avec le journal ? L'un des deux hommes en costume assis qui discutaient en mangeant un scone ?

Je l'ai d'abord murmuré. La baby-sitter s'est à nouveau tournée. Elle n'avait pas compris, mais quelque chose dans mon ton avait retenu son attention, l'avait gênée. « Qu'est-ce que tu dis, Francie ?

– Il y a une bestiole en moi », ai-je répété plus fort. À ces mots, j'ai été prise d'un grand vertige.

Elle n'avait pas changé d'attitude de tout le week-end – gentille, fiable, jolie, joyeuse –, mais cette fois, elle m'a attirée vers un poteau en béton, à l'écart de la foule en mouvement. « Francie ! » s'est-elle exclamée en s'agenouillant devant moi. Son front s'est plissé. « Ta mère ne se sentait pas bien quand elle a dit ça. D'accord ? Tu es magnifique à l'intérieur et à l'extérieur. Tu comprends ? »

Elle m'a regardée droit dans les yeux, l'air scrutateur.

« Francie ? Tu n'as aucun problème, absolument aucun. »

J'ai répondu à ses yeux d'obsidienne étincelants par un battement de paupières.

« Francie ?

– Oui, Shrina.

– Est-ce que tu comprends ce que je te dis ?

– Oui.

– S'il te plaît, Francie. Qu'est-ce que tu comprends ?

– Que je suis magnifique à l'intérieur et à l'extérieur. Tu es au courant pour la bestiole ?

– Ton oncle m'en a parlé.

– Quand ça ?

– Quand ça ? Quand tu étais dans la voiture, je crois. Il était inquiet. Je le suis aussi. Tu comptes beaucoup pour nous tous. »

J'ai regardé la lumière se réfracter dans le diamant fantaisie rose de sa barrette. Les voyageurs et les travailleurs couraient de-ci de-là derrière elle. J'avais encore le goût des petites pattes de papillon dans la bouche.

« Pourquoi ? ai-je finalement demandé.

– Pourquoi quoi ?

– Pourquoi je compte tellement pour toi ? »

Elle a froncé les sourcils. « C'est difficile à expliquer. Il y a quelque chose qui nous relie. On est connectées, donc il faut qu'on prenne soin de ce lien.

– Mais non, ai-je dit en soutenant son regard. Je vais monter dans ce train et je ne te reverrai jamais.

– Bien sûr que si on se reverra ! J'en suis persuadée. »

Je l'ai regardée de près. « Shrina », ai-je dit.

42

La gardienne de l'immeuble se tient sur le pas de la porte avec son habituelle queue-de-cheval grise et son tee-shirt à motif floral. Un jour, elle m'a dit qu'elle vivait et travaillait dans cet immeuble depuis plus de dix ans, après avoir quitté le Kansas dans l'espoir de percer dans le cinéma. Elle peint des portraits d'animaux domestiques pour compléter ses revenus.

« Je pensais que vous auriez plus d'affaires maintenant, dit-elle en parcourant du regard le salon et sa population de cartons. Bonjour, dit-elle à Vicky qui est toujours assise par terre.

– Bonjour. »

La gardienne s'excuse de nous interrompre, il n'est pas question du balcon aujourd'hui, mais elle a entendu parler d'autre chose et elle veut en discuter avec moi, avoir quelques informations supplémentaires si ça ne me dérange pas. « C'est à propos de Jose », dit-elle en haussant les sourcils joyeusement. Je jette un coup d'œil à Vicky derrière moi, qui s'affaire à présent sur un grand carton, emballant soigneusement le grand vase orné de roses dans du papier de soie qu'elle fait ensuite tenir avec un autocollant en forme de fleur. « Est-ce qu'on peut parler dans le couloir ? » je demande. Vicky lève les yeux. La gardienne recule d'un pas. Elle tire sur le bout de sa queue-de-cheval. Tout son corps est encore dans l'appartement et elle ne baisse pas la voix. « Je discutais avec lui ce matin, dit-elle, et je voulais juste m'assurer que votre arrangement était réglo et légal. Je ne veux pas d'affaires louches dans mon immeuble », dit-elle. « Rien de louche, strictement rien. » Derrière nous, Vicky froisse bruyamment du papier de soie. « Il raconte qu'il a la clé de votre appartement ? » dit la gardienne. « Oui. » « Il raconte aussi que votre chambre est verrouillée. Pourquoi ? Une histoire de somnambulisme ? » Je lui dis qu'il s'agit simplement d'une mesure de sécurité. Qu'il se lève tôt pour aller travailler au champ de courses de toute façon. Et qu'avant d'aller travailler, il passe m'ouvrir. Autour de quatre heures et demie du matin. Personne d'autre n'est levé. Cela fait des années qu'on s'organise comme ça, personne ne s'est jamais plaint et c'est sa femme qui s'en occupe le lundi pour qu'il puisse faire la grasse matinée. « Et vous les payez ? » demande la gardienne. Je lui dis qu'on a même signé un papier ensemble au cas où qui que ce soit se poserait des questions. « Je peux vous le montrer, si vous voulez », lui dis-je. Elle m'observe attentivement, ses yeux comme de petits forets brillants, et derrière nous, le silence est désormais total. J'entends Vicky qui écoute, j'entends la forme et la qualité de son écoute qui prend tout l'espace derrière nous, et quand je me retourne, je n'ai aucun mal à suivre son regard qui passe sur la porte de ma chambre jusqu'au verrou qui, bien sûr, est fixé du mauvais côté.

La gardienne jette un autre coup d'œil au salon pardessus mon épaule. « Vous n'aimez vraiment pas les meubles, hein ? Est-ce que c'est encore une histoire de somnambulisme ?

– J'aime les choses simples.

– C'est une façon de le dire. » Elle rit. « C'est bon. Ça m'a l'air ok. Pas de cachotterie, hein ? » Elle agite la main en direction de Vicky, assise au milieu des cartons et qui la salue vaguement. La gardienne referme la porte. On entend les petits bruits de ses pas dans le couloir et le cliquetis de sa porte qui s'ouvre et se ferme.

43

Quand je reviens complètement dans le salon, les yeux de Vicky sont toujours braqués sur la porte et elle est silencieuse. Elle a cessé son activité d'emballage et a les mains sur ses genoux. Elle ignorait que la pratique qui avait inspiré son essai personnel avait perduré tout au long de mes études à UCLA, quand je soudoyais mes colocataires avec des desserts de la cafétéria, dans mon appartement précédent sur Riveton près de l'aéroport, là aussi avec un voisin, et jusqu'à aujourd'hui. Elle attrape un morceau de papier bulle et, d'une pression du pouce, fait éclater quelques bulles. Dans la rue, quelqu'un s'acharne sur son klaxon, et quand le bruit s'arrête, Vicky me regarde droit dans les yeux et demande d'une voix basse si ç'a continué tout ce temps. Est-ce que c'est *comme ça* que j'ai connu Jose ? Elle s'était imaginé que l'histoire du verrou avait pris fin quand j'avais déménagé. Elle est surprise, me ditelle. Je navigue dans le salon, fais des piles, arrange le tas de papier de soie, remets de l'ordre dans mon espace d'emballage. Dans la rue, la circulation se désengorge, ne reste que le bruit du passage des voitures, et l'immobilité de Vicky, l'incompréhension sur son visage, me fait peur. Après avoir rangé ce qui restait du matériel d'emballage à sa place, après avoir imposé un ordre arbitraire à l'espace de la pièce, je vais m'asseoir à côté d'elle.

D'une voix hésitante, la tête baissée vers le sol, tirant sur les fibres de la moquette, j'explique que ç'a continué tout ce temps, oui, que je ne lui en ai jamais parlé, que c'est sans doute déstabilisant, mais qu'en fait, la vérité c'est qu'elle est à l'origine de tout ça. Que c'est sa fontanelle qui, au début, m'a poussée à demander un verrou à Tante Minn, que je venais à peine d'arriver dans la maison à l'époque et que je fouillais chaque pièce à la recherche d'objets coupants parce que je me voyais sans cesse les planter dans son crâne et réduire son cerveau en bouillie. « Un peu comme le médecin qui a cogné ma mère contre la table, lui dis-je en secouant la tête. J'imagine que je voulais causer le même genre de dégâts chez toi. » Je commence à m'excuser, mais entre-temps, elle s'est mise debout et s'est approchée de la porte de ma chambre, tourne la poignée dans un sens puis dans l'autre, ouvre et ferme le verrou dans un cliquetis exactement comme elle le faisait à la maison quand nous étions dans le couloir avant d'aller nous coucher, discutant de tout et de rien, lançant des blagues idiotes sur les pets et les singes, et d'un coup, elle explose de rire. « Quoi ? » dis-je alors qu'elle se donne un coup sur le crâne. « Viens le toucher, dit-elle en appuyant sur ses cheveux. Viens le sentir ! Tout va bien. » Pour elle, toute cette histoire est ridicule parce que je n'ai jamais fait de mal à personne, jamais rien d'approchant, et que tout le monde voit bien à quel point je l'aime. Elle se penche et me jette à la figure une paire de chaussettes qui traînait là. « J'hallucine ! » dit-elle. Au moment de me lever, je vacille un peu. Je lui dis que c'est vrai, que je l'adore, mais qu'elle ne devrait pas le prendre à la légère parce qu'on ne sait jamais de quoi on est capable. Est-ce que personne ne lui a raconté l'histoire de la bouteille de poison ? Elle penche la tête. « Tu veux dire la fois où tu as trop assuré face à grand-mère ? » Je ramasse la paire de chaussettes et la range soigneusement sur une étagère. « Ou celle où j'ai fait tomber maman à la renverse ? » « Ce n'était pas ta faute. » « En partie, si. Et puis il y a toujours les bébés », dis-je en croisant enfin son regard. Elle me dévisage. « Quoi, tu crois que tu vas te réveiller au milieu de la nuit, entrer par effraction chez quelqu'un et trouver un bébé à massacrer ? » Elle laisse échapper un autre rire. Je me concentre sur les chaussettes, les roule ensemble une fois de plus. Les gens sont consumés par des pulsions qu'ils ne comprennent pas toujours, lui dis-je doucement. Il y a des vrais gens qui deviennent fous d'un coup, genre boum ! Peut-être que ça pourrait m'arriver, non ? Pourquoi ça ne m'arriverait pas ?

Elle appuie la tête contre le chambranle. Elle a un bleu verdâtre sur l'intérieur du bras suite aux répétitions techniques de *Notre petite ville.* Elle me l'a montré plus tôt. Le cadre en métal dans lequel on glisse les gélatines des projecteurs lui a écorché le coude.

« Tu sais quoi, Francie ? dit-elle, et son regard s'adoucit.

On va faire une expérience. Je vais venir dormir ici. Ok ? Tu diras à Jose qu'il a sa matinée de dimanche. J'ai une répétition samedi matin, mais je viendrai après et je dormirai dans le salon, sur l'horreur qui te sert de canapé, et tu laisseras la porte de ta chambre ouverte. On peut même retirer le verrou. J'apporterai la bombe lacrymo de mon cours d'autodéfense, et si tu te transformes en zombie meurtrier, je t'aspergerai avec. Ok ? On fait ça ? Je viens samedi après-midi. On pourra aussi dîner ensemble. C'est toi qui invites puisque tu culpabilises déjà pour tout. J'ai adoré la pizza de l'autre fois. Tu n'auras qu'à commander la même. Ça suffit maintenant ! »

Et elle sort de la chambre comme si elle sortait de scène alors qu'il n'y a nulle part ailleurs où aller.

44

Notre grand-père souffrait bien de somnambulisme, lui, mais il ne s'est blessé qu'une fois. En général, d'après grand-mère, il se réveillait en sursaut et retournait se coucher, mais un jour, il est vraiment sorti de leur chambre, a ouvert la porte de derrière et s'est posté sur la véranda. C'est sur cette même véranda branlante que je me suis tenue des années plus tard avec ma mère pour l'anniversaire de grand-mère, les branches tordues de la glycine s'enroulant dans les losanges de la treille blanche. Ma mère dit qu'elle s'en souvient bien ; elle était dehors sur le matelas où elle passait la plupart de ses nuits depuis peu, sous des draps qu'il fallait étendre chaque matin après la rosée. Elle s'est réveillée et a vu une silhouette à contre-jour devant la lumière jaune du salon qui restait toujours allumée au cas où elle aurait besoin d'aller aux toilettes. Elle a tressailli, effrayée. « Papa ? » a-t-elle dit d'une voix hésitante, et la silhouette a marmonné quelque chose au sujet du plein d'essence à faire en prévision du trajet. Le clair de lune projetait de faibles rayons sur l'herbe. « Papa, a-t-elle répété. On est en pleine nuit », et il a répondu que le réservoir était presque vide et qu'il fallait faire le plein pour le trajet. « Mais quel trajet ? » « Jusqu'au zoo », a-t-il dit. Cela faisait des années qu'ils n'étaient pas allés au zoo. Elle avait adoré cet endroit ; c'était l'un de ses préférés. Il a voulu quitter la véranda pour aller vers les buissons sur le côté, mais a trébuché sur la marche et s'est tordu la cheville en tombant, alors ma mère a appelé ma grand-mère, et toutes deux l'ont ramené à l'intérieur, ma mère nue, ma grand-mère dans une sorte de chemise de nuit en patchwork de coton. Dans la cuisine, ma grand-mère a désinfecté le genou éraflé et bandé la cheville de mon grand-père. La douleur l'avait ramené au pays des gens réveillés et il s'est gratté le crâne en s'excusant, puis a dit à ma mère de se couvrir et, quelques minutes plus tard, appuyé sur ma grand-mère, il a regagné son lit. Minnie a dormi pendant tout ce temps. Comme dans une autre évocation du *Déjeuner sur l'herbe*, ma mère et son corps ont regagné le jardin et se sont glissés sous la couverture. Le lendemain matin, mon grand-père n'avait que des bribes de souvenirs et a dû garder son bandage quelques semaines à cause de sa foulure. Ma mère m'a dit que l'effet de surprise lui avait fait peur, mais pas son père ; son père et son côté taciturne, son côté souvent agacé et distant. Elle s'est toujours demandé si ça n'avait pas été sa façon à lui de vérifier qu'elle allait bien. Elle avait eu l'impression que, de cette manière, il acceptait que le matelas fasse office de chambre. « Il n'a pas choisi d'aller dans le jardin de devant, a-t-elle dit en acquiesçant quand elle m'a rapporté l'anecdote, comme pour entériner l'idée. Là où la voiture était généralement garée. » C'est toujours ce qu'elle raconte quand elle veut parler d'un moment où elle a senti que son père l'aimait.

45

Vendredi, je passe une heure dans la tente sans que rien ne me vienne. Je suis agitée. La toile est brûlante. Les seuls souvenirs que j'arrive à convoquer – anniversaires, voyages à Disneyland – ressemblent bizarrement aux photos que j'ai vues de nombreuses fois dans les albums soignés de Tante Minn. J'envisage d'annuler les projets du week-end avec Vicky pour m'éclaircir les idées, de lui faire croire que je suis malade ou que j'ai un vide-grenier au même moment, mais quelle que soit l'excuse, elle saura que je mens ; quand j'étais au lycée, elle repérait chacun de mes mensonges, pourquoi je rentrais plus tard que prévu, qui je retrouvais, même s'ils étaient tous dus à Deena et ses rendez-vous douteux avec des garçons rencontrés en ligne. En plus, Vicky est têtue. Un jour, elle avait convaincu tous ses camarades du collège d'écrire chacun un mot à Tante Minn et Oncle Stan pour qu'elle puisse participer à la sortie aux Jardins Descanso plutôt que d'aller chez le dentiste. Après toutes ces années, certains de ces mots sont encore sur le frigo, jaunis par le temps : « Laissez V rejoindre les botanistes ! » « Plus de fleurs, moins de fluor ! » Burbank étant le nom d'un dentiste, cette rébellion avait donc plusieurs niveaux de lecture. Elle avait fait la sortie, bien sûr ; le rendez-vous chez le dentiste n'était pas si urgent. Plus tard, lors d'une de nos confessions nocturnes dans le salon mal éclairé accompagnées d'un verre de vin, Tante Minn m'avait raconté avoir entendu dire que certaines personnes captaient des ondes radio par leurs plombages et que ce jour-là, elle avait voulu faire remplacer ceux de sa fille parce que si Vicky se mettait à entendre des voix, m'avait-elle dit en détournant le regard, elle voulait être sûre de savoir d'où elles venaient.

Elle et moi étions restées assises en silence. Vicky s'était rendue aux Jardins Descanso, s'était amusée sous les portails orange du jardin japonais, et plus tard, ses plombages avaient été remplacés par du composite. Les miens aussi.

46

Le samedi, je fais mes courses puis je prépare des paquets toute seule pendant quelques heures. La semaine a été fructueuse côté vide-greniers. Pour vingt-cinq cents, j'ai acheté un saladier rose pâle en verre cannelé à une femme sur Wilton, à Hollywood, qui n'en voulait plus après une rupture amicale. Je le lave, en retire toute la douleur avec mon éponge et le vends comme neuf pour quarante dollars à Donna de Milwaukee qui me met cinq étoiles et dit que la qualité de l'emballage est excellente. Je récupère du pressing une écharpe de designer appartenant à une femme décédée et vendue par sa fille au regard morne à Woodland Hills en même temps qu'un trio de bracelets. Ces articles se transforment en boosters de vitalité soyeux et dorés pour Marine, une acheteuse d'El Cajon. Une ancienne copine de fac me contacte et propose qu'on dîne ensemble, je réponds que je suis prise par un projet professionnel complexe, mais que ça me ferait plaisir de la voir après, puis lui pose quelques questions sur elle et nous en restons là.

Vicky frappe à ma porte vers seize heures, vêtue d'une espèce de pull poncho qui ressemble un peu à une couverture et me rappelle beaucoup les accès modeux de ma mère. Elle a un petit sac à dos sur l'épaule. Elle me donne un coup de main avec les paquets, ajoutant du papier bulle en fonction des besoins, scotchant le papier de soie, mettant un petit autocollant en forme de fleur pour le style. Nous commandons une pizza, ainsi qu'elle me l'a demandé, ouvrons la boîte par terre, et elle mange assise les jambes étendues très écartées comme une danseuse, saupoudre sa part de flocons de piment rouge, ce que je ne l'ai encore jamais vue faire, me parle de cet idiot de Wendell qui joue Doc Gibbs et qui a l'air de croire que c'est une bonne idée de réciter ses répliques exactement de la même manière d'une représentation sur l'autre. « Non, mais l'écoute, quoi ! Où est l'écoute ? » Elle m'explique pourquoi elle a choisi d'éclairer l'avant-scène en bleu pâle et le fond du plateau en bordeaux plus sombre. « Ça donne une atmosphère étrange qui fonctionne hyper bien. Les acteurs disparaissent toujours, mais de manière un peu plus chaleureuse. » Je lui apporte les biscuits que j'ai achetés plus tôt, ses préférés – chocolat menthe en forme de violoncelle –, disposés en éventail sur une petite assiette, et un bref instant, je m'imagine être la baby-sitter, la meilleure des hôtes.

Quand elle a fini, elle débarrasse son assiette et va jeter un coup d'œil à la tente sur le balcon. Elle est en piteux état à force d'être exposée aux éléments depuis des mois, sa couleur orange a viré au jaune clair sur le côté à cause du soleil. Vicky déverrouille la porte coulissante.

« Tu sais que tu ne peux plus entrer dedans, hein ? » dis-je.

Elle se retourne, surprise. « Vraiment ?

– Même moi, je n'y entre que si j'y reste un bon bout de temps. Elle renferme pas mal de choses, maintenant.

– Je peux y rester longtemps, moi aussi.

– Elle m'est réservée, Vicky. Désolée. »

Elle ferme la porte, pianote avec ses ongles sur la vitre.

« De vraies choses ?

– C'est difficile à expliquer. Rien de concret, non. »

Ses ongles font des petits bruits d'agacement.

« Tout est tellement verrouillé, ici ! » dit-elle en s'affalant sur le canapé.

Nous regardons un film sur mon ordinateur, une comédie romantique qui se passe dans une librairie. En plein milieu, elle met le film sur pause pour aller aux toilettes et me demande si j'ai prévenu Jose qu'il pouvait prendre sa matinée. Je réponds que oui et qu'il a été surpris, qu'il a acquiescé avec ce qui ressemblait à de l'approbation. « Tu m'étonnes ! dit-elle en revenant et en allant se servir un verre d'eau à la cuisine. Il n'y a que toi pour croire que tu es dingue. »

Nous sommes toutes les deux nerveuses au moment de nous coucher, même si je me suis lavé les dents dans la même salle de bains qu'elle pendant au moins onze ans. Je sais comment elle frotte les siennes avec la brosse, comment elle crache et se rince la bouche. Elle m'est désormais plus familière que ma mère. Elle ferme la porte de la salle de bains tandis que je nettoie les restes de pizza dans la cuisine, et enfile son pyjama dont les motifs représentent des masques de théâtre tristes/joyeux en jaune et noir offert par une tante paternelle à l'esprit un peu premier degré. « Il est tellement too much, j'adore, pas toi ? Je vais le mettre pour ma première nuit dans la résidence étudiante et voir qui va prendre ses jambes à son cou. Ça sera peut-être la personne avec qui je chercherai à devenir copine. »

Je lui demande si le dépôt des candidatures est ouvert et elle me dit que c'est le cas depuis hier. Tout est prêt, tout est envoyé. Elle se frotte les mains. « Avec une conclusion géniale à mon essai.

– Dormir chez moi, tu veux dire ? »

Elle me lance un de ses regards. Ouvre son sac à dos et contemple la pièce.

« Bon, pour être honnête, je ne te fais pas confiance et je pense que tu es capable de te lever en pleine nuit pour t'enfermer. Tu vas devoir retirer le verrou.

– Je ne vais pas pouvoir dormir.

– Tu vas bien dormir un peu. » Elle fouille dans la grande poche du sac. « J'ai même apporté un tournevis », dit-elle en brandissant l'outil.

Elle est très douée pour ce genre de chose. Elle le démonte en quelques secondes. J'ai déjà l'impression que la chambre part à vau-l'eau, comme si elle allait déverser toute son essence dans le monde et sur moi aussi. Entre le trou dans la porte et le verrou par terre avec ses débris chirurgicaux de vis et de pêne, plus rien ne paraît faire sens.

Le sentiment d'être en présence d'un monstre que j'avais éprouvé chez la baby-sitter fait son retour, ces recoins tissés d'ombre qui se mettent à palpiter. Je me tourne vers elle, le regard vitreux. Elle trottine vers le canapé, glisse le tournevis sous son oreiller. « C'est bien, non ? Hyper efficace ! » et elle me montre aussi la bombe lacrymogène et comment s'en servir d'après ce qu'elle a appris durant son cours d'autodéfense : viser, vaporiser, ne pas hésiter. « Je suis parée, Francie, dit-elle allongée sur les coussins du canapé. Essaye un peu pour voir. »

47

Quand j'étais adolescente, ma grand-mère m'a envoyé une carte d'anniversaire. C'est la seule dont je me souvienne, et dedans, elle me disait que lors d'une fête des moissons organisée dans la région, elle avait croisé le médecin qui avait blessé ma mère, ils avaient discuté de la bouteille de poison et elle tenait à ce que je sache que le médecin ne lui en voulait pas. De son écriture déliée à l'ancienne, elle écrivait que ce qui m'avait peut-être gênée à son anniversaire des années plus tôt, c'était l'emballage rouge et festif. Avait-elle raison ? Si c'était le cas, elle comprenait. Depuis, elle avait décidé d'envoyer la bouteille de poison dans un simple sac en papier. Elle ajoutait que le médecin comprenait l'aspect rituel de l'envoi et qu'il donnait ensuite le poison à des dératiseurs locaux. Elle disait aussi qu'elle était fière de ma mère, de la façon dont elle m'avait élevée pendant des années, malgré les attentes et les inquiétudes de bien des gens dans son entourage, et elle était contente de voir que ma mère était très active dans son centre (pour une raison inconnue, ma grand-mère appelait toujours Hawthorne House « le centre »). Quant à elle, elle n'allait pas bien, ne savait pas quand ni si on se reverrait, mais était soulagée de savoir qu'avec Tante Minnie et Oncle Stan, et plus tard avec moi et même Victoria, ma mère serait toujours entre de bonnes mains. Sur la fin de ses jours, ma grand-mère pensait davantage à la famille et, elle ignorait pourquoi, cette fameuse fête d'anniversaire et l'objet que j'avais choisi comme centre de table lui revenaient souvent en mémoire.

Joyeux anniversaire, écrivait-elle. Voilà vingt dollars. Fais-moi plaisir et achète-toi quelque chose de joli.

Quand ma grand-mère est morte, ma mère a appelé et pleuré avec Minn, et quand Minn m'a passé le téléphone avant de se retirer dans une autre partie de la maison pour faire son deuil de son côté, j'ai ressorti la carte et j'ai lu à ma mère le passage sur la fierté. Elle a écouté en silence. Le billet de vingt dollars était toujours là, dans la pliure, vert, gris, abîmé. J'étais un peu triste pour ma grand-mère qui vivait dans mon esprit comme une sorte de formation rocheuse, mais cette histoire d'argent m'embêtait, j'avais l'impression d'avoir été soudoyée, alors j'ai glissé le billet dans une enveloppe et l'ai envoyé à ma mère quelques semaines après l'enterrement avec un petit mot disant que je l'avais trouvé par terre au lycée et qu'au même moment, quelqu'un avait hurlé « Elaine ! » à l'autre bout de la cour. Je ne pouvais donc pas ne pas le lui envoyer. Je savais qu'elle me croirait, que cette histoire inventée de toutes pièces lui plairait, et que ce billet de vingt dollars, à l'instar des futurs vases et écharpes glanés pour mon travail, serait lavé de son passé, ne serait pour elle que de l'argent liquide. Un cadeau venant de sa mère, sans que ni l'une ni l'autre le sache.

48

Lors de la première nuit passée enfermée dans ma chambre, il y a si longtemps, après que ma tante m'avait acheté un verrou à la quincaillerie comme je le lui avais demandé, j'étais restée près de la porte pour parler avec elle. J'ai été traversée par de nombreuses sensations cette nuit-là – la nervosité quand je vérifiais que la porte était fermée, l'accès de terreur en réalisant que j'étais coincée, les bruits de ma tante qui posait des questions, de Vicky qui avait le hoquet dans les bras de mon oncle, et surtout, avant tout, la pièce qui prenait forme autour de moi. C'était même encore mieux que quand je pouvais contrôler moi-même l'ouverture ou la fermeture de ma porte dans l'appartement de Portland sur Taylor Street : à Burbank, à la seconde où j'entendais le déclic du verrou, les objets prenaient tout leur sens. Ou plutôt, ils retrouvaient leur sens, ils avaient de nouveau du sens alors que plus tôt, ils semblaient brouillons et sans poids. Grâce à la limite imposée par la porte, la chambre devenait l'endroit où je me trouvais, une évidence, l'endroit où je passerais les neuf ou dix prochaines heures. Le matin, avant que cette tâche ne revienne à Vicky, je pouvais compter sur ma tante pour frapper à la porte et m'ouvrir à six heures et demie, l'heure à laquelle j'étais censée me lever, même s'il lui arrivait de le faire plus tôt si elle-même était debout, inquiète que je puisse avoir faim, soif, que je me sente seule ou triste. Elle m'a dit que voir le loquet du verrou en position horizontale la mettait mal à l'aise, « comme d'être sur un navire en train de couler », a-t-elle affirmé un matin, enveloppée dans son peignoir rose coquillage en me saluant avec un regard préoccupé. Mais mon navire était en parfait état. Au moins de cette manière, je m'étais trouvé une espèce de ressource pour moi-même. Je laissais la fenêtre entrouverte en cas d'incendie, mais je n'avais aucun désir de sauter au beau milieu de la nuit et ne craignais pas non plus de le faire. Vicky ne risquait strictement rien dans son berceau et en journée, je pouvais profiter d'elle, jouer avec elle sans avoir peur de la tuer dès que les grandes personnes seraient couchées.

En dehors de la gentillesse que m'ont manifestée Tante Minn et Oncle Stan, qui a bien sûr été fondamentale, quand je pense à cette période de transition, c'est le verrou, l'élément essentiel qui m'a permis de m'adapter relativement bien à ma nouvelle vie californienne.

(Ceci est l'essai qu'il m'arrive d'écrire dans ma tête en contrepoint de celui de Vicky.)

49

Vicky dort sur le canapé dans sa position habituelle, le cou découvert, la bouche légèrement ouverte, une jambe remontée haut comme une gazelle en plein bond. Je la vois à travers la porte ouverte de ma chambre. Dans mon lit, je n'arrête pas d'imaginer ramasser les différentes parties du verrou pour les remettre à leur place. Ces petites vis en laiton s'enfonçant dans la porte, là où elles devraient être. J'y pense sans cesse, me tourne et me retourne, bien réveillée, et au bout de quelques heures, je me lève. Dans l'appartement, tout me paraît hors de ses gonds, littéralement, comme s'il n'y avait plus aucune porte, que nous dormions sur le trottoir, et que le seul lieu qui m'appelle est la tente. Histoire de remplacer un petit espace autrefois efficace par un autre. Je passe devant Vicky sur la pointe des pieds, elle remue et marmonne quelques mots. « Toi, dit-elle doucement, trempée de rêve. Toi. » Sur le balcon, je laisse la porte ouverte au cas où elle aurait besoin de quelque chose, j'ouvre la tente, entre dedans, la referme. Je n'y suis jamais allée de nuit, avec la circulation nocturne qui crée de nouveaux arrangements sonores et un petit coulis d'air froid pas désagréable. Des lampadaires projettent une lumière diffuse sur un coin de la tente, le reste de la toile orange est plus sombre, presque noir. Je suis parfaitement réveillée. Je repense au voyage en train. À ce voyage et à ses deux visiteurs furtifs. À ce voyage en train avec l'aimable accompagnateur qui a pris soin de moi. À ce voyage en train avec ses paysages de flancs de montagnes, d'herbes ondoyantes et de grands conifères. Je sens cet élan qui me porte vers eux, la baby-sitter, l'accompagnateur, le contrôleur, la femme en tailleur, l'homme en costume, leur visage très net, presque inquiétant. L'obscurité les intensifie, les souvenirs s'installent, tout près, actifs, comme des créatures de la nuit qui détalent dans le noir. La respiration de Vicky à peine audible dans le salon me rappelle beaucoup ma première nuit chez la baby-sitter, sa propre respiration qui me parvenait de la mezzanine, cette nuit où les ténèbres avaient commencé à se replier sur elles-mêmes, où les rouages silencieux d'une antique machine s'étaient mis en branle. Ce bruit caractéristique.

50

Nous avons aperçu l'accompagnateur assis à une petite table avec un bagel aux graines de pavot, un carré de papier brun translucide et une brique de jus d'orange. Je me souviens qu'il portait une veste rouge écarlate avec un petit train noir brodé sur la poche de poitrine. La baby-sitter et mon oncle m'avaient parlé de lui : « Il a l'air très fiable », « Ça a toujours été un gentil gamin », mais j'ai ri quand il nous a fait signe de la main ; il avait des jambes exceptionnellement longues ainsi qu'un grand cou avec une grosse pomme d'Adam, et même une enfant de huit ans aurait pu dire qu'il était maladroit. J'ai imaginé ma mère allant à sa rencontre comme elle le faisait avec la plupart des nouveaux adultes qui s'occupaient de moi – les baby-sitters, les enseignants –, en lui prenant la main dans les siennes, en le remerciant tant et plus, le regard douloureux et agité. Il m'a saluée chaleureusement, a dit quelque chose au sujet de mon oncle ; bien que petit-cousin ou pas, il n'était à ce moment-là que le nouvel adulte dans la course de relais dont j'étais le témoin.

Pendant que le café diffusait une chanson bourdonnante, la baby-sitter a sorti un morceau de papier et s'est penchée vers l'accompagnateur pour faire le point sur les détails pratiques qu'il avait besoin de connaître. Je n'ai pas le souvenir que son nom à lui ait été mentionné. La baby-sitter m'a jeté un coup d'œil et lui a dit tout bas que pour le petit-déjeuner, j'aimais le porridge « avec du sucre roux », que plusieurs fois par jour, je fondais en larmes et que le meilleur moyen de me soutenir était de rester près de moi. « Elle n'a pas de peluche spéciale pour dormir ni quoi que ce soit, a dit la baby-sitter, mais elle aime avoir un peu de lumière. » « N'importe quelle lumière ? » « Je suis sûre qu'elle vous dira ça elle-même, a répondu la baby-sitter quand on a eu fini notre encas et qu'on s'est dirigés vers le quai. Mais elle a l'air de préférer ce qui n'est pas trop vif. »

Je marchais entre eux d'un pas trébuchant. Le papillon s'installait en moi, et malgré l'impression que j'avais de flotter, que les publicités alignées dans la gare pouvaient d'un moment à l'autre sortir de leur cadre comme l'avait fait le papillon, que tout – le hamburger, le chien de dessin animé, les lettres – était sur le point de surgir dans le monde, sans parler de cette sensation chaude et persistante d'avoir l'arrière du crâne qui saignait, ça n'était pas si désagréable d'être le centre d'une conversation, un sujet qu'il fallait apprendre à connaître. Avant de monter à bord, j'ai brièvement serré la baby-sitter dans mes bras, mais elle était déjà en train de se transformer en simple spectatrice anonyme, un visage qui me devenait étranger, et j'ai gravi les marches de notre voiture, l'accompagnateur a hissé ma valise à roulettes noire sur un rack à bagages en hauteur et m'a demandé si je préférais qu'il s'assoie à côté ou en face de moi. « En face », ai-je murmuré, et il a acquiescé avec une vivacité professionnelle. En quelques minutes, j'avais une rangée pour moi toute seule ainsi qu'une fenêtre, et il avait installé ses affaires de l'autre côté du couloir dans un carré famille. La pluie oblique s'est mise à frapper la vitre et je me suis assise avec le lapin en peluche marron et doux que j'avais appris à apprécier surtout parce qu'il n'avait rien de spécial et pouvait être remplacé par n'importe quel autre lapin acheté dans n'importe quel magasin de jouets, puis j'ai sorti mes mots mêlés. Alors que le train quittait la gare, je sentais, à la périphérie de mon regard, la main de ma chère baby-sitter qui s'agitait, son sourire étincelant et triste, ses yeux noirs humides, mais je ne la reverrais jamais, je le savais même si elle-même l'ignorait, donc j'ai entouré des groupes de lettres formant des mots qui n'existaient pas pour que les vrais mots soient plus durs à voir et m'obliger à refaire la recherche. La baby-sitter était à la gare ; j'étais dans le train avec un inconnu, ma mère était quelque part dans une chambre blanche pleine d'infirmières JKAKLWEL. FSTL. OPTGE.

Le contrôleur a franchi la porte automatique de notre voiture. « Terminus, Union Station, Los Angeles, a-t-il annoncé joyeusement en poinçonnant mon billet. Les couchettes sont dans la voiture suivante, ainsi que les douches. » Son ventre ressemblait à une vague à peine contenue par les boutons de sa chemise. « Vous voyagez seule, mademoiselle ?

– Avec moi, a dit l'accompagnateur depuis sa place de l'autre côté du couloir. Elle est avec moi. »

Le contrôleur s'est tourné. « Vous ne vous asseyez pas à côté ?

– Non », a dit l'accompagnateur.

Le contrôleur a remis sa chemise dans son pantalon. Il a pris son temps pour bien glisser nos billets dans leurs encoches attitrées. « Il n'y a pas beaucoup de monde de ce côté-ci, mais il se pourrait que vous ayez à changer de place plus tard. Apparemment, vous avez des couchettes séparées, a-t-il dit en examinant le billet de l'accompagnateur. Les moins de dix-huit ans ne peuvent pas dormir seuls.

– Non, bien sûr. Nous en partagerons une.

– Et l'autre.

– C'est pour autre chose.

– Comme ?

– Les bagages. »

Le contrôleur lui a adressé un regard sans expression et l'accompagnateur a levé les sourcils avec un air impérieux, comme s'il achetait toujours deux exemplaires de tout, comme si c'était la chose la plus naturelle et la plus classe moyenne du monde. Le contrôleur a fini par hausser les épaules, marmonner quelque chose sur le fait de venir vérifier plus tard, puis il est passé à la rangée suivante.

Quand le contrôleur a été hors de portée de voix, l'accompagnateur s'est penché vers moi. « On fera comme tu veux, a-t-il murmuré. Tu veux avoir ton propre compartiment couchette ? » J'ai acquiescé. « Très bien. On s'arrangera. Personne ne viendra vérifier. »

J'ai regardé sa bouche former des mots.

« Tu n'auras pas peur toute seule ?

– Non. »

C'était le premier mot que je lui adressais à voix haute, et nous en avons tous les deux perçu la sincérité.

J'ai passé les quelques premières heures du trajet sur mes mots mêlés et l'accompagnateur a lu par intermittence. Le paysage occupait toutes les fenêtres, des couleurs riches et fertiles tandis que nous traversions le centre de l'Oregon, longions des cours d'eau et des falaises vertes et escarpées. Nous sommes passés dans les villes arborées de Salem et Albany où des voyageurs sont montés et descendus dans des gares embellies par un joli bâti en brique, et quelques heures plus tard, nous avons aperçu les panneaux publicitaires pour les spectacles proposés à Ashland et qui se joueraient sur différentes scènes à près de deux cents kilomètres de là, à l'ouest. Cette ligne ferroviaire était célèbre, ainsi que je l'ai découvert par la suite. La Coast Starlight. Elle comptait parmi les choses à faire avant de mourir.

Tout au long du trajet, je me souviens d'avoir beaucoup regardé par la fenêtre, d'être revenue à mon cahier de mots mêlés de temps en temps pour entourer des lettres avec un stylo, mais c'est à peu près tout. L'accompagnateur prenait des notes sur une pile de vieux livres qui donnaient l'impression d'avoir été abandonnés dans une résidence secondaire en bord de mer et abîmés par le sel. Il était là et j'avais conscience de sa présence, mais j'avais confiance en lui sans avoir confiance ; dans l'ensemble, c'était une présence neutre qui ne faisait pas grand-chose pour entamer mon expérience de la solitude. Ou mon expérience de moi-même avec le papillon, celui qui s'était extrait de l'abat-jour et que je portais désormais en moi. Parfois, l'accompagnateur coulait tout de même un regard dans ma direction pour s'assurer que j'étais toujours à ma place, mais je n'avais pas vraiment besoin d'aller aux toilettes ni de me dégourdir les jambes, et rester très immobile en effectuant de brèves respirations semblait le meilleur moyen de ne pas me prendre de plein fouet ce qui m'arrivait. Un petit mouvement, même infime, et une vague de compréhension douloureuse déferlait à l'intérieur de moi, alors qu'en restant statufiée, j'arrivais presque à endiguer ma prise de conscience.

Le train sifflait, traversait des couloirs entre les montagnes. De joyeuses balises avaient été réparties le long des voies pour nous accueillir à Eugene, capitale de l'Oregon. Sur le panneau de la gare, quelqu'un avait collé le dessin d'une sturnelle, l'oiseau symbole de l'État, s'envolant dans une explosion de jaune au-dessus de nos têtes.

Nous avons stationné à Eugene plus longtemps qu'ailleurs, et une fois le train reparti, l'accompagnateur m'a proposé d'aller dans la voiture-restaurant dès que son ouverture a été annoncée. Nous sommes entrés dans ce petit compartiment élégant, avec de petits porte-verres posés sur chaque table projetant une lumière de bougie vacillante sur les nappes rouges. Nous nous sommes assis et des adultes, des femmes surtout, m'ont souri, demandant à l'accompagnateur si j'étais sa fille ou sa petite sœur. Il leur a rendu leurs sourires en silence. « Qu'est-ce qu'elle est mignonne en tout cas ! » a dit une femme plus âgée avec une veste à motifs en passant pour s'installer plus loin. Je me suis mise du côté où je pouvais voir les paysages que nous quittions et, dehors, par les grandes fenêtres panoramiques, je voyais la lumière dorée baigner l'espace environnant au fur et à mesure que le soleil approchait de la ligne d'horizon. Le tintement des couverts et le brouhaha des conversations emplissaient le wagon. Quand on nous a servis, l'accompagnateur et moi sommes restés silencieux, comme si mon oncle lui avait vraiment dit de ne pas me parler, et mon esprit a été envahi de non-pensées, de blocs de sensations : le crépuscule doré, l'étincelle sur le verre d'eau, l'odeur de frites croustillantes, notre mouvement cahotant tout au bord des terres. Après le dessert – de la glace dans des coupes en métal –, alors que le soleil disparaissait derrière les collines, l'accompagnateur a sorti de sa poche de veste le papier que lui avait donné la baby-sitter avec les instructions et l'a lu comme il pouvait dans la lumière rose déclinante.

« Ça dit que tu dois te coucher à vingt heures trente. Il est dix-neuf heures trente. »

Je me suis détournée de la fenêtre. Il avait de petits yeux sombres, des paupières à l'aspect rêche, fines comme du papier. Sa bouche, grande et mince, ressemblait un peu à celle de mon oncle en effet. Il a pris un de ses livres. « Tu veux que je te fasse la lecture ? »

C'était un ouvrage jaune moutarde, couvert de taches rondes laissées par diverses boissons.

« Baleines, a-t-il déclaré. Cette semaine, je lis sur les baleines. »

Je n'ai pas réagi, il a réfléchi un moment, puis a ouvert le livre plus ou moins à la moitié, là où se trouvait son marque-page. Il n'est pas revenu au début, mais s'est mis à lire à voix basse, une voix sourde que même la table d'à côté n'aurait pas pu entendre, en partant de là où il s'était arrêté. Je me suis carrée dans ma banquette. Je me sentais si fatiguée. Le papillon et mes pensées au sujet du papillon attendaient que je sois à nouveau seule pour que je me penche sur eux, mais tout le reste me faisait l'effet d'un tourbillon, un tourbillon qu'il fallait négocier minute par minute, avec ma mère au centre et, autour, de petites choses auxquelles me raccrocher, des rampes à trouver, et la façon qu'il avait de lire en était une. « Le capitaine se tint à côté du mat pour observer la forme dans l'eau au loin. » Dehors, la lumière du soir virait au bleu le plus pâle. À la table voisine, deux enfants accompagnés de leurs parents ont fait tomber leurs fourchettes par terre dans un bruit métallique. « Ça suffit, Evan, on est au restaurant ! » Je n'avais que huit ans, mais cette lecture comptait pour moi. Au début, je n'entendais que des mots sur des baleines qui n'étaient reliés à aucune histoire ni aucun contexte, et qui étaient donc faciles à écouter, qui ne cherchaient pas à m'appâter. Je n'avais pas l'énergie de m'intéresser à un livre, et le reprendre du début aurait pu exiger de moi une attention que je ne possédais pas, mais en poursuivant sa lecture où il l'avait laissée, l'accompagnateur pouvait être emporté par l'histoire et moi l'écouter uniquement quand j'en avais envie, garder tout le reste à l'intérieur de moi pour continuer de vivre chaque instant de l'expérience humaine. Par ce choix minuscule, il avait finement calibré sa position par rapport à moi, affirmé que nous étions deux personnes distinctes. Le chapitre parlait d'une baleine blessée à une nageoire et secourue par une série de plongeurs au large de l'Australie. Le bleu du ciel s'est intensifié et, en repensant à ce moment des années plus tard, ce qui m'arrive assez régulièrement, entendant à nouveau la voix de l'accompagnateur, nous imaginant roulant dans le paysage nocturne depuis l'obscurité de la tente, j'arrive à voir les ombres de plus en plus denses des arbres et des maisons qui se mêlent à la famille de baleines, aux plongeurs et aux bancs de poissons filant à toute vitesse.

Il a lu pendant environ une demi-heure alors que les gens entraient et sortaient de la voiture-restaurant, que je somnolais à moitié, puis a signalé au serveur que nous n'avions plus besoin de rien et nous nous sommes contentés de regarder par la vitre les petites villes qui se découpaient le long des voies.

À vingt heures quinze, nous avons retrouvé nos places assises, il a descendu ma valise, sorti ma brosse à dents de mon sac ainsi qu'une serviette rouge que je ne me souvenais pas d'avoir emportée et a surveillé la porte de la salle de bains pendant que je me préparais. Dans le compartiment couchette, il a demandé s'il pouvait entrer et a inspecté les lieux jusqu'à ce qu'il trouve la veilleuse pas trop vive près d'un lit en hauteur. « C'est bon ? » « Oui. Merci. » Je l'ai éteinte quand il est parti. Il m'a dit qu'il serait juste à côté et que je n'avais qu'à taper contre la cloison si j'avais besoin de quelque chose, quoi que ce soit. « J'ai le sommeil très léger, a-t-il dit, et j'ai l'oreille fine. Si tu as besoin de moi. Donne un coup. D'accord ? » « D'accord. » « Est-ce qu'on fait un essai ? » « Non, c'est bon. » « Tu es confortablement installée ? » « Oui. » « Alors bonne nuit, Francie. » « Bonne nuit. »

J'ai alors senti les larmes s'amasser à nouveau au fond de moi comme les nuages s'agrègent plusieurs fois par jour, s'assemblent jusqu'à avoir quelque chose de concret à évacuer, alors j'ai fermé la porte au nez de l'accompagnateur qui s'est laissé mettre dehors. Je n'ai pas retenu mes sanglots, n'aurais pas pu, mais je me suis mise le plus loin possible de la cloison que nous partagions, sous une des couvertures rugueuses du train, et il n'a rien dit et n'a pas frappé à la porte.

Quand j'ai eu terminé, j'ai enfilé ma chemise de nuit, je me suis allongée sur la petite couchette bosselée et j'ai remonté la couverture sur moi. Le train cahotait. J'avais verrouillé la porte coulissante, tiré les fins rideaux jaunes et éteint la lumière, et mon corps dans ce lit, le lapin brun insignifiant dans mes bras, j'ai laissé mon esprit se détendre et reprendre le cours naturel de ses réflexions au sujet du papillon. Je ne voulais pas songer à ma mère, et ne me rappelle pas l'avoir fait consciemment. Dans le lit, dans la tente, le souvenir créant sa propre lueur, je me suis plutôt repassé en boucle la séquence chez la baby-sitter : l'abat-jour avec son imprimé de papillons dorés, le miracle qui se cachait parmi eux, la sensation puissante de tiraillement, l'apparition soudaine du papillon flottant dans l'eau, et enfin, le verre d'eau que j'avalais, le papillon glissant dans ma gorge et dans l'obscurité de mon organisme. C'est seulement à cet instant, dans la pénombre et le calme relatif de ma voiture-lit, au milieu des bruits des autres voyageurs qui allaient et venaient derrière la porte, du claquement du loquet de la porte des toilettes, de la chasse d'eau qu'on tirait, des fragments de conversations entre inconnus qui riaient des difficultés à se croiser dans des espaces exigus, que j'ai repensé au papier ramassé sur la pelouse de l'école, le polycopié avec le contrôle sur les scarabées trouvé deux jours plus tôt, autant dire un siècle, et que j'avais plié avec beaucoup de précaution puis rangé dans la petite poche de mon sac. Le sac était juste là, par terre au pied du lit, et je l'ai hissé sur la couverture en laine. Quelles étaient les chances, vraiment, pour que le seul papier abandonné sur la pelouse soit une feuille avec une image d'insecte ? De tous les papiers possibles dans tous les sacs appartenant à tous les enfants des différentes classes ? Je n'étais pas non plus passée à côté – ce papier m'avait attirée à lui comme s'il avait enfoncé griffes et crochets dans ma peau, et je crois que seule une inondation ou l'explosion d'une bombe aurait pu m'empêcher de courir pour aller le ramasser et le rapporter à la maison. Je savais qu'il m'appartenait depuis l'autre bout de la pelouse, comme j'avais su que cette lampe était à moi à l'instant où j'avais mis le pied chez la baby-sitter.

Une palpitation d'angoisse m'a parcouru le corps. Le sac entre les mains, j'attendais, observant la poche fermée, à croire que même avec la fermeture éclair tirée, j'allais voir les antennes du scarabée surgir de la feuille, ou plutôt les scarabées, leurs pattes et leur corps cliquetant. J'avais mon destin devant moi, la sensation de n'avoir de contrôle sur rien dans cette vie qui était la mienne, et que ce qu'on me montrait, je ne pouvais pas ne pas le voir. Il suffit de deux éléments pour créer un schéma. Je ne savais pas si quelque chose avait pris forme dans mon sac, mais je sentais néanmoins le poids de l'instant, l'enclenchement de ses rouages souterrains, mes lèvres serrées, ma mâchoire contractée, et le fracas métallique des rails tandis que nous traversions des villes et des villages où des gens vivaient leur vie dans des maisons, à l'intérieur de leur corps, chacun dans son compartiment, l'accompagnateur dans celui d'à côté lisant son livre.

J'arrivais juste à tenir le sac. Ouvrir la poche à ce moment-là aurait été le geste d'une autre personne que moi. Je l'ai serré contre moi avec le lapin en peluche, et comme tant de voyageurs qui m'avaient précédée pendant des décennies et dans différentes régions, dans des livres et dans la vie, la présence de choses douces et le ronron métallique du train m'ont bercée jusqu'à ce que je m'endorme.

51

Vicky remue sur le canapé. Je sors, j'attends. En bas, les feux de signalisation changent. À cette heure-ci, les rues sont plutôt tranquilles. Je suis au bord de quelque chose. Ne te réveille pas, Vicky, lui dis-je en pensée, ne te réveille pas. Dors, continue de dormir. Je ne vais pas te faire de mal. Ne t'approche pas. Il y a des années, j'avais entendu la baby-sitter s'endormir, senti son esprit en état de veille quitter la pièce, et elle avait été à la fois vivante et endormie. Cela avait compté pour moi, à l'époque, de partager l'espace de quelqu'un de vivant et d'endormi, d'à la fois rassuré et abandonné. Elle pousse un soupir, change de position. Les coussins du canapé se distendent. Des roues traversent la ville.

52

Des heures plus tard, au milieu de la nuit, on a frappé à la porte de mon compartiment. Je dormais profondément, apaisée par le mouvement du train, rêvant d'une sorte de rivière, une rivière rocailleuse par temps froid avec des poissons heurtant les rochers et se cabrant dans les airs, quand mon corps s'est réveillé en sursaut, violemment, comme si j'étais l'un des poissons ayant heurté un rocher. Le bruit, avant qu'il se rattache à quoi que ce soit de concret, n'était qu'un martèlement, des coups puissants qui arrivaient de partout, faisant trembler les murs avant de se solidifier et de se poser sur ma porte, façonné et plus petit, émis par une main.

J'étais groggy, à moitié endormie et le plus simple était de répondre aux semonces, alors je me suis levée et j'ai ouvert la porte.

Une bourrasque d'air froid s'est engouffrée dans le compartiment. Dans le couloir se tenait une femme portant une veste par-dessus un tailleur de couleur foncée, un chapeau de couleur foncée sur la tête et un bout de papier à la main. C'était une femme adulte. Je ne la connaissais pas. Son apparence était terriblement ordinaire. Les traits bien équilibrés et vagues. Je n'avais aucune idée de l'heure qu'il était – le milieu de la nuit ou une heure à laquelle des adultes pouvaient encore être debout.

« Bonjour ! a-t-elle dit en baissant les yeux vers moi. Pardon. Désolée de te réveiller. Est-ce que tu as un papier ? »

J'ai froncé les sourcils. « Un papier ? Comment ça ?

– Un papier ? » Elle a consulté son propre bout de papier.

À côté, l'accompagnateur a ouvert sa porte. « Pardon ? Est-ce que je peux vous aider ?

– Je cherche un papier », a dit la femme en se tournant vers lui.

Il s'est avancé pour la bloquer comme un joueur de football américain, comme si elle allait entrer de force dans mon compartiment et me renverser. Mais elle a à peine réagi ; elle était très guindée dans ses vêtements. Pas un cheveu ne dépassait de sa coiffure au point qu'on aurait dit qu'ils étaient faux, ou que des traits épais avaient été dessinés au marqueur sur son crâne.

« Quel genre de papier ? »

Elle a de nouveau consulté le sien. « Je ne sais pas. » Elle a relevé les yeux vers nous avec un grand sourire. « Pardon. Je crois que je dois me renseigner davantage. Je m'excuse de vous avoir réveillés.

– Vous êtes sûre d'être dans la bonne voiture ? »

Elle a acquiescé. « Oui, a-t-elle répondu en s'accrochant à son sourire. Pour ça, c'est bon. Je m'excuse une fois de plus.

– Comment vous appelez-vous ? » a demandé l'accompagnateur, mais elle était déjà partie. Au bout de la voiture, elle a franchi la porte du sas.

L'accompagnateur s'est tourné vers moi. Il portait un pyjama en flanelle grise et ses yeux avaient l'air encore plus petits, comme une taupe au réveil. « Ça va ?

– Oui.

– Un papier ? Elle voulait un papier ?

– Je ne sais pas. C'est ce qu'elle a dit.

– On demandera au contrôleur demain. On ne devrait pas autoriser les gens à frapper aux portes des compartiments à minuit ! Tu es sûre que ça va ?

– Oui.

– Tu es bien installée ?

– Oui. »

Il est resté là. « Retourne te coucher. Je vais attendre un peu ici. Je garderai ta porte.

– Je n'ai pas eu peur.

– Quand même. Je serai là. Je suis là si tu as besoin de moi. »

Il s'est approché et m'a regardée grimper dans mon lit. Mais sa présence signifiait que la lumière du couloir se déversait à l'intérieur, l'air brassé par le mouvement du train faisait beaucoup de bruit et il s'est vite mis à faire froid dans le compartiment, alors je lui ai dit que j'allais verrouiller la porte et j'ai promis de ne plus ouvrir à personne.

Il a acquiescé avec regret.

« Tu ne veux pas que je reste avec toi sur l'autre couchette… ?

– Non », ai-je dit en fermant la porte.

Nous avons parlé au contrôleur très tôt le lendemain matin, mais personne d'autre n'avait rapporté le moindre incident avec une femme frappant à la porte des compartiments en pleine nuit pour demander une feuille de papier. Il n'avait vu personne dans le train correspondant à cette description. Suite à ma question, le contrôleur m'a affirmé que ma mère n'avait pas appelé sur la ligne d'urgence du train ni sur son téléphone portable personnel pour savoir dans quel compartiment je me trouvais, cela n'avait donc rien à voir avec elle. « Je vais garder l'œil ouvert », a dit le contrôleur en se grattant le front et l'accompagnateur l'a remercié plusieurs fois. « Une femme avec un chapeau de couleur foncée, a-t-il ajouté tandis que le contrôleur s'éloignait. Comme sortie d'un film. » Nous avons regagné nos places assises, le soleil venait juste de se lever et, à travers la fine lumière grise, j'ai regardé les gens monter à Emeryville, un nouvel afflux de voyageurs qui mettaient leurs valises au-dessus des sièges et dans les espaces réservés du couloir. J'ai répété à l'accompagnateur que je n'avais pas eu peur. « Elle voulait juste une feuille de papier. Rien de grave. » Ce n'est qu'à cet instant, dans le train, dans la tente, en regardant un petit homme embrasser une femme pour lui dire au revoir sur fond de montagnes brunes dans le nord de la Californie encore dans l'obscurité, ce n'est qu'en le disant tout haut que j'ai fait le lien avec le papier dans mon sac, celui avec les scarabées, que je n'avais pas encore eu le temps d'inspecter.

Je n'ai pas adressé la parole à l'accompagnateur durant le petit déjeuner et, quand il a repris la lecture à voix haute de son livre sur les baleines, j'ai regardé par la fenêtre et me suis reraconté l'événement de la veille : les coups frappés à la porte par la femme, son visage, l'information erronée.

À ma demande, nous sommes descendus du train à Salinas pour tenter d'appeler ma mère d'une cabine téléphonique de la gare. À l'autre bout de la ligne, l'infirmière est allée voir si elle était disponible et j'ai été mise en attente cinq minutes tandis que les passagers achetaient des muffins aux stands autour de nous, faisaient la queue pour un café, sirotaient leurs boissons, bavardaient, l'accompagnateur droit comme un i et immobile devant la cabine. L'infirmière est revenue et m'a annoncé que ma mère n'était pas encore prête. « C'est important d'y aller lentement, a-t-elle dit d'une voix douce. Je suis désolée. » Je suis restée silencieuse jusqu'à ce que l'infirmière ajoute : « Allô ? » et j'ai raccroché. L'accompagnateur m'a dévisagée et a demandé si je voulais quelque chose à grignoter vu que mon oncle lui avait donné du liquide, et même s'il était encore tôt, j'ai demandé un hot-dog. Il en a acheté deux à un vendeur tout proche et nous les avons mangés sur un banc dans une sorte de jardin à l'arrière de la gare où quelques vieux plants de tomates aux tiges difformes poussaient dans les bordures. Le soleil étendait sa couleur pâle du matin sur les prairies qui jouxtaient les maisons non loin. On a fait plus de la moitié du chemin, m'a dit l'accompagnateur en mâchant son hot-dog qu'il avait bourré de sauce relish et de moutarde. Il y a de magnifiques plantations d'ail plus au sud, a-t-il indiqué. Je lui ai demandé s'il aimait travailler pour le train et il s'est essuyé la bouche, a affiché un large sourire et dit qu'il ne travaillait pas pour le train, qu'il était étudiant et pouvait m'accompagner parce que c'étaient les vacances de printemps et qu'il n'avait pas cours cette semaine. Il a tapoté une serviette sur sa joue pour retirer un reste de moutarde qui a fini sur la serviette, laquelle finirait bientôt dans la poubelle. Tout est en mouvement perpétuel. Il m'a raconté qu'il en profiterait pour aller à la bibliothèque de Pasadena où il y avait des livres qu'il voulait consulter, et quand ce serait fait, il rentrerait en avion. Une fois que je serais installée. Mon oncle viendrait me chercher à la gare.

Je me suis tournée pour le regarder. Pourquoi est-ce qu'il avait une veste avec un train dessus s'il ne travaillait pas pour le train ? ai-je demandé.

Il a ri : « Tu as remarqué ? Je suis trop content. Je l'ai déterrée de mon placard vendredi quand ton oncle m'a expliqué la mission. Je l'ai achetée il y a des années. La coïncidence m'a bien plu. »

Quelque chose dans cette veste n'allait pas, mais rien n'allait de tout façon donc j'ai jeté mon hot-dog ainsi que sa caissette en papier plissé dans la poubelle où ils pourraient poursuivre leur existence avec la moutarde sur la serviette et tous les déchets des précédents passagers du train. Non loin de là, un homme mince et barbu se déplaçait avec un sac plastique, ramassant les ordures à l'aide d'un bras-pince. « Embarquement immédiat ! » a lancé le contrôleur et, alors que la brise soufflait entre les feuilles déchiquetées des plants de tomates, nous avons abandonné nos déchets et emporté nos corps ailleurs. Tout cela paraissait si affreusement familier, je revoyais la file de voitures qui attendaient devant l'école, ma mère et moi comme deux points clignotants sur une carte s'éloignant l'un de l'autre à chaque minute qui passait, de plus en plus séparées, et une fois à bord, une vague de courage aigre m'a parcourue, rance, impérieuse, et quand nous avons retrouvé nos places et que le train a redémarré, j'ai sorti le sac violet de sous mon siège.

« S'il te plaît », ai-je dit en le poussant vers l'accompagnateur. J'ai pointé l'index vers la petite poche.

« Tu veux que je l'ouvre ? » Il a tiré sur la fermeture. « De quoi tu as besoin ?

– Je veux savoir ce qu'il y a dedans. »

Il a fouillé. « Quelques stylos ? Du papier ?

– Un insecte ? »

Il a retiré sa main et ri de surprise. « Un insecte ?

– Un scarabée ?

– Un scarabée vivant ?

– Ou peut-être deux ?

– Tu es sérieuse ?

– Tu peux sortir le papier ? Celui qui est plié. S'il te plaît. » J'étais penchée en avant, parlant plus fort que d'habitude, mordant dans les mots. C'était de loin la conversation la plus intense que nous ayons eue. Il a pincé les lèvres et, avec précaution, il a extirpé le papier par le bord avec deux doigts.

« Celui-ci, tu veux dire ?

– Tu veux bien le déplier ?

– Il y a des insectes là-dedans ?

– Je ne sais pas. »

Il tenait le papier comme si c'était un torchon sale, et de l'autre main, il a refermé la petite poche et reposé le sac par terre. À cet instant, il a été clair que le papier n'était que du papier, sans rien à l'intérieur, sans rien qui en dépassait, et quand l'accompagnateur l'a déplié, il était blanc. Comment puis-je expliquer une chose pareille, y compris à moi-même ? Le papier n'était pas totalement vierge, même pas en grande partie, mais il l'était plus qu'avant. Des scarabées étaient dessinés dans deux cases et la troisième, celle du bas, était vide. Dans celle-ci, l'illustration avait disparu, les lignes des légendes qui partaient du carré étaient toujours là, mais l'écriture hésitante de l'élève s'était elle aussi volatilisée. Le train filait, et le contrôleur est passé poinçonner les nouveaux billets. Non sans effort, j'ai demandé à l'accompagnateur de me donner le sac, s'il te plaît, merci, me raccrochant à ces formules de politesse, des ancres dans le monde de la normalité, et il me l'a donné en secouant la tête et riant un peu, puis il est allé aux toilettes pour se laver les mains. Un léger courant d'air a traversé la voiture. Deux femmes assises à l'autre bout du compartiment ont éclaté de rire. Il avait laissé le papier plié sur la tablette rétractable et j'ai profité de son absence pour le saisir par un coin, les doigts tremblants. Le papier ne me servait plus à rien, ça n'était plus qu'une carcasse, un coquillage vide que j'ai glissé dans la fente laissée par la vitre entrouverte. Je l'ai regardé voleter au-delà des rails et se poser au sol. Peut-être qu'il trouverait cette femme, où qu'elle soit. Peut-être qu'elle pourrait retracer son histoire mieux que moi. Je l'ai regardé tomber sur les pierres jusqu'à ce qu'il soit hors de vue, puis j'ai passé mon sac à dos sur mes épaules et suis moi aussi allée me laver les mains.

L'accompagnateur m'a trouvée devant les toilettes et m'a demandé si ça allait, il a dit que j'avais l'air pâle et que si je voulais me reposer, je pouvais toujours retourner dans le compartiment couchette. Ou me reposer sur mon siège. Lui n'était pas fatigué. Il serait à côté. Est-ce qu'il y avait un problème avec le papier qu'il avait sorti ? a-t-il demandé. Est-ce que je croyais… est-ce que c'était ce papier que la femme cherchait, à mon avis ? Je n'ai rien répondu, mais il a détourné le regard, les sourcils froncés, peiné, et aussi gentiment et doucement qu'il a pu, il m'a dit que d'après lui, cette femme ne serait pas debout à des heures impossibles juste pour voir mes devoirs. « Je ne pense pas qu'elle parlait de ce papier-là, a-t-il dit. Je suis désolé. » Le train a traversé un tunnel, noir. L'accompagnateur a eu du mal à croiser mon regard, mais pas une seconde je ne l'ai perdu de vue ; je l'avais dans mon viseur à ce moment-là, sa maturité d'adulte et son raisonnement, je notais ce fossé bien connu entre nous, ce fossé où une couverture peut être « quelqu'un », entre le monde des penseurs rationnels et le reste. C'était un homme qui allait à l'université et dans les bibliothèques, et qui lisait des histoires de baleines. Je me sentais une espèce de pouvoir sur lui, et je lui ai dit que oui, c'était une bonne idée, j'irais dans la couchette un petit moment. J'ai traversé les différentes voitures avec mon sac bien harnaché sur mon dos, les fenêtres faisant à nouveau entrer la lumière du jour, l'accompagnateur me suivant en silence pour ne pas me déranger par sa présence.

Dans la couchette, avec les rideaux toujours tirés, la lumière était d'un jaune cru d'après-midi. Je me suis allongée sur le lit et j'ai écouté le train rouler un moment. J'avais une tâche à accomplir et je la portais dans mon esprit exactement comme si c'était un objet solide, mais j'ai patienté encore un peu. Comme si elles avaient été programmées, les larmes me sont montées aux yeux et je m'en suis débarrassée dans cette même couverture en laine grise et rêche. La voix inquiète de l'infirmière au téléphone. Ma mère incapable de parler. Une femme qui riait à l'extérieur de la couchette à propos d'une histoire de cabine. Les pas d'un enfant qui courait. Je ne vais pas y arriver, ai-je pensé en m'essuyant les yeux, sachant très bien que si. Je me suis assise dans le lit et j'ai posé le sac sur mes genoux.

Je ne voulais pas le voir d'abord avec mes yeux, je voulais que ce soit ma main qui le voie, alors j'ai fermé les yeux. Comme toujours, l'obscurité m'a aidée : l'obscurité dans laquelle je sentais plus clairement qui j'étais, l'obscurité de ma chambre sans lampe de chevet. Mon cœur s'est mis à battre dans ma gorge et j'ai palpé le sac pour trouver la fermeture éclair de la petite poche, j'ai tiré sur la languette pour l'ouvrir et glissé ma main à l'intérieur.

À côté, l'accompagnateur s'était très certainement recouché pour lire. Je le sentais presque lire en silence, étudier, je sentais les autres passagers, le train qui arriverait à son terminus dans sept heures, qui dépasserait bientôt le bleu doré éblouissant de San Luis Obispo et les énormes roches léchées par la mer à Morro Bay que je verrais une fois retournée à ma place assise, hébétée, le nez collé à la vitre. J'ai tâté l'intérieur de la poche, lentement et jusqu'au fond, palpé les stylos et leur fin cylindre en plastique, un ou deux bouchons solitaires, jusqu'à la couture. Le bord de la toile s'effilochait, mes doigts sont partis d'un coin de la poche et ont commencé à avancer, puis le contact a rapidement eu lieu. La chose était solide et délicate, ne bougeait pas. J'ai évalué sa forme, ovale avec des tiges qui en sortaient de chaque côté. J'ai senti le dos lisse et les longues antennes. Un scarabée. Ce qui ressemblait à un scarabée mort. Je l'ai soulevé par une patte, l'ai déposé au creux de ma paume et, les yeux toujours fermés, je suis restée un moment immobile, l'insecte dans la main.

J'ai du mal à décrire ce que je ressentais ; en tant qu'enfant, j'étais plongée dans un monde d'émotions qui n'avaient pas de nom, et dans la tente du souvenir, m'efforçant de retrouver ce que j'avais éprouvé, le seul mot qui m'est venu à l'esprit est « résignation ». Il était là. Il affirmait totalement sa présence. Je sentais son petit poids mort dans ma main. Il avait pris forme. Impossible de le nier. Quand j'ai fini par ouvrir les yeux, ça n'était plus qu'une pensée après-coup, tout juste utile à ajouter de la couleur. J'avais passé les doigts dessus pendant de nombreuses minutes et connaissais bien sa forme et sa taille. Le soleil avait disparu derrière un nuage et, dans la lumière à présent grisonnante de la voiture-lit, il avait l'air tout bonnement noir, même si, quand je le montrerais à Vicky des années plus tard, les rayons éblouissants qui entraient dans ma chambre par une journée où le ciel de la vallée était dégagé, cette lumière et l'angle auquel elle frappait révélerait une lueur rouge sombre, et, accroupie à côté de moi, Vicky alors âgée de quatre ou cinq ans aurait le souffle coupé par tant de beauté.

Je l'ai gardé entre mes mains un moment, et puis je l'ai remis dans la poche de mon petit sac à dos que j'ai refermée.

53

Nous avons essayé de joindre ma mère depuis la cabine de Santa Barbara, et depuis celle d'Oxnard, mais à chaque fois l'infirmière disait que ma mère était soit avec le médecin soit en train de se reposer. Le téléphone portable de l'accompagnateur ne fonctionnait pas bien dans le train à cause du type d'abonnement qu'il avait souscrit, mais la réception était de toute façon mauvaise dans le train. « Dites-lui que c'est Francie », ai-je demandé, et elle a répondu qu'elle comprenait combien c'était important, mais qu'elle disait la vérité. « Elle sera peut-être debout dans l'après-midi, a-t-elle ajouté en grattant la pointe d'un stylo contre quelque chose de dur. Essayez plus tard. Vous aurez plus de chance de l'avoir. »

Nous approchions du sud de la Californie, donc l'accompagnateur et moi avons quasiment passé le restant du trajet à nos places assises jusqu'à ce que la grande ville entre dans notre champ de vision. Il a continué de lire, laissant mon esprit se remettre du choc du papillon et désormais du scarabée, de la sensation inerte du corps et de ses pattes délicates pliées à l'articulation – le souvenir de son poids dans ma main encore vif –, et une fois de plus, j'ai feuilleté les différentes grilles de mots mêlés. Puis j'ai tenté de terminer les mots croisés là où la définition m'avait posé problème, c'est-à-dire presque partout. J'ai repéré les objets cachés dans l'image d'un parc, dont une tasse de thé dans un arbre. J'ai dessiné une tête de chiot en reliant des points entre eux. L'odeur de papier journal brun clair s'élevait à chaque trait de crayon, et encore aujourd'hui, la moindre bouffée venant de ces cahiers de jeux qu'on trouve dans n'importe quelle gare me donne la nausée. Elle incarne pour moi l'odeur de la dislocation. Quand j'ai relevé la tête pour regarder dehors, l'océan s'était éclairci, d'un bleu écumeux, et les maisons de l'autre côté étaient plus grandes, plus blanches, plus ostensiblement riches. L'accompagnateur et moi avons fait un tour à la voiture bar pour acheter des chips soufflées au fromage et du jus de raisin, et il m'a montré la courbe noire de l'aileron d'un dauphin qui se dressait lentement au-dessus des vagues. Des passagers sont descendus et d'autres sont montés à Ventura, chargés de leurs sacs et bagages, et se sont assis.

J'étais de retour à ma place, regardant par la fenêtre, contente que ma voisine plus âgée qui m'avait posé des questions polies et préoccupées soit partie. L'accompagnateur écrivait au crayon sur un bloc-notes jaune, un coude posé sur un livre ouvert pour garder la page, quand un homme en costume noir est entré dans notre voiture.

Son physique était saisissant. Grand, avec des cheveux noirs lisses qu'on devinait sous son chapeau, une peau marquée par l'acné, un nez proéminent, et puis il y avait ce costume. Difficile de ne pas le remarquer. On aurait dit la version masculine du tailleur de la femme qui avait frappé à ma porte la nuit précédente. Jusque-là, le souvenir que je gardais de lui était vague, mais dans la tente, il était parfaitement net.

Il a traversé la voiture et s'est arrêté à notre niveau, a pivoté sur ses talons et m'a fait face.

« Billets », a-t-il dit, debout tout près du siège voisin du mien.

J'ai désigné l'accompagnateur de l'autre côté du couloir, qui fouillait dans sa poche. « Vous n'êtes pas le contrôleur habituel, a-t-il observé.

– Non. »

Le silence s'est étiré entre nous trois. Nos billets étaient coincés dans l'encoche de métal derrière nos places, de toute façon – nous ne les avions montrés qu'une seule fois le premier jour en nous installant, et à tous les arrêts suivants, notre contrôleur nous avait adressé un signe de tête en passant.

« En fait, je réalise que je les ai déjà fait poinçonner par l'autre contrôleur », a dit l'accompagnateur en tapotant sa veste.

L'homme est resté là. Ses chaussures étaient rutilantes ; ses sourcils épais et vigoureux étaient posés sur un front pâle qui ne transpirait pas.

« Billets, a-t-il répété.

– Je suis désolé. Nous n'avons pas de billets. »

L'homme s'est à nouveau tourné vers moi et, derrière lui, j'apercevais l'accompagnateur qui soulevait ses longs membres fragiles pour s'asseoir à côté de moi et me protéger. Mais je n'avais pas eu peur de la femme et n'avais pas peur de cet homme malhabile qui n'arrêtait pas de se répéter. Il m'intriguait. Me rappelait quelque chose.

Il m'a observée de ses yeux noirs et puissants.

« Billets.

– On les a déjà donnés, ai-je dit.

– Billets », a-t-il répété, et derrière l'obscurité de son regard, j'ai aperçu un soupçon de supplication.

Je ne savais pas trop quoi faire, mais quelque chose changeait dans ma perception de ce qui était en train de se passer. C'était si fugace que j'arrivais à peine à m'y accrocher, mais quand j'y suis parvenue, j'ai pu attraper un fil et tirer dessus, voir où il menait. D'après l'endroit où il se tenait, son costume et sa raideur, l'homme avait l'air de demander nos billets ; ce qui arrivait généralement dans un train. Il remplissait sa fonction, sauf qu'il le faisait mal. Mais j'ai fini par comprendre qu'en fait, c'étaient les siens qu'il nous demandait. Que nous étions une source pour lui : il attendait que nous les lui fournissions. Je n'avais pas de billets et je n'étais ni contrôleuse ni guichetière, mais histoire de faire quelque chose, j'ai tiré sur le cordon de mon sac violet à mes pieds et plongé la main dans la grande poche. J'ai presque tout de suite trouvé un bout de papier déchiré, provenant de dessins effectués la veille et dont je m'étais rapidement lassée. Je l'ai sorti et l'ai coupé en deux rectangles inégaux avant de replier les bords abîmés. L'homme de grande taille m'a observée. Il regardait avec beaucoup d'attention et de concentration. Du fond de son regard, je me rappelle avoir senti que, sans savoir à quoi je ressemblais, c'était moi qu'il avait cherchée. J'ai pris un crayon et j'ai écrit le mot BILLET en capitales sur le premier papier, puis à nouveau BILLET en capitales sur le second, repassant sur les lettres plusieurs fois pour épaissir le trait. En dessous, on voyait des ronds au crayon de couleur ainsi que des bouts d'ailes d'oiseaux et de têtes de chats.

« Voilà », ai-je dit. J'ai tendu les papiers à l'homme.

L'accompagnateur était perché sur le bras du siège en face de moi, prêt à intervenir sur-le-champ. Mais le grand homme bougeait lentement. Il s'est redressé de toute sa hauteur et ses yeux sombres ont examiné les papiers que je lui avais donnés. Il les a contemplés pendant ce qui a paru un long moment, les étudiant en détail avant de les ranger dans sa poche de veste. Il a effectué une petite courbette à mon adresse, s'est dirigé tout droit vers la porte de séparation des voitures et a pressé le bouton rectangulaire avant de sortir.

L'accompagnateur est allé regarder par le hublot de la porte. Au bout de quelques minutes, il est revenu me dire que l'homme avait traversé la voiture suivante et passé l'autre sas.

« Et ben dis donc ! » a dit l'accompagnateur en se rasseyant. La sueur faisait légèrement briller son front. « Bien joué. C'était un peu étrange, non ? Tu crois que c'était lié à la nuit dernière ? Qui était cet homme ? »

J'ai refermé mon sac. Coincé le crayon dans le cahier de mots mêlés.

« Il voulait des billets, ai-je dit.

– Mais il y avait un truc bizarre chez lui, non ? Il avait l'air en kit.

– Je vais aux toilettes.

– Je garde la porte. » L'accompagnateur a jeté un autre coup d'œil par le hublot. « Aucun signe de lui. La voie est libre. »

Comme la nuit précédente après le passage de la femme, la présence inquiète de l'accompagnateur sur le pas de la porte, cet homme protecteur et bon qui m'escortait, m'a gênée une fraction de seconde.

« Il n'était pas bizarre. Il était cohérent. »

Après être passée aux toilettes, j'ai fait ce que je n'avais pas encore fait par moi-même depuis deux jours que nous voyagions : je me suis promenée dans la voiture. En arpentant la moquette du couloir, j'ai vu pour la première fois les autres passagers, qui lisaient, tapaient sur leur clavier ou dormaient, des gens aux différentes coupes et teintes de cheveux, aux différentes couleurs de peau, formes de chaussures, de mains et de téléphones, et j'ai vu les rayures ondoyantes de paysages marron ou bleus qui défilaient tandis que nous nous enfoncions dans les terres. L'accompagnateur m'observait de près. Je suis allée à l'autre bout de la voiture, me suis dressée sur la pointe des pieds, et j'ai moi aussi regardé par le hublot du sas.

« J'aimerais partir à sa recherche, ai-je dit en me retournant vers lui.

– L'homme ? Cet homme étrange ? »

– S'il te plaît. »

Ensemble, nous avons traversé une série de voitures, moi franchissant les sas la première, y compris la voiture-restaurant – déserte à cette heure creuse, les tables pas encore dressées –, celle de la première classe avec ses sièges rouges et ses chaussures à bouts pointus, et la voiture-cinéma avec ses téléviseurs en hauteur difficiles à regarder à cause des rais de lumière qui se déplaçaient en contournant les stores baissés. Nous avons atteint l'avant du train où le contrôleur, lunettes de soleil sur le nez, était assis dans un siège spécial et discutait avec un voyageur, mais n'ayant trouvé l'homme en costume et chapeau nulle part, nous avons fait le trajet inverse, bousculés par le tangage du train.

« Il doit être aux toilettes », a dit l'accompagnateur une fois à notre place.

J'ai acquiescé comme un acteur aurait acquiescé parce que le scénario l'exigeait mais je savais, et je crois que l'accompagnateur le savait aussi, que l'homme en costume, de même que la femme en tailleur, avait disparu.

54

L'accompagnateur et moi avons passé la dernière partie du voyage dans la voiture panoramique pour regarder la ville apparaître sous nos yeux. Entre deux bouffées d'air frais qui nous parvenaient par les sas, nous sentions la crasse et les gaz d'échappement de l'extérieur, et apercevions les files scintillantes de voitures miniatures sur la boucle d'autoroute. Nous n'étions plus qu'à un arrêt du centre de Los Angeles, et alors que nous coupions par la vallée, nous avons vu se dresser au loin les immeubles et les graffitis en lettres pointues et indéchiffrables qui éraflaient les murs, puis les gratte-ciel argentés à l'est qui s'élevaient dans les airs et projetaient une lumière de stroboscope. Klaxons et points noirs des oiseaux en plein vol.

Le dernier arrêt avant Union Station était Burbank : depuis la cabine téléphonique, l'infirmière m'a passé ma mère.

« Ma chérie », a-t-elle dit. Sa voix était fluette, tremblante. « Où es-tu ?

– À Burbank. » J'ai serré fort le combiné.

« Ils ont dit que tu prenais le train ?

– Je suis à Burbank, ai-je répété en lisant les grandes lettres en plastique sur l'arcade grise devant moi.

– Tu es descendue du train ?

– Pas encore. On va jusqu'au terminus, c'est plus pratique.

– Francie. Ça fait tellement de bien de t'entendre. Quand j'irai mieux, on ira à Disneyland toutes les deux. Je descendrai te voir, d'accord ? Je vais me soigner et quand ça ira vraiment mieux, tu reviendras vivre avec moi, on jouera aux cartes toute la journée et on mangera de la glace à tous les repas. D'accord ? »

L'accompagnateur se tenait sous les arcades grises, regardait les avions qui décollaient à des angles inhabituellement droits depuis l'aéroport tout proche.

« Ta tante est quelqu'un de formidable, a dit ma mère après le passage assourdissant d'un avion. Tu seras entre de bonnes mains. » Elle s'est mise à pleurer.

Le vent s'est engouffré dans la gare pour aller ébouriffer les prés de l'autre côté des voies.

« Il y a une voiture-restaurant, ai-je dit.

– À bord ?

– Oui.

– La nourriture est bonne ?

– Ça va.

– Avec qui es-tu ?

– Un homme.

– Oncle Stan ?

– Non. Un homme moins connu.

– Tante Minn n'est pas là ?

– Tante Minn a accouché.

– Bien sûr. Bien sûr, elle a accouché. S'il te plaît, Francie. Comment s'appelle-t-il ?

– Je ne sais pas.

– Il est gentil ?

– Oui.

– Il est gentil avec toi ? Tout le temps ?

– Oui.

– Il est à côté ?

– Oui.

– Tu veux bien me le passer ? » Les larmes roulaient sur ses joues ; je les voyais parfaitement à la façon dont elle reniflait. Des machines ont bipé derrière elle. Au-dessus de nous, un autre avion s'est élevé bruyamment et j'ai fait signe à l'accompagnateur qui est venu au téléphone. « Elle pleure », ai-je dit. Il s'est recroquevillé autour du combiné comme Oncle Stan l'avait fait sur les marches de l'école primaire une éternité plus tôt, et d'une voix basse mais audible, il l'a informée de ce que je mangeais et en quelle quantité, de mon sommeil, et lui a dit que j'allais bien vu les circonstances. Je l'ai entendu expliquer qu'il était un petit-cousin d'Oncle Stan, un étudiant en vacances. « Elle est très intelligente », a-t-il ajouté.

Le contrôleur a passé la tête par la porte de la première voiture et nous a fait signe. « On lève l'ancre dans une minute ! » a-t-il lancé. L'accompagnateur a dit au revoir à ma mère et je l'ai suivi. Nous distinguions des portions de l'aéroport depuis notre voiture – de grands hangars, de vastes étendues plates où étaient garés des avions de toutes tailles, le panneau mal orthographié que je verrais de nombreuses fois par la suite depuis l'arrêt du 165 sur Vanowen qui disait *Arivées.* Des blocs de ciment le long de la route abrités par de hautes herbes ondoyantes.

« Union Station ! » a annoncé le contrôleur en sortant les billets de l'arrière de nos sièges.

À l'arrivée quarante-cinq minutes plus tard, l'accompagnateur s'est chargé de tirer ma valise à roulettes tandis que je portais mon sac violet sur le dos, et il nous a entraînés dans la bonne direction. J'ai gardé les yeux rivés au sol à la recherche de billets qui auraient pu être ceux de l'homme en costume. J'ai inspecté les rebords de fenêtres, les trottoirs et les escaliers. Alors que nous marchions sous le haut plafond de Union Station, traversions les galeries et leurs bancs en bois verni rutilant, le carrelage à motif compliqué et les boiseries géométriques, j'ai vu un pigeon tenter de picorer un bout de papier qui ressemblait à mon ancien dessin. J'ai cru reconnaître les courbes orange d'un arc-en-ciel monochrome raté. Les gens pressés nous passaient devant dans un bruissement de vêtements et le pigeon, gris, morne, affamé, identique à tous les autres pigeons que j'avais vus dans ma vie, a laissé tomber le papier par terre pour examiner un morceau de chips plus prometteur. Je n'ai pas montré le papier à l'accompagnateur qui essayait de trouver les informations que lui avait données mon oncle au milieu de tous ses papiers à lui, et de toute façon, l'air brassé par les pas rapides des voyageurs a fait s'envoler les fragments orange vers les portes latérales ouvertes qui menaient au métro. L'accompagnateur et moi marchions côte à côte vers la station des taxis, vers Oncle Stan qui m'attendait comme promis en arborant sa casquette des Orioles. Le ciel de Los Angeles était plus grand, plus vaste, d'un léger gris violet, y compris la nuit. Le témoin invisible est passé de l'accompagnateur à mon oncle à côté de qui je me suis postée quand ils se sont salués d'une poignée de main qui a conclu cette course de relais. L'accompagnateur s'est tourné vers moi, s'est penché et m'a serré la main à moi aussi, m'a regardée dans les yeux, m'a souhaité le meilleur, puis il a pivoté et disparu derrière nous dans le flot des marcheurs.

55

« Comment c'était, ce voyage ? a demandé Oncle Stan en me tenant par la main pour rejoindre le parking.

– Bien.

– Tu as dû voir des paysages sublimes, non ?

– Juste ce qui passait devant les fenêtres.

– Je suis tellement pressé que tu rencontres Vicky. Elle est minuscule. Un bout de chou minuscule ! »

Nous sommes montés dans la voiture, moi sur un rehausseur auto à côté d'un énorme siège bébé matelassé disposé dos à la route, et mon oncle au volant. Il s'est tourné pour me regarder. « Bienvenue, Francie, a-t-il dit, et ses yeux se sont embués. On est très contents que tu sois là. » Il a démarré. Nous avons pris l'autoroute jusque chez lui, les feux rouges et orange s'étirant ou se raccourcissant selon que je plissais les yeux ou non. Je me souviens qu'à cet instant, sur la route, j'ai revu l'appartement de Portland, ses cinq pièces sans personne à l'intérieur. Je savais que je n'y retournerais pas, qu'il faudrait des semaines avant qu'il soit vidé et disponible à la location. Où iraient mes jouets et mon travail scolaire ? À des associations, me disais-je. À la boutique solidaire Goodwill. Celle du coin de la rue. Est-ce que quelqu'un avait prévenu Alberta qu'il ne fallait pas venir me chercher ? Ils avaient mon rehausseur dans leur voiture. Qui s'occuperait des vêtements et des parfums de ma mère ? Tout était éparpillé aux quatre vents, comme les ordures que nous avions jetées à Salinas, les déchets de la vie. Quelqu'un nettoierait mes jouets et une autre petite fille achèterait mes poupées et les aimerait sans doute plus que moi. Quelqu'un taillerait peut-être les buissons devant notre immeuble et trouverait le pic à brochette, l'utiliserait pour un barbecue. Une fois que tout serait propre et trié, vendu et réorienté, il ne resterait aucune archive de l'histoire de ma vie avec ma mère en dehors de quelques vieilles cassettes qui tomberaient bientôt en poussière.

56

À la porte de leur maison, avant que j'entame ma nouvelle vie, j'ai réalisé que le scarabée et le papillon avaient sûrement été les billets. Ce qui voulait dire que j'en étais un aussi puisque je portais l'un d'eux en moi. J'y ai pensé et puis j'ai oublié.

Derrière moi, Oncle Stan a ouvert le coffre. Il en a sorti ma valise. « Et voilà ! Ta nouvelle maison ! » Il a trituré ses clés.

L'air était plus léger ici, plus chaud, même la nuit. Toutes les couleurs différentes. Les pelouses parfaitement tondues. La balançoire en pneu de l'autre côté de la rue. J'ai entendu quelqu'un descendre des escaliers à l'intérieur.

« Francie », ai-je dit en me désignant quand Tante Minn a ouvert la porte, le bébé dans les bras.

Cinquième partie

La rose

57

Au matin de notre soirée pyjama, Vicky et moi allons bruncher au bout de la rue dans un *diner* avec de grandes baies vitrées et des photos de films glissées sous les plaques de verre qui protègent les tables. Au cours de la nuit, la météo semble avoir basculé dans ce qui constitue vraiment l'automne dans le sud de la Californie : oubliée la chaleur sèche et cuisante d'octobre. Un petit air frais s'est levé et nous portons sweat-shirt et chaussettes.

Vicky s'est réveillée très tôt avec le lever du jour parce que je n'ai pas de rideaux, s'est précipitée dans ma chambre où elle m'a trouvée au lit, moi aussi éveillée. J'avais dormi un peu sur la fin de la nuit après le long moment passé dans la tente, après m'être recouchée et avoir pleuré. « T'as réussi ! s'est-elle exclamée. Francie ! T'as réussi. » Elle a grimpé dans le lit avec moi, s'est tapoté le crâne.

« Je suis vivante ! » a-t-elle crié.

Elle s'est levée pour danser dans la pièce et je l'ai regardée en souriant, en riant de la voir tournoyer et ruer, de la voir soulever mon bras comme une championne poids welter, mais les souvenirs de la tente avaient été si denses que j'avais presque oublié le but de sa visite. Dans l'entrée, Vicky chantait et disait qu'on devait fêter ça, alors nous avons enfilé plusieurs couches de vêtements et rejoint le *diner*. Elle m'a prise par le bras. Je sentais la chaleur palpitante de son corps sur ma peau.

Nous nous asseyons, le serveur prend notre commande et je fais un résumé de mes souvenirs à Vicky – son père venu me chercher, le trajet en voiture entre Union Station et leur maison, notre maison. L'accompagnateur qui a disparu à jamais dans la foule. Les détails sont tristes, mais elle dit que pour elle, la nuit a aidé, qu'elle me trouve une tête un peu différente, que j'ai ma tête lessivée comme elle l'appelle, mais lessivée dans le bon sens, pas comme une vieille loque. Plutôt remise à neuf, ajoute-t-elle. Tout en attaquant sa pile de pancakes aux myrtilles, elle me demande si j'ai eu envie de lui faire du mal et je réponds que non, que ça ne s'est pas passé comme je l'avais imaginé. « Tu vois ? Tu vois ? » dit-elle en agitant une fourchette chargée de pancake. Elle me demande si j'en ai fini avec Jose et je lui dis non en riant, bien sûr que non. Je garde cependant pour moi l'idée encore floue que son utilité a changé. Je ne lui dis pas grand-chose de plus sur mes souvenirs – uniquement qu'un homme en costume et une femme en tailleur cherchaient quelque chose, qu'ils semblaient venir d'ailleurs, ou parler une autre langue qui se prétendait semblable à la nôtre, et que je ne m'étais rappelé ces détails pour la première fois hier soir avec elle dans le salon, tout près, endormie, et qu'ils revêtaient une importance pour moi, si ténue fût-elle. « Je t'en dirai plus bientôt, conclus-je. Je suis encore en train d'y réfléchir. » Elle acquiesce, finit son jus d'orange. « Bizarrement, j'ai très bien dormi, me dit-elle. Sur cette brique qui te sert de canapé. » Elle rayonne, avec ses yeux cerclés d'or. Son expression bien disposée et heureuse. Chez elle, tout irradie la santé, mais elle est à l'âge où l'on peut devenir fragile, où ceux qui portent les gènes d'une fragilité psychique doivent s'observer attentivement, une période à risque. L'université. Il semble que tout ira bien pour Vicky. Je ne me suis jamais autorisée à m'inquiéter. Je sirote mon café et je regarde par la fenêtre.

Après son départ, je réinstalle le verrou sur la porte de ma chambre et, dans le couloir, je parle à Jose des joies de la grasse matinée, mais lui dis que nous pouvons reprendre nos vieilles habitudes, puis je m'assois devant l'ordinateur et pour la première fois, je décide d'entrer le nom de la baby-sitter dans le moteur de recherche. Non pas pour lui rendre visite. Juste pour la contacter. Voir si elle se souvient de moi, sait-on jamais. Sans doute pour la remercier. Je ne l'ai jamais vue durant mes visites à Portland – son appartement était loin de la résidence de ma mère et j'évitais toujours l'école primaire où je n'avais pas envie de retourner. Ma classe m'a bien envoyé une carte couverte d'autocollants et de dessins de ballons que j'ai regardée environ cinq minutes en mangeant un paquet de chips de maïs dans la cuisine de Burbank avant de la jeter à la poubelle. Puisque je suis sur Internet, je tente aussi de localiser l'accompagnateur mais j'ai très peu d'informations sur lui. Vingt ans plus tard, Oncle Stan et son cousin Tony sont toujours fâchés, une querelle dont je n'ai pas envie de me mêler. Pour le moment, l'accompagnateur disparaît dans la carte et j'ai l'impression que les profils potentiels de la baby-sitter sur les réseaux sociaux sont soit privés soit verrouillés.

Vicky m'ayant donné un bon coup de main hier, je n'ai plus que quelques paquets à faire, alors je profite de mon temps libre pour passer un petit coup de fil à ma mère et lui demander comment s'est déroulé le concert de reprise de vieux tubes : « Bien, très bien même ! » et je l'écoute me raconter ses projets du week-end avec Edward. Ils prévoient de partir tôt pour assister au défilé annuel des vétérans et applaudir deux résidents plus âgés qui y participent. Après avoir raccroché, je réponds par mail à quelques acheteurs et autres clients potentiels qui veulent vérifier les dimensions d'un objet ou sa couleur. La soirée est calme, je me fais un plat de pâtes, puis nettoie rapidement les plans de travail et les vitres.

Mais tôt le lundi matin, au lieu de me glisser dans la tente, j'appelle mon ancienne école primaire. D'après l'annuaire, elle porte toujours le même nom, est à la même adresse et, chose incroyable, c'est la même secrétaire, Mme Washington, toujours avec son ton malicieux et sa voix chaleureuse, qui décroche et fait semblant de se souvenir de moi de manière assez crédible. Je lui demande si son frère est toujours conducteur de train à Atlanta et elle m'annonce qu'il a pris sa retraite, mais que son neveu sculpte et peint des trains dans du bois mort, et qu'une formidable exposition consacrée à son travail va ouvrir à La Nouvelle-Orléans. Nous en discutons un petit moment, puis je profite d'un silence pour lui expliquer que j'appelle parce que je travaille sur un projet d'histoire intime, une espèce d'arbre généalogique hors famille, et lui demander si par hasard elle aurait des informations sur une de mes anciennes baby-sitters appelée Shrina qui a aussi travaillé à l'école comme assistante pendant un temps. Je ne connais pas son nom de famille, malheureusement. « Appelle-moi Angie », me dit Mme Washington en ajoutant qu'elle a peut-être quelque chose pour moi. Elle précise qu'elle en a pour quelques minutes, qu'elle me rappelle très vite, et une heure plus tard, elle me fournit une liste d'adresses e-mail. « L'une d'elles devrait fonctionner, dit-elle en riant face à mes exclamations de surprise. Et s'il te plaît, salue-la bien de ma part, d'accord ? Elle était formidable, non ? » Elle me raconte aussi que je ne reconnaîtrais peut-être pas l'école ; ils l'ont repeinte d'une couleur mastic que personne n'aime, ont refait les murs d'escalade, et la directrice a instauré une nouvelle méthode d'apprentissage des maths qui donne du fil à retordre aux adultes. « Les enfants s'en sortent très bien, évidemment, dit-elle en riant de nouveau. Mais pour ma part, je vais continuer avec mes petites colonnes, merci. »

Après avoir raccroché, je reste assise par terre un moment. La moquette est réchauffée par un trait de soleil matinal. Les mouches bourdonnent contre la moustiquaire du balcon.

58

Chère Shrina,

Bonjour. Je ne sais pas si vous vous souvenez de moi, mais il y a de nombreuses années, vous m'avez beaucoup aidée à un moment difficile de ma vie. Je voulais vous remercier pour votre gentillesse et votre soutien tout au long de cette transition compliquée. J'avais du mal à comprendre ce qui se passait, mais j'y ai beaucoup réfléchi, et j'ai des souvenirs précis de votre appartement, du lait de soja à la vanille, de l'écharpe à franges. Vous ne pouvez pas savoir à quel point ça m'a réconfortée de voir une cuisine si propre et fonctionnelle avec son égouttoir près de l'évier. Enseignez-vous toujours ? Gardez-vous toujours des enfants ? Est-ce que Hattie est toujours avec vous ? Je l'espère même si j'imagine qu'il y a peu de chance. Peut-être avez-vous un Hattie numéro 2 ? J'ai eu votre mail par Mme Washington à l'école, qui vous passe le bonjour. J'aimerais beaucoup avoir de vos nouvelles si vous vous sentez assez à l'aise pour répondre. Merci encore.

Bien à vous,

Francie M

59

Aux premières lueurs du jour après notre nuit dans l'appartement, Vicky est entrée dans ma chambre en criant et en riant.

« T'as réussi ! a-t-elle croassé en dansant dans la pièce. Je suis vivante ! »

Plus tard, seule, occupée à revisser le verrou sur la porte je réalise soudain que si je me fais enfermer, c'est peut-être parce que j'ai besoin que quelqu'un me libère.

60

Quand les roses sont apparues sous les rideaux de Deena, je n'ai pas immédiatement repensé à l'homme en costume ni à la femme en tailleur ; pour une raison inconnue, leur souvenir s'était complètement dissipé comme leur présence dans le train s'était elle-même dissipée, et je n'ai jamais pu me les représenter clairement avant l'arrivée de la tente du souvenir et son mouvement lent et mesuré à travers le temps. La seule empreinte qu'ils ont laissée sur mon esprit a été un fort désir de reprendre le train, et après l'apparition des roses, après que Vicky s'en est approprié une et que le camion a emporté le reste, j'ai réussi à convaincre mon oncle de me consacrer une journée pour prendre la ligne qui longe le Pacifique et aller voir les chimpanzés nouvellement arrivés au célèbre zoo de San Diego. Mon oncle était toujours d'attaque pour partir à l'aventure et aimait l'idée de passer une belle journée au Balboa Park avec moi, à rire des singes et des ours, pour repartir avec le coucher du soleil qui étalerait son incroyable beauté sur fond de plages militaires et de réacteurs nucléaires. Il ne s'est rien passé à l'aller ni au retour, et alors que le train roulait vers le nord et nous ramenait à la maison, je n'ai pas arrêté de regarder les portes du sas et d'aller aux toilettes. Mon oncle a demandé en plaisantant si j'attendais quelqu'un ou quelque chose et j'ai ri un peu, sans trop savoir comment répondre. Est-ce que j'attendais quelqu'un ? Une fois chez nous, j'ai été submergée par la déception, et avant de me coucher, j'ai déterré du fin fond de mon placard le sac à dos violet où se trouvaient encore les cahiers de mots mêlés et les magnétophones. J'ai fouillé la petite poche pleine de stylos et de bouchons pour retrouver le scarabée. Il était tout sec, presque calcifié. Une des pattes s'était cassée. J'ai dormi avec l'insecte posé sur ma table de chevet et le lendemain matin, après le petit déjeuner et avant que Vicky ne rentre de sa nuit chez une amie, je l'ai glissé dans ma poche et j'ai marché jusqu'à l'arrêt du 183 à quelques rues de là, qui m'a emmenée vers les montagnes via Magnolia. Je me suis assise à l'arrière et quand le moment m'a semblé opportun, j'ai fait tomber le scarabée sur le côté du siège et il a atterri dans un tas de vieilles serviettes en papier. Personne n'est apparu. Ni costume, ni tailleur, ni aucun regard furtif. Je suis restée dans le bus jusqu'à ce qu'il n'y ait plus aucun passager, jusqu'au bout de la ligne, puis j'ai traversé la rue et je l'ai pris dans l'autre sens pour rentrer à la maison.

61

Après avoir envoyé mon e-mail à la baby-sitter, je m'achète un billet d'avion pour aller voir ma mère avant Noël. Je vais passer les vacances avec Vicky, Tante Minn et Oncle Stan, et je veux lui offrir cette écharpe en soie ainsi qu'une paire de boucles d'oreilles en forme de coquillages incrustées de brillants fantaisie qui me rappellent celles qu'elle portait il y a longtemps chez grand-mère. Je suis sur le site de la compagnie aérienne en train d'effectuer ma réservation, choisissant une place côté hublot, organisant le trajet de retour pour le même jour comme d'habitude, quand ma messagerie se met à tinter. La première ligne de la boîte de réception est surlignée en bleu. *Réponse : Bonjour ! de Shrina L.*

Je l'observe quelques minutes. Quelque chose ne va pas là-dedans. Je retourne sur ma page principale, achète mon billet d'avion et déplace l'e-mail de confirmation dans le dossier « Portland ».

Quand je finis par ouvrir le message, la première chose que je remarque, ce sont tous les points d'exclamation, comme si la page en était couverte. Ça déconcentre ma lecture. La baby-sitter a vécu si longtemps et si pleinement dans ma mémoire que j'ai du mal à intégrer qu'elle est aussi une personne dans la vraie vie, une personne capable de recevoir un e-mail, d'y répondre, et même d'y répondre dans l'heure. Elle dit bonjour, qu'elle se souvient de moi, bien sûr. Qu'elle est très contente d'avoir de mes nouvelles. Elle trouve amusant que je me souvienne de cette écharpe. Elle l'adorait. Elle demande si je suis restée à Los Angeles, comment ma mère et moi nous portons, si je suis devenue proche du bébé qui est né pile au même moment. C'est trop. Je ferme l'ordinateur et quitte l'appartement.

62

Plus tard, dans l'obscurité du salon, les paquets envoyés, mon repas avalé, l'écran rectangulaire blanc comme seul éclairage, je lis la suite. La baby-sitter me dit qu'elle aussi se souvient parfaitement de ce week-end. Qu'elle ne l'a jamais oublié. Que j'avais imaginé la brûler avec un chalumeau, mais c'était tellement triste parce que je vivais une situation très difficile et que je n'avais jamais été méchante. Elle m'annonce qu'effectivement, elle a un autre chat – elle n'en revient pas que je me rappelle le nom de l'ancien. Hattie est mort il y a des années, mais il était vieux et avait eu une belle vie de chat ; le nouveau s'appelle Organza, un nom qui a toute une histoire, mais qui lui va très bien. Elle dit qu'elle s'est souvent demandé ce que j'étais devenue et qu'elle est donc très très heureuse que j'aie écrit. Elle me remercie de nombreuses fois. Elle salue Mme Washington en retour. Cette femme connaît l'école comme sa poche.

Après avoir lu et relu son message, je clique sur Répondre. Je dis à Shrina que ça me fait plaisir d'avoir de ses nouvelles à moi aussi. Que j'ai terminé la fac il y a plusieurs années et que je suis toujours à Los Angeles, que je gagne ma vie en revendant sur Internet des objets trouvés dans des vide-greniers. Je lui raconte que ma mère est toujours dans sa résidence médicalisée à Portland, mais qu'elle va beaucoup mieux, c'est gentil de poser la question. Je lui dis que le bébé s'appelle Vicky, qu'elle va très bien et qu'on s'entend à merveille. Je la complimente sur sa mémoire. Je lui dis que moi aussi, je me souviens de lui avoir dit ces choses affreuses et je m'en excuse. « Tu t'es déjà excusée à l'époque ! répond-elle immédiatement. Tu n'as pas à le faire maintenant. » Je garde pour moi le fait que je ne crois pas avoir parlé de chalumeau. Nous échangeons encore quelques messages, quelques mots, des notes plus courtes, des réponses plus rapides et des rires (« haha »), puis elle me dit qu'il y a une chose qu'elle n'a pas abordée et qui lui tient à cœur. Je ne vais peut-être pas le croire, mais elle a toujours la lampe aux papillons si jamais je la veux – « Je ne sais pas si tu te rappelles que tu adorais cette lampe avec les papillons sur l'abat-jour. On en a parlé, tu m'as même demandé si tu pouvais l'avoir et il se trouve que je l'ai toujours, alors je serais très heureuse si tu acceptais que je te l'offre. » Je lui réponds que je m'en souviens parfaitement, que c'est très gentil d'y penser, mais que j'ai tout ce qu'il faut niveau luminaires, que mon appartement est très bien éclairé par des ampoules longue durée.

Néanmoins, je change d'avis quelques minutes plus tard. « Vous savez quoi, j'ai parlé trop vite, lui écris-je dans le noir. J'adorerais avoir la lampe. Merci beaucoup pour cette proposition. Combien est-ce que je vous dois ? »

Elle est aux anges. Je sens sa joie sur l'écran. Elle a l'impression que cette lampe m'appartient, écrit-elle, c'est une impression dont elle n'arrive pas à se défaire depuis mon passage chez elle, comme si la lampe n'avait plus semblé à sa place à la minute où elle était rentrée de la gare ce jour-là, comme si c'était une erreur flagrante, alors elle l'avait enveloppée et remisée dans un placard, l'avait gardée malgré plusieurs déménagements, juste au cas où je la contacterais un jour comme je venais de le faire. Elle me la postera au plus vite et m'implore de la laisser me l'offrir. Elle dit qu'elle est très heureuse de savoir que je vais bien, qu'elle-même vit désormais à Nashville et que si jamais je veux venir la voir, la musique et la nourriture y sont de qualité, la ville change beaucoup, et elle a une chambre d'amis pour m'accueillir (« Plus de mezzanine ! Une vraie chambre juste pour toi ! ») et rien qu'en la lisant, j'entends sa voix monter dans les aigus. Elle me dit qu'elle est passée d'assistante à professeure, qu'elle a ses propres classes d'anglais au lycée et qu'elle s'occupe de la chorale. Elle joue aussi de la guitare dans les bars le week-end, des morceaux qu'elle a composés, mais pas si souvent que ça vu qu'elle n'est plus une jeunette et que ces temps-ci, la compétition est féroce dans le monde de la musique. Elle a une compagne, Betsy, et elles adoreraient me voir si j'ai envie de faire un tour dans le Sud.

« Merci, réponds-je. C'est si gentil, merci. »

63

La routine continue, je fais des cartons, encore des cartons, je passe à la poste, écume les vide-greniers, suis libérée par Josc, assistc à la représentation de *Notre petite ville*, me lève et applaudis. Je m'installe dans la tente du souvenir tôt le matin, mais ma concentration me paraît changée, plus relâchée. La toile se détache à nouveau sur un autre côté, mais pour je ne sais quelle raison, cela ne me gêne plus autant. Je la ferme toujours, mais davantage par habitude. Je réponds à une amie qui m'a envoyé un ou deux e-mails, lui dis que je vais bien, prends de ses nouvelles, et le week-end, je fais un saut à la fête de Noël organisée par la gardienne de l'immeuble où il y a quatre cakes aux fruits et où je m'assois sur une chaise pour écouter Jose raconter qu'il a passé le week-end à s'occuper d'un cheval appelé Kalamazoo, et la minuscule Eleanor en col roulé bleu pâle qui a toujours vécu ici et se souvient des bosquets d'orangers, de la période Lockheed Martin et de l'afflux qu'a provoqué l'industrie du cinéma.

Le paquet de Nashville arrive un mardi, je l'emporte à l'intérieur et le laisse par terre. Puisque mon appartement est toujours très peu meublé, mais encombré de cartons prêts à être remplis, scellés et envoyés aux quatre coins du monde, ce n'est pas un paquet de plus qui va changer la donne, et il fait plutôt l'effet d'une antilope rejoignant son troupeau. Je le mets près de la desserte en ébène trouvée dans une gigantesque vente à Hermosa Beach – quatre maisons d'une même rue qui tentaient de lever des fonds pour l'équipe de baseball du parc. Rien ne presse, rien ne m'oblige à l'ouvrir tout de suite et s'il se démarque subtilement des autres paquets, c'est à cause de l'écriture de la baby-sitter qui a inscrit mon adresse au stylo orange pailleté et entouré mon nom d'étoiles et de smileys.

Début décembre, j'imprime ma carte d'embarquement et m'envole pour Portland afin de rendre visite à ma mère. J'arrive autour de midi et puisqu'elle n'a pas à se préparer pour un spectacle cette fois, elle m'emmène visiter sa chambre, une chambre individuelle à présent, son planning d'activités du soir accroché au mur, celui de ses thérapies, seule et en groupe, ainsi que les photos encadrées de Tante Minn, Oncle Stan, Vicky, Edward et moi sur sa commode. Elle me montre tous ses flacons de médicaments et comment ne pas se tromper grâce à des petites coupelles en céramique de couleur où sont peints les jours de la semaine. Elle adore l'écharpe que je lui offre et la porte à sa joue ; elle met aussitôt les boucles d'oreilles, de petits brillants à ses lobes. Nous avons environ quatre heures devant nous et nous en profitons pour aller au café du bout de la rue avec ses lustres en verre rose. Elle m'enverra des cadeaux, me répète-t-elle plusieurs fois, et je lui dis que ça n'a pas d'importance, que c'est mon travail de trouver ces objets. Ses doigts palpent les boucles d'oreilles. « Des objets anciens », dit-elle émerveillée.

Mon vol de retour est un peu avant dix-huit heures et au moment où je me prépare à rejoindre l'aéroport, elle passe son bras sous le mien, s'éclaircit la voix et me dit que même si elle n'a jamais réussi à venir à Los Angeles comme elle l'aurait voulu, aujourd'hui, elle aimerait se rapprocher de l'endroit où je vais, s'en rapprocher autant que possible, et que donc ça lui ferait très plaisir de m'accompagner à l'aéroport. Est-ce que ça irait ? Son regard est franc. On dirait qu'elle s'est entraînée à poser la question. « Bien sûr », lui dis-je tandis que nous marchons ensemble vers l'arrêt de bus. « Tu peux te libérer maintenant ? » « Oui. » De nouveaux *food trucks* offrant des *empenadas* et des soupes thaïes ont fait leur apparition de l'autre côté de la rue. Quand nous montons dans le bus, ma mère tient fermement son sac sur son épaule. Je n'ai pas le souvenir d'avoir un jour pris les transports en commun avec elle.

Le bus nous emmène jusqu'à la Red Line qui nous conduit à l'aéroport, et nous passons les portes automatiques. Il n'y a pas beaucoup d'endroits où l'on puisse aller dans un aéroport sans carte d'embarquement, donc nous restons en lisière. Mon avion, celui de dix-sept heures quarante-cinq, est l'une des dernières navettes Portland-Burbank de la journée. Je demande à ma mère pourquoi elle n'aime pas prendre l'avion et elle m'explique que c'est à cause d'un rêve qu'elle a fait, un rêve extrêmement réaliste d'un crash. « Je sais que je ne suis pas médium, dit-elle en secouant la tête, mais ça m'a vraiment fichu la trouille. » Nous entrons dans une boutique et je lui raconte que quand j'ai dû partir pour Los Angeles, j'ai refusé de prendre l'avion moi aussi. Nous nous tenons à côté d'une table couverte de trésors d'aéroport, boules à neige, paquets de saumon fumé, casquettes de baseball et cartes postales. Nous saisissons des articles, les reposons. « J'ai toujours cru que le train était une idée d'Oncle Stan ! » dit-elle sur un ton ravi. Elle n'avait jamais entendu cette partie de l'histoire. Elle tape dans ses mains. « J'avais trouvé ça formidable qu'il veuille que la transition se fasse en douceur. »

J'ai agité une boule à neige renfermant un centre-ville de Portland miniature et lui dis que non, ce n'était pas son idée, pas du tout. À l'époque, je croyais qu'en prenant l'avion, tout deviendrait flou, et ça m'était insupportable. Elle passe les doigts sur les titres en relief de romans à gros tirage posés sur les étagères. L'aéroport commence déjà à me rendre nerveuse ; j'ai même l'impression de sentir l'odeur prégnante des cahiers de jeux rangés près des magazines, le sentiment de transition étendu à chaque article. « Quand tu étais petite, me dit ma mère en me reprenant le bras, j'avais l'habitude de te faire tournoyer. Tu n'aimais pas ça non plus.

– Qu'est-ce que je faisais ?

– Tu pleurais.

– Et toi ? »

Elle me regarde surprise. « Ma chérie. J'arrêtais. »

Nous allons récupérer ma carte d'embarquement à une borne d'enregistrement. Elle me regarde remplir tous les champs nécessaires et admire ma rapidité. Elle reprendra la Red Line et le bus pour rentrer à la résidence où Edward l'attend. Ils aident à organiser une autre soirée, un karaoké avec des chansons de ces dernières décennies. Cette semaine est consacrée aux années soixante et elle a hâte d'y retrouver des chansons folks.

« Tu te souviens de la fois où je t'ai parlé de cette lampe avec le papillon ? » je lui demande tandis que nous nous dirigeons vers le portique des contrôles de sécurité.

Elle tourne la tête vers une famille occupée avec ses bagages. « Oui », répond-elle avec précaution.

Le haut-parleur annonce un retard à la porte 18. Ce n'est pas la mienne. Au loin, on voit des gens courir, en retard.

« Non, ne t'inquiète pas, dis-je en la voyant se raidir, l'oreille tendue. C'était juste pour dire que la baby-sitter me l'a envoyée. C'est tout. La vraie lampe. Je l'ai contactée par mail. Elle m'a dit qu'elle l'avait gardée. Je n'ai pas encore ouvert le paquet.

– Tu l'as retrouvée ?

– Oui. » On s'avance dans la file d'attente. Elle m'a dit qu'elle m'accompagnerait jusqu'au portique puis passerait sous le ruban et sortirait rejoindre l'arrêt de bus.

« Comment s'appelait-elle, déjà ? Sheila ?

– Shrina.

– Elle était très gentille. Comment va-t-elle ?

– Très bien, j'ai l'impression. Elle vit à Nashville, maintenant. »

Ma mère acquiesce quelques fois, surtout pour elle-même. « Bien, dit-elle d'un air absent. Bien.

– Elle l'a gardée pendant vingt ans. »

Ma mère se frotte le coin de l'œil. Il n'y a plus que quelques personnes devant moi. Je lui demande ce que ça lui fait d'être à l'aéroport. Si ça agit sur elle comme elle le voulait.

« Je ne sais pas, je ne suis pas sûre.

– Qu'est-ce que tu espérais ? »

Elle détourne le regard. De l'autre côté du portique, l'aéroport s'agrandit, s'ouvre sur des boutiques, des restaurants, des fauteuils et des vitres. Quand on aura vérifié mon bagage et mes chaussures, j'irai directement au stand de bretzels pour m'en acheter un ainsi qu'une limonade, un projet qui commence à se superposer à toutes les autres pensées qui occupent mon esprit. Je prendrai place sur un fauteuil à côté d'inconnus et regarderai mon téléphone.

« Tout va bien, maman, je reviens bientôt. »

Elle agite la main, ses yeux fixés sur la file d'attente qui se réduit. « Je suis contente que tu aies pu contacter la baby-sitter », dit-elle. Elle s'exprime clairement par-dessus le tremblement dans sa voix. « S'il te plaît, remercie-la pour moi. J'ai toujours voulu le faire. Tu t'en chargeras ?

– Oui. »

Elle me fait face, ses yeux sont brillants. « Peut-être que

ton salon sera rempli de papillons quand tu rentreras chez toi. Voletant dans tout l'appartement. Ça serait impressionnant, non ? »

Je lui souris. Je ne lui ai jamais expliqué comment ça fonctionne.

« Peut-être. »

Mon tour arrive. Elle passe sous le ruban noir et je m'avance. Le policier me dévisage, puis me rend ma carte d'embarquement et ma pièce d'identité.

« Au revoir », lance-t-elle en s'éloignant avant que la sécurité ne la fasse partir.

64

Avion, covoiturage, trottoir, porte. Le corps parcourt des centaines de kilomètres et il est tard quand je rentre chez moi. Je pose ma veste et mon livre, jette ma carte d'embarquement, me lave les mains, me brosse les dents. Le paquet est là où je l'ai laissé, facile à ouvrir avec un couteau. Je me représente le souhait de ma mère, les papillons envahissant la pièce comme dans un film d'animation. À l'intérieur, la baby-sitter a enveloppé la lampe avec beaucoup de soin dans plusieurs épaisseurs de papier de soie rose que je retire du pied en plastique transparent et de l'abat-jour. Elle l'a si bien emballée que cela me ramène aussitôt à son appartement et à tout ce qui s'y trouvait, les bols pour le porridge saupoudré de sucre roux, le savon à la verveine citronnelle dans sa coupelle, l'écharpe à franges sur la télé.

Quand le dernier morceau de papier tombe, l'odeur de poussière et de vieux tissu imprègne la pièce. Et la voilà, la lampe aux papillons. Je me la suis représentée en souvenir pendant si longtemps qu'il m'est extrêmement étrange de la voir ici en trois dimensions. Elle est légère et solide. Je suis aussi surprise de voir combien elle est petite et plus jaune, avec ce style particulier des années quatre-vingt dans la forme et les couleurs du motif, ce que je n'avais pas réalisé enfant, mais qui donne une indication sur l'âge de la baby-sitter. Je la tourne entre mes mains. Ces papillons familiers, si rouges et si dorés, si légèrement stylisés pour avoir l'air fastueux, et la rupture dans le motif que je remarque si j'y regarde de près.

Je passe environ dix minutes avec la lampe, mais elle a perdu sa charge émotionnelle et son mystère, alors je la pose devant le fond en velours rouge dans le coin du salon et prends quelques photos. Vingt minutes plus tard, elle est en ligne, « Lampe des années 80 avec abat-jour décoré de papillons ! Excellent état », et trouve une acheteuse en moins d'une heure, Letitia à New York. Cette dernière me dit qu'elle est parfaite et tellement rétro, qu'elle adore les papillons et trouve leur symbolisme rassurant dans ce moment de transition important pour elle.

Je l'envoie le lendemain. Cinq étoiles.

65

Samedi, je me lève tôt et prends le bus pour aller chez mon oncle et ma tante. Tante Minn qui prépare une espèce de chili végétarien avec des œufs dans la cuisine, pousse un cri de joie en me voyant à la porte comme si j'étais une célébrité qui faisait une apparition surprise. « Entre ! dit-elle. Que ça fait plaisir ! » Autour de l'îlot de la cuisine, elle m'interroge sur la visite à ma mère, alors je lui raconte comment je l'ai trouvée, physiquement et dans ses manières, et ma tante m'écoute avec attention tout en battant des œufs en neige. Dès que je peux, je monte voir Vicky dans sa chambre. « Tu restes pour le petit déjeuner ? » demande ma tante, et je réponds : « S'il y a assez à manger pour tout le monde, oui bien sûr. » Elle émet ce grognement énervé typique de ces moments où je me comporte comme une invitée alors que je vis là depuis vingt ans.

Vicky est en pyjama sur son lit en train de lire sur le beau métier de régisseur. Elle me fait signe d'entrer et me parle de la dernière représentation de *Notre petite ville* ; de Jordan, son assistant, qui a oublié de mettre le bureau sur le plateau et des acteurs qui ont dû faire comme s'il y en avait un, et qui se sont très bien débrouillés parce que les spectateurs n'y ont vu que du feu. Elle me montre une carte qu'elle dessine pour remercier sa prof ; on y voit une véranda et quelque chose de flou au loin. « Ça te fait penser à quoi ? » demande-t-elle en désignant le coin de l'image, et je réponds que ce n'est pas clair, « Comme si quelque chose allait arriver, mais sans que ce soit menaçant pour autant. » « Bien, dit-elle en fonçant un peu plus le fond avec un crayon. Tant mieux. » Nous parlons un moment de ses camarades du lycée et quand le mouvement naturel de la conversation ralentit, je lui demande si je peux jeter un coup d'œil à la rose qu'elle a récupérée dans la poubelle il y a des années, celle avec laquelle on a inauguré la tente. « Enfin, si ça ne te dérange pas. » Elle me lance un regard, un regard équivalant au grognement de Tante Minn tout à l'heure, ouvre le tiroir et la sort de son morceau de satin. Elle est beige, maintenant que je m'autorise à la regarder de plus près, il lui reste à peine une touche de rose et elle a l'air plus petite qu'avant, ratatinée par le temps. Nous touchons les vieux pétales défraîchis. Pendant un temps, tout est calme, il n'y a que la rose et nous, et quand il me semble que les mots ne vont pas abîmer cet instant, je lui raconte ce dont je me souviens de la fin du trajet en train, l'homme en costume et la femme en tailleur, le scarabée et les billets que j'ai donnés. Je lui raconte avoir pensé que j'étais peut-être un billet puisque j'avais avalé le papillon. Je lui dis que, bien sûr, la rose lui appartient et qu'elle peut en faire ce qu'elle veut ; elle l'a libérée de la poubelle verte, elle l'a gardée en sécurité pendant tout ce temps et si elle la veut toujours pour ses petits-enfants, ça me va. J'ajoute qu'il y a des années, j'ai décidé de me défaire du scarabée dans un bus. Vicky hausse les sourcils, écoute en silence. Elle passe un doigt sur un pétale craquelé. « Tu serais un billet pour aller où ? » demande-t-elle. Je ris un peu. Je lui dis que je n'en ai aucune idée. « En fait, je ne sais même pas si c'est le bon mot. Ça ressemble plutôt à une mauvaise traduction. » Elle lève les yeux vers moi. « Une traduction de quoi ? » et on rit maladroitement pour combler le silence. « Tu montes dans des bus », dit-elle. « Oui. » « Et tu attends que quelqu'un te trouve ? » « Non, je ne crois pas. » « Tu ne vas pas suivre un inconnu dans un autre monde, hein, Francie ? » « Non, je vis ici maintenant. » Elle secoue la tête en riant de nouveau. « Tu dis ça comme si tu vivais ailleurs, dans une autre dimension », et je lui souris. Que dire à Vicky ? Elle a toujours vécu ici.

Plus tard, après le soufflé, après une partie de cartes, je leur dis au revoir et remonte quelques rues pour prendre le 183 qui me ramène sur Magnolia. Nous sommes samedi midi, c'est l'hiver et le ciel est dégagé. J'aperçois les San Gabriel Mountains au loin, légèrement poudrées de neige. Le chauffeur du bus chantonne. Chez moi, je sors du placard le sac à dos violet qui a autrefois contenu le scarabée, et le jette à la poubelle en même temps que les cahiers de mots mêlés et les magnétophones détraqués. Sur le balcon, armée d'un marteau et d'une scie, je démonte la tente et en transporte les morceaux dans les bennes au bas de l'immeuble.

« Nouvelle déco ? » demande la gardienne en passant la tête par la fenêtre et je lui dis oui, c'est ça, bonne idée.

Elle a raison, le balcon est beaucoup plus spacieux sans la tente, de sorte que le lendemain, en faisant mes courses hebdomadaires au supermarché, j'achète une autre succulente et en rentrant, je m'arrête à un vide-grenier que j'avais repéré plus tôt et trouve deux chaises en plastique imitation osier en bon état ainsi qu'une table elle aussi en plastique, et le vendeur est d'accord pour me les livrer chez moi. L'ensemble tourné vers l'extérieur fait très bien sur le balcon. J'envoie un texto à Vicky pour qu'elle vienne voir. Pour dire adieu à la tente qu'elle a aidée à construire. Elle répond sur-le-champ avec un émoji étonné. Tu en fais, des choses, ce week-end ! écrit-elle avant d'ajouter qu'elle est en train de ruiner son dessin et que donc elle arrive.

Une fois sur place, elle m'appelle d'en bas, près des bennes.

« Je suis là ! dit-elle debout sur le muret en brique. Je la vois ! »

Depuis le balcon, je l'aperçois de profil qui observe la tente démontée dans la benne, la toile orange et la pile de tasseaux contre des sacs béants remplis de peaux de citrons, d'épluchures de carottes, de briques de lait qui fuient et d'une paire de vieilles chaussettes déchirées. Elle tient un sachet de biscuits à la main. Elle a l'air si jeune pour ce monde, si prête à quitter cette ville et faire sa vie. Elle monte les escaliers en courant, entre chez moi et me rejoint directement sur le balcon, puis se tient là où était la tente. « Elle ne te manque pas ? » demande-t-elle en fermant les yeux. Je sors une assiette pour les biscuits, lui prépare une limonade maison et on s'installe dans les chaises, notre goûter sur la table. Les voitures roulent bruyamment. Je lui réponds qu'il est encore un peu tôt pour le dire, mais qu'à mon avis, elle va me manquer sans me manquer, qu'il y aura toujours plein de souvenirs à se remémorer, mais je crois que le moment est venu de m'en défaire, du moins pour l'instant ; j'ai couvert la période : j'ai commencé avec ma mère qui se fracasse la main pour arriver à Burbank, j'ai refait le trajet d'une famille à une autre. Je coule un regard vers Vicky. Le soir approche, l'air est frais, elle contemple la rue et est enveloppée dans une couverture, avec quelques miettes de biscuits sur l'ourlet. Elle venait de naître quand je l'ai rencontrée. Elle avait déjà ces yeux dorés, gazouillait en me voyant, et un jour, Tante Minn m'a prise à part dans le couloir pour me dire que Vicky babillait plus avec moi qu'avec n'importe qui d'autre. Dans le bureau des secrétaires à l'école, j'ai déclaré à Oncle Stan que je ne pouvais pas prendre l'avion parce que le monde serait flou, et il a acquiescé, m'a acheté un billet de train pour le ralentir, et dans la tente, je l'ai une fois de plus ralenti. Beaucoup ralenti. Je l'ai regardé aussi lentement que possible.

Quand il a été temps de m'inscrire à la fac, ma mère a espéré que je reviendrais à Portland, de moi-même, par choix, pour être près d'elle, pour étudier à Reed, Lewis & Clark, Portland State ou Pacific University, mais j'ai uniquement postulé à Los Angeles et j'ai atterri à UCLA. Je lui ai dit que je voulais être près de Vicky, ce qui était en bonne partie vrai. Je voulais voir ses spectacles. Corriger ses dissertations. Je suis restée, j'ai vécu en résidence universitaire, assisté à mes cours, dîné à Burbank toutes les semaines, obtenu mon diplôme et me suis trouvé un appartement à proximité. Mais bientôt, Vicky va quitter la ville et mon excuse pour rester ne tiendra plus. Si ce n'est qu'aujourd'hui, ça ne fait plus aucun doute : c'est ici que je veux vivre, dans la vallée tour à tour caniculaire et glaciale près des montagnes. Je me sens bien ici. C'est ici que j'ai bâti ma maison comme ma mère a bâti la sienne à Portland.

À l'aéroport, avant de partir, ma mère m'a attrapé la main et m'a fixée attentivement comme si elle essayait de me donner quelque chose par le regard. Elle vivait sa propre expérience, avait ses propres raisons de faire les choses, mais ç'a compté qu'elle soit à l'aéroport avec moi. Elle ne m'avait encore jamais accompagnée dans une gare ou un aéroport ; je ne l'avais jamais eue près de moi tandis que je m'apprêtais à prendre un transport, son corps sur le côté me disant au revoir de la main avant que nous nous séparions et que nos deux points s'éloignent l'un de l'autre sur la carte. Comme d'habitude, l'aéroport me mettait légèrement mal à l'aise au moment de passer les contrôles d'identité et de sécurité, dans la file d'attente avant d'enlever mes chaussures. Elle s'est postée à un endroit autorisé, a continué d'agiter la main près d'un marchand de donuts et de la boutique qui vendait les babioles. Ma file a avancé. Un agent m'a indiqué l'une des machines où mes sacs seraient passés aux rayons X. Ma mère a disparu de mon champ de vision quelques minutes et quand j'ai pu de nouveau la chercher du regard, je l'ai aperçue qui franchissait les portes automatiques pour regagner l'air du soir.

« C'est bon », a dit l'agent en se dirigeant vers la personne suivante.

Toutes mes affaires étaient sur le tapis roulant et attendaient d'être récupérées. J'ai remis mes chaussures et enfilé ma veste. J'ai épaulé un sac, pris l'autre à la main. Puis je me suis dirigée vers la porte d'embarquement pour attendre le vol qui me ramènerait chez moi.

RÉALISATION : NORD COMPO À VILLENEUVE-D'ASCQ
ACHEVÉ D'IMPRIMER SUR ROTO-PAGE
PAR L'IMPRIMERIE FLOCH À MAYENNE
DÉPÔT LÉGAL : JANVIER 2021. N° 1684 (97122)
IMPRIMÉ EN FRANCE